你是我的，
我的荣光也属于你。

大鱼
有爱的青春陪伴者

你只能喜欢我 2

顾辞微 / 著

贵州出版集团
贵州人民出版社

图书在版编目（CIP）数据

你只能喜欢我. 2 / 顾辞微著. -- 贵阳：贵州人民出版社, 2018.9
ISBN 978-7-221-14822-3

Ⅰ. ①你… Ⅱ. ①顾… Ⅲ. ①长篇小说－中国－当代
Ⅳ. ①I247.5

中国版本图书馆CIP数据核字(2018)第210381号

你只能喜欢我2

顾辞微 / 著

出 版 人：苏 桦
出版统筹：陈继光
选题策划：杜莉萍
责任编辑：唐 博
特约编辑：蒋彩霞
装帧设计：颜小曼 西 楼
封面绘制：如 月
出版发行：贵州人民出版社（贵阳市观山湖区会展东路SOHO办公区A座 邮编：550081）
印 刷：长沙鸿发印务实业有限公司
开 本：880×1230毫米 1/32
字 数：290千字
印 张：10.5
版 次：2018年9月第1版
印 次：2018年9月第1次印刷
书 号：ISBN 978-7-221-14822-3
定 价：36.80元

贵州人民出版社微信

目录

Nizhineng xihuan wo 2

目录

Nizhineng xihuan wo 2

第一章 / 我喜欢字丑的

两家人各自上了自家的车子。

餐厅稍微有些远，大概要十分钟的车程。

一上车夏梦渔的妈妈就转过头，严厉地说："夏梦渔，你现在最重要的事情是学习，千万不可以早恋知道吗？传出去，别人会怎么想你，亲戚朋友要怎么看我们？"

"知道的，妈妈。"

"哎呀，女儿知道的，她不是都拒绝贺夜阳了吗？不过，梦渔啊，你拒绝人的方式要婉转一点，不要伤害别人，你之后还是要安慰一下贺夜阳的，说你们现在还小，有的事情不能着急，要等以后再说。"

夏妈妈听到丈夫这么说，眉头皱得更深，但还是没反驳他，只是又叮嘱夏梦渔："大学毕业以前，我都不允许你谈恋爱。"

"嗯，我知道的。"夏梦渔面无表情地说着她惯常的套话，"我也只想好好学习，考清华，然后考研究生，考博士生。”

“那倒也不用，女孩子读书太多也不好，读个研究生也就可以了，到时候在机关里好评职称。妈妈只希望你毕业了去个好单位，等工作稳定了再结婚生子，平平安安地过一生，这样妈妈就很开心了。”

夏梦渔没说话，只是沉默地坐在后座，戴上了耳机。

“我听一会儿英语。”她说。

要读书，又不能读太多书。不让恋爱，但工作稳定了就要结婚生子。有时候夏梦渔会想，是所有家长都这样，还是只有她的爸爸妈妈如此，养她像是养一个没有灵魂的宠物，仿佛她没有思想，没有尊严。

时间到了吃饭，听话就摸摸，不听话就打，年纪到了就嫁出去。从不在乎她想要的是什么，不会平等地跟她交流，只会逼着她按照他们觉得正确的方式生活。

“为什么啊？”夏梦渔忽然取下耳机。

妈妈一愣，疑惑地问：“怎么了？什么为什么？”

夏梦渔忽然气势汹汹地问：“为什么女孩子读书太多了不好？

“为什么只能读研究生？读博士生又怎么了？

“为什么要去机关工作？自由职业就不好吗？

“为什么工作稳定了就非要结婚生子？

“为什么平平安安的一生就是开心的一生？”

夏梦渔的妈妈哭笑不得地说：“这孩子怕是读书读傻了吧？问的这都是什么问题？这不是理所应当的吗？”

“为什么是理所应当的？”

“因为大家都知道这样是最好的啊。”

“大家是谁，谁规定的？”

夏梦渔的爸爸这时候也透过后视镜看着夏梦渔，非常严厉地瞪她一眼，不耐烦地说：“别成天胡思乱想，我看你是又犯毛病欠打了吧？怎么跟你妈妈说话的？”

“好好学习，别想七想八的，我们还能害你不成？”妈妈附和。

夏梦渔不再说话，她知道跟父母永远也说不明白。他们永远不会跟她交流，从小到大都这样，他们不允许她发问，他们只需要她顺从就好。

父母又聊起别的事情来，说哪个亲戚家里又出了什么丢人的事情啊，单位里又有什么人事变动啊。

她紧紧攥着手机，一言不发，只觉得心一点一点地灰了。许多感情，就是这样在细微的时刻里被磨灭的，不需要什么大是大非、大悲大喜，就这样一点点，在日常的琐屑里，慢慢被消磨着。

夏梦渔的手机振了振。

是徐子充发信息过来。

徐子充：“刚刚跟教练有事才着急走的。”

徐子充：“说一声，怕你多想。”

徐子充：“好好吃饭，吃饱吃好，我们晚上见。”

夏梦渔眼眶一热，飞快地擦了擦眼角，甜甜地笑了起来。

夏梦渔：“徐子充。”

夏梦渔：“你知不知道我好爱你。”

夏梦渔：“爱你。”

夏梦渔：“爱你爱你爱你爱你爱你！”

夏梦渔：“【飞吻】【飞吻】【飞吻】”

夏梦渔：“【比心】【比心】【比心】”

徐子充：“……”

徐子充：“可以。”

电话那头，徐子充微笑着抬起头来，收起手机。

这时包厢又进来一群人，三个外国人，四个中国人。

教练脸上难掩兴奋，这次他们的运气可谓好极了。他跟徐子充小声说道：“别傻站着，赶紧打招呼，礼貌点啊。”

“知道。”

徐子充看了一眼，先向站在最中间的那个中年男士伸出手："谭局长您好，我是徐子充。"

徐子充对面坐着的是市体育局的局长和 WBC 世界拳击理事会的会长，旁边还有几位官员和去年刚得了 WBC 蝇量级拳王的陈华清。

WBC 这个拳击组织可比之前徐子充想要参加的 WBO 要历史悠久得多，它的金腰带也更有含金量。说 WBC 是目前全世界知名度最高、实力最强、关注度最高的职业拳击组织也不为过。徐子充从前不敢想自己能这么早就参加 WBC 组织的比赛，所以才选择 WBO 做敲门砖，没想到这一回机会竟然主动找上门来了。

这世间的机运也是谁都说不清楚的，飞来横祸还是时来运转，全看上天的意思。

WBC 觉得中国的拳击市场还没有拓展开，这么大的人口基数，还有很大的潜力可以发掘，再加上中国自古就有中国功夫，可见中国人骨子里对格斗是有着热爱的，所以他们有意拓宽中国市场。

刚好本市的体育局长刚上任不久，新官上任三把火，他想要把本市打造成中国的拳击之都，所以积极联系，两方就决定将今年十二月的全球大会放在本市来举行。

然而对于选择挑战选手这件事情上，双方有一些争议。

目前为止，中国拳手，甚至是亚洲拳手都只在量级较轻的赛事中有所斩获，之前得到过拳王的亚洲人，基本上都是草量级和蝇量级的拳手。

包括去年刚刚拿到 WBC 金腰带的陈华清，也只是体重不到 112 磅也就是 50kg 之内的蝇级拳王。

拳击是一个讲究力量的赛事，自然是体重越大越受关注，一般都是重量级的拳手最热门，近几年有几个量级较轻的热门拳手，那也是中量级的欧洲拳手，而且本身有跨五个级别作战的能力。

所以中国作为主办方，自然很希望自己这边也有中量级以上的选手可以参加这次的全球大会。

WBC 一直很犹豫，因为每年的全球大会就是拳王卫冕战，需要很严格挑选挑战拳手，要兼顾到双方实力，要有噱头。而在中量级以上，中国的拳手几乎都是无名之辈，没有什么有资格与卫冕拳王配对比赛的，WBC 便一直不同意这边的人选。

双方为这件事情一直争执不下。中方推送的选手 WBC 那边不满意，不安排中国拳手，局长又不满意。直到陈华清把徐子充推荐给大家。

徐子充的首场职业比赛引起了圈子里的广泛关注，中量级挑战从国外请来的跨两个级别的拳王，虽然输了，但是对方也赢得不好看，可以说是输得很漂亮。

那天到场观战的刚好就有要参加这次 WBC 拳王争霸蝇量级卫冕赛的中国拳王陈华清。

他非常欣赏徐子充，把徐子充比赛的视频推荐给了 WBC 的理事长和体育局的谭局长看，WBC 那边认可徐子充的实力，谭局长虽然很想推选从体制内退役的拳手参加，走陈华清之前的路数，但是选的几个拳手，拳击理事会都不同意，于是退而求其次，也同意了徐子充这个人选。

就这样，徐子充这位初出茅庐的无名之辈，便捡了这个大便宜。

谭局长要徐子充放心，接下来呢，陈华清会帮他安排比赛，让他的职业排名能够迅速往上提高，这样到时候作为拳王争霸赛的配对选手才名正言顺。

“不过比赛我们来安排，赢还是得靠你自己。”谭局长严肃地说，“我们是不会为了你搞什么黑幕的，你一定要靠自己的实力争取在职业排行上取得更好的成绩，知道吗？”

“知道。”

见到徐子充表现得这么冷静淡漠，谭局长又说：“我们要把我们的城市打造成中国的拳击之都，所以我们需要拥有自己的拳王，你这个小子很不错，我很欣赏你。小陈呢说了你不少好话，我相信他的眼光，你回去要好好训练，好好表现，争取在三个月之后的比赛里为国争光。”

虽然谭局长说的都是些冠冕堂皇的话，但还是在徐子充心里燃起一把烈火来。“为国争光”这四个字听起来是句空话，可他觉得，只要是真正的男人，心里都有一个家国梦。

只有苦于报国无路的英雄，没有不想金戈铁马、黄沙百战穿金甲的壮士。

徐子充点点头，不多言，但神情坚毅。

一旁的陈华清也拍拍徐子充的肩膀：“小伙子，好好干，还有三个月，我当初是参加了十场比赛拿到的拳王金腰带，你这么少年英雄，可不能比我差。”

“没问题。”徐子充毫不犹豫地回答。

大家笑起来，谭局长指着徐子充道：“果然是十八岁的少年郎啊，真的是年少轻狂，好！我欣赏，来来来，我今天敬你一杯。”

“别，小孩子别喝酒，还没成年呢。”陈华清帮徐子充把酒给挡了。

一群人吃完饭，大家各自离开，陈华清开车送徐子充回学校，到了学校门口继续跟他聊职业比赛的事情，包括把他的经纪公司介绍给徐子充。

那是一家顶级的拳击经纪公司，绝对不是那些普通俱乐部可以比拟的，从前徐子充连这种公司的门都碰不到。像是陈华清也是因为为国家打了十多年的业余拳击，在亚运会、奥运会为国家拿过金牌，有很高的国民好感度，所以才能够得到这种公司的青睐。

“我的经纪公司也觉得你很有潜力，再加上这回拳王争霸赛给你做底，他们很愿意跟你合作。你放心，合约我不会让他们欺负你的，有大哥给你把关。”

陈华清继续道：“接下来就是参加职业比赛，用最快的速度提升排名，我相信你，你各方面条件都比我当初好，又正是最好的年纪。”

徐子充一直沉默不语。

陈华清大哥绝对算得上国内拳击界的传奇人物，为国家打了十多年的业余拳击，可以说是鞠躬尽瘁了，几乎把一个拳手最好的时光都奉献给了国家。然后才在拳击生涯的末期决定转战职业拳击，在大家都不看好的情况下飞快地拿下了蝇量级的拳王金腰带。

相比起来，徐子充这样一个默默无闻的新人，刚刚输了比赛，跟俱乐部解约，简直就是在职业圈的最底层，他不知道为什么陈华清会这样帮助自己。

“有什么想问的就问吧。”陈华清也是几十岁的人了，又在体制内打了多年拳，察言观色的本事可不差，知道徐子充心里还有疑问。

“为什么是我，不是别人？”徐子充问。

他跟陈华清素不相识，而陈华清无论是在国家队、省队，还是自己的拳馆和俱乐部里，都有那么多兄弟可以推荐，为什么要选择他？为什么要这么不遗余力地帮他？

陈华清笑起来，理所当然地说：“因为你强啊！”

见徐子充还是面无表情的样子，陈华清又拍拍他的肩：“兄弟啊，我知道上次那件事情对你有很大的打击，但是你不要因为这点小事就对我们这个行业失望。哪个行业都有人渣，哪个行业也都有好人，这个世界很复杂的。”

徐子充点点头，这一点他倒是相信。

陈华清继续说：“我现在虽然风光，但是我年轻的时候也曾经有过一段很难的日子。现如今，我的很多兄弟依旧过着很苦的日子。我觉得只有大环境好起来，我们这个行业良性发展起来，那些在底层打拳的兄弟才能有好日子过。我的想法就这么简单，想让打拳的兄弟们，有一天也都能有好日子过。

“所以，我看到你这样有潜质的新人就想帮一把，因为未来是你们的。我们这些打拳的兄弟的未来，就要靠你们这些有实力的年轻人用拳头打回来。

“我希望你能记住我今天帮你的忙，记得回报，但不是要你回报我，而是有一天你也能像我帮你一样，去帮那些跟你现在一样的年轻人。

“你可以的，小伙子，我相信你前途无量。”

徐子充只觉得胸口有热血在燃烧。

他生活里第一次出现这样一位兄长、前辈，这样正直无私、光明磊落，仿佛给在海上迷雾之中摸索前行的他，立起了一座灯塔。

上一回职业俱乐部背着徐子充做的那些阴险的勾当让他不齿，甚至一度让他对这个行业感到灰心。

可是陈华清却让他看到这个世界的另一面。

的确，这世上有很多黑暗的角落，绝大多数都是灰色地带，但是总还有一些人像是英雄一样以一己之力在这大厦将倾之际对抗着整个世界的促狭阴暗。

你可以咒骂黑暗，但是不能因为你没有见过光芒就不相信这世上有太阳。

“抱歉。”徐子充说。

陈华清一愣，疑惑地问：“你道什么歉？”

“我原来觉得你这种人不存在。”

“哈哈哈……”陈华清大笑起来，摇摇头，“你们这些小孩子就是这样，你之前经历的这些事儿啊，多少年后回头看看，会发现真的没什么大不了的。而且当你把外面那个大世界转一圈，仔细想想看，你就会发现世界上还是好人多的。信大哥的。”

徐子充也难得地笑了笑：“嗯，信你。”

到了学校门口，陈华清跟徐子充互留了联系方式。

两人约好了明天跟拳击经纪人见面的时间之后，陈华清便走了。

已是晚上七点，晚自习已经开始了，徐子充匆匆赶回教室。他现在很想见到夏梦渔，想把这个好消息第一个告诉她。

今天因为开家长会，不少同学晚自习迟到，徐子充迟到个十分钟也不算严重。

“进来，今天不是最后一名，有全班第一给你垫底呢。”班主任玲花翻了个白眼。

徐子充这才注意到，夏梦渔不在教室里，竟然还没回来。

夏梦渔和贺夜阳两家人在一家五星酒店的中餐厅里吃饭。六个人坐一间大包厢，点了满满一大桌子根本就吃不完的菜。

贺夜阳的爸爸这个人就是这样，凡事都喜欢讲排场，就算是在熟悉的人面前也一样，虽然是搞教育的，可是身上的江湖气却很重。

这也不是第一次两家人一起吃饭了，夏梦渔跟从前一样，安安静静地吃自己的饭，一句话都不多说，不像贺夜阳，会积极地参与到大人的讨论里。夏梦渔只是安静地听着他们聊天，除非是有人问她问题她才回答。

吃东西也是，面前有什么菜，她就夹什么菜，绝对不会主动把菜转到自己面前来。

贺夜阳从前没有太注意这些细节，只是最近他格外关注夏梦渔，所以今天才注意到这一点。他仔细一想，这才发现夏梦渔每次和长辈们在一起，说话做事都小心谨慎到过分的地步。

他忽然觉得很不舒服。

夏梦渔面前只有一盘凉菜，她连续夹了几筷子，贺夜阳试着转了转圆桌，夏梦渔就夹转到她面前的青菜，贺夜阳再转，夏梦渔就拿了一块转到面前的主食。

贺夜阳生气了，他也不知道自己到底是在生谁的气，但就是很气。

他想了想，把桌子上最好的那道珍宝蟹转到夏梦渔面前。见她果然就伸筷子夹珍宝蟹了，贺夜阳这才稍微高兴一点。

夏梦渔吃着螃蟹，心里惦记着学校。

爸妈给老师打了电话，说今天自己要晚到，可是比起跟父母待一起，她还是更愿意回去上课，还能找徐子充“讨论”一下物理题目。

“想什么呢？”贺夜阳忽然问。

想什么他也要管？夏梦渔恨不得要翻白眼，但是碍于家长在这里，只能憋着。

“想着赶紧回去学习，这吃饭的时间都可以刷一套物理卷子了。”

贺夜阳被夏梦渔说得胸闷气短，一天到晚嘴里都是学习，难道她在徐子充面前也是满口学习吗？只知道用学习搪塞他。

贺夜阳没说什么，又把血燕转到夏梦渔面前，然后看着夏梦渔舀了一碗。她小口小口地喝着，微微眯了眯眼，似乎挺满意的。

“你喜欢吃什么菜？”贺夜阳忽然问。

“都可以啊。”

“总有特别喜欢的吧？”

夏梦渔皱着眉，莫名其妙的，小祖宗今天怎么关心起她的喜好来了？

贺夜阳还想接着问，可是两位爸爸的对话忽然把贺夜阳的注意又吸引了过去。

“我们这两个孩子啊都很优秀，尤其是你们家的夏夏，比我这个儿子还要优秀啊，我只恨不得她是我亲女儿就好，拿我这个儿子跟老夏你换我都愿意。”

“您可别这样说，我多想要个儿子啊，可惜当初生的是个女儿。您要是跟我换可别后悔，我可是不会还的，哈哈哈……”

夏梦渔低着头，面无表情地喝着血燕，心如止水。

这种话她也不是第一次听了，内心可以说是毫无波澜。

虽然父母不怎么了解子女，但子女往往比父母以为的要了解他们。

夏梦渔的爸爸夏建国是标准的“寒门学子”，家里的老三，上面有哥哥，下面有弟弟，从小不怎么受爹妈宠爱，但好在人很聪明，长得也好。当初从小镇考到了大城市读大学，后来又当了公职人员，之后娶了老婆，定居在大城市，一路走来其实也挺不容易。只是夏梦渔觉得，她爸虽然受过高等教育，但骨子里全是封建残余，格局太小，目光短浅，所以这辈子也就只能混个领导的秘书当当。

夏梦渔父母的婚姻，也挺让人无奈的。

关于爸爸妈妈的结合，之前听妈妈和小姨吵架时，小姨冷嘲热讽过几句，再加上各位亲戚这些年东一句西一句地八卦着，夏梦渔也大概能够拼凑个完整的故事来。

夏建国虽然是小镇人士，但毕竟是名牌大学毕业，再加上年轻时长得超级帅，又有点小聪明，所以有非常多的追求者。

而夏梦渔的妈妈属于长得很普通，人也不聪明的类型，可以说一眼看过去没什么记忆点，从外表到智商都配不上夏建国。

然而，夏梦渔的外公是当时夏建国单位里的领导……

这种单位里的一把手，在单位里绝对是一手遮天，越是小领导越是范儿大，反而是大领导为人低调不乱欺压人。

再加上，夏建国又是个一肚子小聪明的软骨头，便接受了夏梦渔妈妈的示好，主动追求了她，飞快地跟她结了婚。

因为这层关系，在娘家，夏建国总是觉得低人一等，可在家里夏梦渔的妈妈又自卑地觉得低夏建国一等。

于是，两人的关系一直很奇怪，一家人的感情在夏梦渔看来是很淡漠的。妈妈对爸爸的各种要求都是忍气吞声，爸爸也一直觉得委屈了自己。

当初生了夏梦渔，夏建国就很想把夏梦渔送到乡下过继给他大哥，他再生个儿子，可是被岳父阻止了。他虽然心里不高兴，但碍着岳父的面子，也不敢要老婆再生二胎。后来见夏梦渔长大了，又很争气，渐渐也就不再说什么，只是这件事情一直都是他心里的结。

“哎呀，老夏你这么说我可要批评你，儿子女儿都一样嘛，女儿才贴心呢！这都什么时代了，你这个思想啊，必须改一改。”

“是是是，领导说得对。”

夏梦渔安安静静地吃菜，脸上依旧是温顺平和的神情，似乎完全不受这谈话的影响。

可贺夜阳听到这些话心里却很气，他从前怎么没注意到夏叔叔说话这么过分？可最让他怄气的还是夏梦渔无所谓的态度。

是听了多少遍这种话，她才能这样无所谓的？

“有个事情，我想跟你们商量商量。”贺夜阳他爸又说。

“领导您说。”

“我打算下个月送贺夜阳出国。”

贺夜阳的爸爸忽然丢下这个爆炸性的消息。

“什么？”贺夜阳“啪”的一下把筷子放在桌上，又惊又气，“我什么时候要出国了？我怎么不知道？”

“我决定的。”贺夜阳的爸爸严厉地说。

“那你也要跟我商量啊，我还没同意呢！”

虽然贺夜阳并不反感出国这事，但是他很反感他爹随便给他做决定。

“出国不好吗？现在哪个有能力的家长不送孩子出国？”贺夜阳的妈妈也劝道，“你之前不是说你挺喜欢美国的吗？”

“那你们也太急了吧，下个月就出国我什么都没准备呢。”贺夜阳不耐烦地说，“你们俩能不能不要想一出是一出，净给我惹麻烦。”

“哎呀，你放一百个心，爸爸妈妈都给你准备好了。”贺夜阳的妈妈安慰他。

贺夜阳没说话了，可还是一脸气闷。

贺夜阳的爸爸又对夏梦渔的爸爸说：“我觉得把我们夏夏也送出去，两个小孩在国外也好有个伴，有人看着贺夜阳我比较放心，要不然他在国外还不撒了野地玩，只怕不会好好学习。夏夏这么优秀，不出国可惜了。”

“这个……”夏梦渔的爸爸的表情很犹豫，他可是很少拒绝领导的请求，但他一直都有个清华梦，于是犹豫地说，“这还有一年就高考了，他们都准备了那么多年，怎么能说不考就不考了。”

“哎呀，这都不重要啊，老夏你这个人就是死心眼，盯着那个清华，清华又怎么样？你以为现在还是靠着一个名牌大学的文凭就能改变人生的年代吗？这不是我们那个时代了，我们孩子的未来啊，要由我们给他们铺好路才行。”

见到夏建国还是不说话，贺夜阳他爸和蔼地看着夏梦渔问：“夏夏，你怎么想？你想出国吗？”

夏梦渔也有些犹豫。去美国好啊，徐子充不是也可以去美国吗？这样他们不就可以在一起了吗？只是她还不敢答应，毕竟爸爸还在场，轮不到她说话，她要是随口答应了，爸爸回去肯定要跟她算账的。

“这件事情不是小事，我觉得我可能还需要好好想一下。”夏梦渔说。

“她一个小孩子懂什么。”夏建国皱着眉严厉地说，“这件事情她怎么可以决定呢？”

“你这个人老思想，要尊重孩子的意愿嘛。”

领导批评，夏建国也不好说什么，只是他还是不愿意夏梦渔出国。当初他以一分之差没有考上清华，至今都觉得自己的人生因为那一分之差变得不一样了，所以这是他心里最深的遗憾。

“这样吧，你们回去好好考虑，尽早给我答复，贺夜阳过完‘十一’就要走，最迟你们下个星期就要告诉我答案。”

“我还没说要走呢。”贺夜阳不耐烦地跟他爸说，“你又不是不知道，我最烦你们管七管八的了。”

“这件事情听爸爸的，”贺夜阳他爸安抚着他，“你现在先别着急，晚上回去爸爸再跟你细说。”

最终，这顿饭所有人都吃得心事重重。

送夏梦渔回学校的路上，夏建国也很沉默，她妈在旁边一直唠叨：“出国不好，外国人的风气很乱，道德很堕落，会带坏孩子的。你说句话啊，这件事情我们要拒绝的，孩子出了国我们怎么管教她？她还小，很容易受到外界影响的。”

“你怎么这么啰唆？”夏建国气闷地说，“领导说的我能怎么办？闭嘴，我再想想吧……”

夏梦渔坐在后座，激动得心脏狂跳。她可以去美国吗？她终于可以离开父母了吗？徐子充呢？他可以去美国吗？他们是不是终于可以没有牵绊地在一起了？

夏梦渔回到教室的时候第二节晚自习已经开始了，每天的晚自习学校里只安排一个老师，第一节课上课，第二节自习。

教室里没人讲话，只有笔和作业本摩擦的沙沙声。班主任玲花坐在讲台上批改前几天测验的卷子，看到夏梦渔走到教室门口，对她点点头让她进来，然后便又继续看作文。

徐子充从听到夏梦渔的脚步声开始就已经抬起头看向教室门口了，所以夏梦渔一出现就与徐子充目光对视，两人第一个看到的人都是彼此。他们的目光里都有一股急切，很快就明白对方有话要对自己说，而且似乎还是好事。

最后这节晚自习对于夏梦渔来说简直就是煎熬，徐子充性子沉稳，虽然心里有事儿该睡觉还是能睡。而夏梦渔就不同了，她既想知道徐子充要对她说什么，又很想赶紧把今天发生的事情告诉他，只觉得像是有蚂蚁在心上咬，坐立不安得连坐在讲台上的班主任都察觉到了。

“夏梦渔，你凳子上有针吗？动来动去的，影响我看作文。”

夏梦渔只能老老实实地坐好，没办法，第一排在班主任的眼皮子底下，任何小动作都逃不过玲花的眼睛。

“你作业写完了吗？”玲花又问，看样子是没打算放过夏梦渔。

夏梦渔点点头：“早就做完了。”

玲花笑了笑：“那就帮我改卷子吧。”

夏梦渔接过玲花递过来的写着标准答案的试卷和半沓卷子，看了一眼，是火箭班的试卷。

“你只改前面的客观题，阅读理解和作文不用管。”

夏梦渔拿出红笔开始批改。这时候，玲花又瞅见了正在第二排睡觉的徐子充。

“徐子充，睡得这么香啊？”

徐子充抬起头来看向玲花，等着她说话。

果不其然，玲花又说：“我看你的作业也做完了是吧？过来帮我改卷子，这一半是你的。”

因为只有一张正确答案的试卷给两人共用，所以玲花就要范小乔坐到徐子充的座位上去，徐子充便坐到了夏梦渔旁边。

徐子充和夏梦渔飞快地对视一眼立刻低头改卷子。

班上又安静下来，老师因为要改主观题，注意力比改客观题的时候要集中，所以没有太注意同学们在下面的动态。

夏梦渔和徐子充既然共用一张试卷，自然是得靠得近一点的，所以夏梦渔明目张胆、理直气壮地把椅子往徐子充旁边挪了挪，故意往他那边探头探脑的，时不时就要擦一擦他的胳膊，碰一碰他的手。

夏梦渔的发丝时不时地擦过他的皮肤，清新的发香萦绕在他周围，像是在他心口挠痒痒；她胳膊有意无意地碰到他的皮肤，凉凉的、软软的；这还不是最过分的，最过分的是当她凑过来看靠近他这边的答案时，胸口不小心压在他的胳膊上了。

又来，夏梦渔就是想撩死他。徐子充深呼吸，沉住气，面色阴沉地继续改卷子。

这时候，徐子充刚好改到了贺夜阳的试卷。

贺夜阳写了一手好字，试卷看起来非常舒服，虽然徐子充不懂书法，但还是感觉到他的字是有字体的，而且刚劲有力。刚好玲花看完了手上的一篇作文，见到徐子充盯着卷子发呆，便多看了一眼。

一看到那个字，不需要看名字玲花就知道是贺夜阳的试卷，忍不住对徐子充冷嘲热讽：“这字写得比你的鬼画符强多了吧？”

徐子充没有直接回答，而是问：“这是什么字体吗？”

玲花皱皱眉，她还真的不大懂钢笔字的字体，便看向夏梦渔问：“夏梦渔，你好朋友的字体你肯定知道吧？”

夏梦渔还真知道。

她极其无奈地回答："他的钢笔字从小练的就是田英章的楷体，田英章是研究欧阳询的。他毛笔字练的也是欧体。"

玲花点点头："田英章我知道的，嗯，是觉得挺像欧体的。你呢？你练的是什么体？"

"我练的是吴玉生的行书……"夏梦渔老实地回答。

"的确啊。贺夜阳这个人呢看起来性格嚣张，但其实就像是正楷严谨规范，恪守法度；你呢看起来没什么脾气，其实就像是行书。"

夏梦渔听到班主任这么说，便没有再回答，尴尬地笑了笑，赶紧埋头改卷子。

玲花的话其实没有完全说破，点到为止而已，但还是吸引了班上同学的注意。她察觉到有人抬起头往前面看过来，便又多加了一句，道："钢笔字都练得这么好，不愧是青梅竹马啊……"

玲花此言一出，果然大家的注意力就又被转移到贺夜阳和夏梦渔那纠结的感情关系上去了。一时间忽然有了些窃窃私语的声响，夏梦渔改卷子的动作一僵。

真是，怎么连玲花都拿她和贺夜阳的事情打趣，这一周别的老师都提了，只有玲花没说过，夏梦渔还以为玲花不会说这事儿，怎么这都过去一整个星期了，玲花又想起来打趣她了？

真是没完没了……夏梦渔感觉玲花的目光一直落在她身上，她疑惑地抬起头，对上玲花似笑非笑的脸。

"夏梦渔，你喜不喜欢字写得好的男生啊？"玲花忽然问。

"不喜欢。"夏梦渔斩钉截铁地说，"我喜欢字写得丑的。"

一旁的徐子充不说话，却低头笑了笑，然后又立刻收起笑容假装认真地改卷子。

夏梦渔继续说："因为曾经有一位书法老前辈说过，字丑的根本原因是手的动作跟不上思考的速度，所以一般绝世天才的字都很丑。"

教室里的同学听到夏梦渔的鬼扯都笑起来，尤其是那些字丑的同学，忍不住插嘴：“我终于明白我为什么字写得丑了，原来我是绝世天才？”

玲花白了夏梦渔一眼：“哟，夏梦渔你最近可是越来越伶牙俐齿了。”

夏梦渔这才忽然反应过来，自己似乎表现得有点过，一不小心没忍住开始瞎扯淡了，马上安静地低下头来继续改卷子不说话。

人设人设，人设不能崩。

“那你肯定最喜欢徐子充。”玲花嫌弃地看一眼徐子充，一脸鄙夷地说，“他的字全班最丑。”

玲花说者无心。

“徐子充啊，你要是字写好看点，语文说不定能高几分，看你写的字阅卷老师就不想给你打高分……”

徐子充笑了笑，低头改卷子的时候那笑容都没有散开，似乎心情很愉悦的样子。

玲花疑惑地皱皱眉。

虽然徐子充原来也不是个说不得的人，但是平时无论是表扬他还是批评他，他多数时候都是懒洋洋面无表情的。她今天也没说什么好笑的事情，他笑得这么开心做什么？

玲花心里疑惑，收回目光的时候，却见到夏梦渔低着头，竟然脸红了……

夏梦渔脸红个什么劲儿？

因为她刚刚说夏梦渔和贺夜阳的事情吗，可那都是好半天之前的事情了，夏梦渔刚才那么伶牙俐齿地反驳她，现在脸红个什么劲儿？

玲花回想着她刚刚说的话，看了一眼嘴角挂着一抹温柔微笑的徐子充，又看了一眼低头红着脸的夏梦渔，忽然一下子就明白了过来。

哎哟喂！没想到啊……这第一名、第二名竟然给她这么大的惊喜。

玲花知道夏梦渔为哪句话脸红，也知道徐子充为哪句话笑了。

是“那你肯定最喜欢徐子充”这句话。

放了学，夏梦渔急得赶紧对徐子充使眼色，把他给叫走了。

两人一前一后走出教室，一走出教学楼，夏梦渔就赶紧趁没人注意，把徐子充拉到学校实验楼的背后。

晚上这里完全没有人会过来，因为实验楼平时没有课，人气不旺，又放着各种冰冷的器材，所以阴森森地弥漫着一股诡异的气氛。夏梦渔也怪害怕的，往徐子充身边靠了靠。

“你拉我到这里做什么？”徐子充问。

夏梦渔还来不及回答，徐子充又说：“给我创造机会吗？”

夏梦渔翻了个白眼。

“你想哪儿去了，我这是有正事跟你说！”

“什么？”

“我可能有机会去美国！”夏梦渔一脸兴奋地说。

夏梦渔一气儿把今天的事情都告诉了徐子充。

可是徐子充却一言不发，这让夏梦渔很慌啊……

“我也有事情要跟你说。”徐子充道，“我暂时不去美国，要留在国内为国争光……”

徐子充也把今天的事情跟夏梦渔说了一遍。

“我去！”夏梦渔忍不住想骂人。

两人面面相觑。

好事变坏事，坏事也会变成好事，这世上的事情真的是瞬息万变，谁也说不清。

两个人都有些无奈，对视一眼笑了起来。

“那我也不去美国了……”夏梦渔斩钉截铁地说，几乎是立刻就做了决定。

“你可以不去吗？”徐子充问。

“可以，我爸爸妈妈都不想我去，只不过我爸爸碍着领导的面子不好直接拒绝。”夏梦渔皱着眉，“去不去大概五五开吧……不，四六开……不，二八开！”

“到底几几开？”

“本来五五开的，因为我爸爸对清华的执念变成四六开，但是我现在也不想去了，我煽风点火一下，再刺激一下我妈妈让她一哭二闹三上吊的，应该能让我爸下决心对领导说不了。”

“嗯。”徐子充皱了皱眉，其实如果夏梦渔真去了美国倒也不完全是坏事，他迟早是要去那里的，只是时间问题。

见到徐子充依旧眉头紧锁，夏梦渔问：“你是还在担心吗？”

徐子充摇头。

“那是还有什么问题吗？”

“你不觉得很奇怪吗？”

“哪里奇怪？”

“为什么贺夜阳的爸爸忽然要送他出国？”徐子充说，“他爸爸为什么这么急非得让你这周就给答复不可？”

是啊。夏梦渔这才意识到这件事的确有蹊跷。其实如果她想出去，过一个月给答复又如何，顶多就是晚一个月出国，总之现在走都是赶不上这学期的预科的。

夏梦渔猛地反应了过来，这件事情恐怕没有她想得那么简单。

在机关大院里，各种小道消息听得都不少，夏梦渔有些紧张地问：“徐子充，该不会贺叔叔他……”

“嘘——”徐子充摇摇头。

夏梦渔深吸一口气，马上点点头什么都没说，不可说。

夏梦渔看了看时间，叹口气道：“我先走了，我爸妈今天在学校门口等我放学，我不能拖太久……唉，我估计我爸跟我妈现在还在车里吵架呢……”

想到这里，她就心累。她家那两个简直就是各有各的固执，她妈虽然听她爸的，但是她妈在有的事情上简直就是偏执到疯狂，比如说她的道德堕落问题……

夏梦渔转身想走，却忽然被徐子充一把拉住。

她问：“怎么了？”

徐子充目光沉了沉，阴阳怪气地说：“这就想走？你就只有贺夜阳的事情对我说是吧？”

小哆包又撒娇。夏梦渔笑眯眯地凑到徐子充面前，几乎要贴着他，然后背着手踮起脚亲了一下他左边脸颊，再亲了一下他右边脸颊，最后亲了亲他的嘴唇。

“这样可以了吧？我真的要走了哦。”

夏梦渔又准备溜，但是被徐子充忽然抓住了两只胳膊，按在了旁边的墙上。

“今天绝对不能又让你跑了。”徐子充说。

夏梦渔莫名其妙地看着徐子充问：“什么叫又让我跑了，我什么时候跑了的呀？”

“每天。”

“嗯？有吗？”夏梦渔还是一脸迷茫。

“撩拨完我就跑是吧？”徐子充目光阴沉，咬牙切齿地说，“我看今天非得教训你不可，要不然你以为白撩不用负责的。”

夏梦渔低下头，声音跟蚊子一样，脸上带着一丝羞怯的笑意，咬了咬嘴唇，又害羞又期待地问：“那你想要我怎么负责呀，我都可以的……”

见徐子充半天没说话也没动，夏梦渔抬起头看向他。

“喂……”

徐子充忽然伸出手掐了掐夏梦渔的脸，又猛地把她拉到怀里。

夏梦渔不耐烦地推开徐子充。

“你属狗的啊？”她气呼呼地说，“又掐又咬的。”

徐子充气闷地说：“不知道为什么……我看到你就想揉你。”

“真的吗？”夏梦渔眼睛一亮。

徐子充搞不懂夏梦渔为什么这么兴奋，还是点了点头。

“我知道为什么！”夏梦渔激动地说。

“为什么？”

“我上次看一部纪录片，里面有一个说法，科学家说我们看到可爱的小猫小狗有时候不仅有照顾它们的冲动，还会引发伤害它们的欲望，恨不得吃掉它们，死命揉甚至踢一脚。”

徐子充皱眉。

夏梦渔继续说道：“这是我们大脑的平衡机制，为了防止单一的情绪过于强烈而发生失控，大脑会触动相反的情绪来平和一下。这就是为什么会喜极而泣，怒极反笑！”

“嘻嘻……”夏梦渔一脸得意，“所以你看到我就想揉我，那是因为我在你心里超级可爱，可爱得已经超过了你能承受的程度啦！”

见到徐子充还是盯着她不说话，她疑惑地问：“怎么了？我说得不对吗？”

徐子充叹气，夏梦渔真的是超级会破坏气氛，什么都能扯到科学学习上。

“你说得对。”徐子充无奈地说。

“我在你心里超级可爱对吗？”

“对。”

“我就知道我超级可爱！”夏梦渔笑得脸都皱成一团了，得意地说，“那你再揉两下，揉完我得走了。”

“不揉了。”

徐子充忽然低下头，决定不跟夏梦渔废话，简直就是浪费时间。他一只手撑着墙，一只手伸进夏梦渔的指缝里，与她十指紧扣。

银色的月光里，徐子充吻了夏梦渔。

徐子充离开夏梦渔嘴唇的时候，夏梦渔还是蒙的。这个人怎么说亲就亲，她一点准备都没有。

徐子充凝视着夏梦渔，忽然深吸了一口气，眼里有一团火焰。

夏梦渔想说话，可是徐子充又突然把她压在墙上，他一只手搂着她的腰，另一只手捧着她的脸又亲了亲。

像是带有浓浓的不舍与依恋。

良久，他才稍稍离开了她的脸。

夏梦渔也是被他这一连串动作弄得整个人都处于游离状态，眼神都迷离起来。

看到夏梦渔这个样子，徐子充闷声笑了笑。他说："你再这样看我就不放你走了。"

"徐子充……"夏梦渔小声地叫他的名字，像是一只小猫在唤它的主人。

"嗯？"徐子充声音低沉嘶哑地问。

"你刚刚那样亲我……"夏梦渔顿了顿道，"让我觉得你对我的感情好像特别浓烈似的……让我觉得……你好像超级无敌喜欢我似的。"

徐子充不说话，只是凝视着夏梦渔，眼神浓烈而炽热。他哪里是浓烈地喜欢着她？他是狂热地爱慕着她啊！

"不是你觉得，本来就是这样。"徐子充斩钉截铁地说。

"我之前完全看不出来……"

徐子充无言以对，他表现得难道不够明显吗？

"那现在你知道了。"

"知道啦……"夏梦渔点点头，然后低下头开心地笑起来。

她的笑容甜甜的、暖暖的，又温柔又灿烂，笑得徐子充一阵心软。

"哎！"徐子充忽然感叹道。

“你怎么了？”夏梦渔莫名其妙地问。

“快给我抱抱。”徐子充说。

不待夏梦渔回答，徐子充就紧紧地把夏梦渔拥入怀中，紧得夏梦渔觉得自己都要被他揉碎了。

徐子充的脑袋埋在夏梦渔的肩头，静静地感受着夏梦渔的气息。

两个人就这样抱着，夏梦渔感觉自己四肢都麻了，不好意思地想要换个姿势，可徐子充却又把她往怀里一按。

“不准动。”徐子充恶狠狠地说，近乎咬牙切齿。

夏梦渔吓得立马就不敢动了。

“你要不要想想别的什么……”夏梦渔善意地说，“想点让人冷静的画面，比如说孟辉穿着丝袜和连衣裙对你表白什么的……”

徐子充身子一僵，夏梦渔真的是破坏气氛的高手……

他终于松手放开了夏梦渔，但还是一脸的不满：“快走吧，再不走你就走不成了。”

“好的！”夏梦渔红着脸低着头，转身飞快地溜了。

徐子充气闷地砸了一下墙，看了看时间，决定去拳馆打拳，得把自己练得倒头就睡，要不然今晚肯定要睡不着。

周六的早晨，夏家人难得一起吃早饭。

升高三之后夏梦渔每天早上都是天不亮就起床，而父母的单位又在附近，基本上她父母还在做梦呢她就已经到学校了。

一般的周末，夏梦渔的爸妈按照以往的习惯都要九点以后才起来，今天却都起得很早，妈妈买了油条和稀饭回来，非要让夏梦渔吃了再走。

夏梦渔本来想趁着今天没有早自习顺路去买面包的，但是妈妈发话，她也只能无可奈何地坐下来跟父母一起吃早饭了。

她根本就不爱吃稀饭，瞧，她妈连她喜欢吃什么都不知道。

一家三口沉默地吃着早饭，夏梦渔发现爸爸似乎有些食不下咽，不是很有胃口的样子。虽然平时家里的气氛也算不上多融洽，但是今天似乎特别沉重。

夏梦渔想快点吃完，但妈妈瞪她一眼，她只得老老实实地细嚼慢咽。

她妈就是很介意这些事情，吃饭不能太快、裙子不能太短、坐着的时候腿不能分开也不能跷二郎腿。

反正她妈对她的要求就是做一个正经的女孩子。

“我决定了，你不去美国。”夏梦渔的爸爸结束了沉思，忽然说道，“你就好好准备高考，别的都不用想。”

夏梦渔一愣，她本来还想找机会跟爸爸说一下自己不想去美国的，但没想到爸爸竟然这么快就做了决定，还这么果断。

夏梦渔估摸着，爸爸大概也想清楚了这里面的利害关系。她爸本来就不是愚笨的人，又在机关工作多年，这里面的门道肯定比他们都懂得多，迟早都是会想明白的。

“那贺叔叔那边你准备怎么说？”夏梦渔试探着问。

“你不用管。”

夏梦渔沉默地撕着油条，心里有些不安。她看一眼爸爸，虽然知道自己不该说，却觉得有的话她非说不可。说了有没有用是老天爷决定的，但是不说她的良心过不去。

“爸……”

“嗯？”

“贺叔叔对我们家还是挺好的，我们可以不雪中送炭，但是也不能做忘恩负义的事情。”

出于什么原因都好，这些年贺叔叔对夏家还算是很不错的，她心里很清楚。

夏梦渔以为爸爸会说她小孩子不懂别管大人的事情，出乎意料的是，爸爸竟然什么都没有说。

其实，夏建国很惊讶，忽然觉得自己有些不认识这个女儿了。

女儿的这句话让他胸口发闷，简直就是一拳打在他心口，让他无言以对。

夏建国沉默了一会儿，拿着一根油条，皱着眉说："你别管这些，好好学习，以后少跟贺夜阳联系。"

"知道了……"

"这周补习班你也别去了，你不是说现在那边就是做题嘛，你过几个月再去。你妈妈问过老师，老师说高考前一个月去就好了，到那时候才会押高考题。"

"好。"夏梦渔没再多说话，喝完粥背起书包就去了学校。

她倒也不怪爸爸冷血，大难临头自然是要划清界限先自保再说，这是人之常情，爸爸和贺叔叔之间本来就不是什么生死之交。

她觉得爸爸能做到不落井下石也就够了。

说来也巧，一走出小区，夏梦渔就见到了贺夜阳，她爸才交代的要少跟贺夜阳联系，怎么这一出门就碰到了……

平时贺夜阳都是他妈开车送他去学校，今天竟然自己打车。

见到夏梦渔准备去坐公交车，他忙拦住她。

"我捎你一程。"贺夜阳说。

夏梦渔摇摇头。

"啧，你这人真是的，我又不会吃了你。"

贺夜阳硬是把夏梦渔塞进了车里。

夏梦渔对贺夜阳有些心软，想着再有一个月想联系也联系不上了，也就没说什么，老实地坐进了车里，往里挪了挪，紧靠着车窗。

虽然夏梦渔刻意跟他保持距离让他有点不爽，但贺夜阳还是决定先跟夏梦渔保持安全距离，免得把她吓跑了。

一进车里贺夜阳就跟夏梦渔抱怨："我爸妈真是的，非要我出国，这半年的预科都开始了，我说过半年再去吧，他们说要我趁这个机会好好把国外玩一圈，有这样的父母嘛！”

夏梦渔不知道说什么才好，有的事情既然贺夜阳的父母都选择不告诉他，那她作为一个外人最好也别多这个嘴。

“你爸妈很爱你的。”夏梦渔只能说，“他们做什么肯定都是为了你好。”

这个贺夜阳倒是知道，他父母从小到大都非常尊重他的想法，这次也是说什么机会难得，还有就是不想让他浪费时间，希望他趁着年纪小到处看看走走。

“你呢？你跟我一起去吗？”贺夜阳问。

夏梦渔犹豫了一下说：“等我爸爸决定吧。”

“你怎么什么都听你爸爸你妈妈的，你反抗一下好不好？”

夏梦渔不说话。

她知道自己决定不出国的事情不能由她来说，肯定得由她爸爸直接去跟贺叔叔谈，她先跟贺夜阳说了，贺夜阳肯定要提前告诉贺叔叔的。

贺夜阳又说：“要不我去跟你爸爸说，让他放你跟我一起去，他肯定听我的。”

夏梦渔看着窗外什么都没有说。

其实贺夜阳说她天真，贺夜阳又何尝没有盲目的地方？

我们每个人都是看别人比看自己清晰，因为看待自己的时候总是会加上许多主观的意愿进去，没有谁比自己更善于欺骗自己，哪个骗子都没有我们自己哄骗自己多。

大概正因为如此，成长才会有那么多阵痛吧。

只有痛了，才能幡然醒悟。

“我爸爸有自己的想法，你不用跟他说。”

贺夜阳察觉到夏梦渔的情绪似乎不大好，猜测她是在为这个事犹豫。

“国外挺好的，多自由啊。”他试着劝说夏梦渔，“而且国外大学的学习氛围绝对比国内很多大学好，你不是爱学习吗？当然要去学术氛围浓厚的地方。再说了，我们又不是再也不回来了。这个世界的未来肯定还是在中国，我们在国外待一段时间，积累一些经验和资本再杀回国，闯一番事业。”

见夏梦渔还不说话，贺夜阳微微蹙眉，语气不善地说：“你是不是舍不得徐子充？夏梦渔，你不要这么幼稚好不好？为了谈恋爱就放弃大好前途？”

夏梦渔终于动了动，她看向贺夜阳，却还是没有说话，只是无奈地叹了一口气。

贺夜阳真的是……总是在小看别人。

“年轻时候的恋爱没有长久的，你做什么决定都可以，但出发点必须是为了自己，而不能是为了谈恋爱，要不然你迟早要后悔。”贺夜阳一副过来人的表情，“爱情来得快去得也快，哪里来的什么永恒？等你去了美国，估计不出一个月就把他忘了。留学圈子有个规矩，那就是国内有女朋友、男朋友的全部算单身，因为迟早要分手。”

“我跟他们不一样。”

“怎么就不一样了？”贺夜阳一脸不屑，“男人我还不了解吗？”

夏梦渔淡淡地看贺夜阳一眼，又转过头去看向窗外，语气平和却笃定地说：“我们不是因为寂寞才在一起，所以也不会因为寂寞分手。”

贺夜阳只觉得忽然被人打了一巴掌，仿佛夏梦渔是在说他是个耐不住寂寞的人似的。

夏梦渔这样说，就仿佛他们谈恋爱都是因为寂寞，仿佛他们这些人低她和徐子充一等似的。

“而且徐子充就是跟别的男人不一样。他就是变成了乞丐，我也愿意跟着他。”夏梦渔说。

贺夜阳满脸不屑，冷笑一声道：“就说你天真吧，你真以为爱情是建立在空中楼阁上的吗？没有现实基础，爱情轻而易举就会被摧毁。”

“我知道啊，但是他不一样。”夏梦渔毫不犹豫地说。

她温柔地笑了笑，提起徐子充她脸上总是有这种温柔的神情，连她自己都没有察觉。

“我知道他的价值不在于他的身份地位，不在于他有多少钱，不在于他的车子、房子、职位，不在于是谁家的孩子，他是他自己。他是一个内心充满力量的人，无论什么困境他都不会放弃，就算是做乞丐他也有重新再来的勇气。所以我觉得为他做什么都值得，我愿意。”

刚才贺夜阳觉得被打了一巴掌，现在才知道他是被打了好多个耳光。他忽然想起夏梦渔上次问过他的一个问题：你相信灵魂吗？

贺夜阳忽然觉得自己在夏梦渔面前就是一个没有灵魂的行尸走肉。

“我的价值就是我的身份、地位、车子、房子、家里的存款是吧？”贺夜阳心里很不舒服，有些恼羞成怒地说，“你是不是因为我父母才理我？如果我爸不是你爸的领导，你都懒得搭理我这种人是吧？”

“你觉得呢？”夏梦渔忽然直视着贺夜阳，“你觉得你的价值和意义是什么？你只是外界的定义吗？如果你不是教育局长的儿子，你家没有存款和车子，你这个人还有任何价值吗？”

贺夜阳差点被夏梦渔问蒙了。

“当然有！”贺夜阳气愤地说，“夏梦渔，你别瞧不起我！”

“我没有瞧不起你……”夏梦渔顿了顿，然后认真地说，“不过我希望你记住你今天说的话，无论什么时候都不要忘记了。”

夏梦渔看向贺夜阳，她的目光沉静，坚定有力，有一种让人动容的力量，让贺夜阳都忘记了生气。

“我当然记得住。”贺夜阳嘟囔道。

“那就好。”夏梦渔一边拿手机一边说，“我要趁着在路上背背单词，不跟你聊了。”

“嗯。”贺夜阳叹一口气。

方才夏梦渔说那番话的样子，让贺夜阳忽然觉得她好懂事。看着夏梦渔解着手机的耳机线，他忽然叫了她一声："夏梦渔……"

"嗯？"

"我之前觉得你挺天真的，现在看来你其实也蛮成熟的……"

夏梦渔忍不住翻了个白眼，一边戴上耳机一边冷冷地说："天真和成熟又不矛盾，和天真矛盾的是市侩。"

说完这句话，她就开始听法语词汇了。她转过头看着窗外，专心致志地听着课程，心无旁骛，完全忽略了贺夜阳的存在。

贺夜阳看着夏梦渔认真的侧脸，痴到回不过神，直到车子一个急转弯他才猛地反应过来，发现自己竟然看夏梦渔看呆了。

他立刻转过脸看向窗外，掩饰着自己的局促，明明夏梦渔根本没有注意他，却还是觉得一阵心虚。

方才他忽然觉得心跳加速到他无法克制。

跟夏梦渔认识了这么多年，这还是贺夜阳第一次看到她有这种心脏狂跳的感觉。

不，是活了这么多年，他第一次像这样觉得心动不已。

出租车到了学校门口，贺夜阳赶紧先下车，难得绅士地给夏梦渔开门。

夏梦渔一愣，小祖宗的王子病什么时候好的？怎么还会给人开车门……她用一种看珍稀动物的眼神看着贺夜阳："你什么毛病？"

贺夜阳脸一红，竟然有些不好意思，不耐烦地说："废话那么多，快下车。"

夏梦渔只得下了车，贺夜阳又替她关上门。

两人刚准备走，可一抬头，却见到徐子充就站在学校门口，正面无表情地看着他们……

夏梦渔起了一身鸡皮疙瘩，有一种干坏事被抓现行的错觉。

她连再见都来不及跟贺夜阳说就冲到了徐子充跟前，一脸谄媚的笑容，尴尬地问：“你今天怎么这么早，呵呵……”

徐子充看了一眼一脸假笑的夏梦渔，淡淡地说：“在等你。”

夏梦渔深吸一口气，感觉小哆包对她有意见。

“那个，我今天……”夏梦渔想解释。

“不用解释，没关系。”

夏梦渔完全不觉得徐子充这是没关系的状态，她觉得徐子充简直就是在意死了，语气如此冷淡……

她可怜兮兮地看着徐子充，期望能够靠着装可怜博得他的同情。

徐子充见夏梦渔这个样子，语气果然软了一些。他看了一眼还站在出租车旁边的贺夜阳，又看了看手表道：“我今天要去见新经纪公司的人，不上课，放学你等我一下，我来接你。”

夏梦渔猛点头。

徐子充现在说什么她都会说好的。

“过来。”徐子充说，“靠近点。”

夏梦渔立刻往前走了一步，靠近了徐子充一些。

徐子充不耐烦地把夏梦渔又往跟前拉了拉，然后飞快地在她的额头上亲了一下。

夏梦渔猛地捂住自己的额头，立刻往后退了一大步，惊慌失措地四处看。

“你疯了，大庭广众的！”夏梦渔目瞪口呆地说。

徐子充毫不在意，瞥一眼贺夜阳，又对夏梦渔说：“你下次再敢跟他单独待在一个密闭的空间里，我就还这样亲你。”

夏梦渔发现徐子充这个人不是一般的小心眼，醋劲还挺大。

“不是还有司机嘛……”夏梦渔嘟囔着，“不算是单独待在一个空间啊……”

“那也不行。”徐子充斩钉截铁地说，“危险。”

“知道啦，下不为例好不好？”夏梦渔讨好着说。

“可以，下不为例。”

学校门口的人渐渐多了起来，徐子充又看了看时间道：“我先送你进教室，然后我就要走了。”

夏梦渔点点头，跟着徐子充一起走进了校园。

贺夜阳在原地愣了半晌，直到出租车司机叫了一声他才回过神。

“小伙子，给钱……”

贺夜阳这才想起来车钱还没给，赶紧掏钱包。

趁着贺夜阳掏钱的空儿，出租车司机打趣地看着他，道：“怎么尿了啊小伙子？喜欢的姑娘都跟人跑了，你还傻站着？我跟你说，年轻人就是要有血性一点啊，喜欢就上去抢回来啊！”

贺夜阳给了车钱，迅速关上车门，什么都没有说就转身走进了校门。

如果是以前，他肯定不会尿，可是刚才那一路，夏梦渔轻描淡写地对他说的那几句话却让他忽然心生羞怯。

不知道为什么，从前他觉得他和夏梦渔门当户对，家境相似，长相、智商都相配，又是青梅竹马一起长大的，世上没有人比他们两个更相配的了。可是，现在他竟然觉得自己有些配不上夏梦渔。

放学后，徐子充在学校附近等夏梦渔，两人一起往公交车站走。

见到徐子充的表情，夏梦渔觉得他看起来似乎挺开心的，大概今天跟经纪公司谈得很顺利。

“谈得如何？”她问。

“挺好的。”

“那就好。”夏梦渔笑眯眯地说。

徐子充难得地有表达的欲望，虽然语气依旧平静，但是神采飞扬的样子一看就知道他很开心。

“经纪公司给我安排了一个临时的团队，有教练、体能师和营养师，等到结束了这个阶段的比赛，会重新给我量身打造一个团队。下周一开始我就要开始系统地训练了，来学校的频率可能会变低，像是晚自习、周末补课就都不来了。”

夏梦渔一愣，问：“那你岂不是要跟学校请假？你准备怎么跟老师解释呀？”

“我今天下午去找玲花谈过，体育局的谭局长也给学校领导打过电话，学校说会全力支持我的。”

“哇……”夏梦渔惊喜地说，“那岂不是就不用瞒着大家你打拳的事情了。”

徐子充点点头。

“那我以后去给你加油的时候要带着徐桑和范小乔！”

“可以。”

“你下次比赛什么时候？”

“‘十一’。”

“‘十一’刚好放假，太棒了！那我‘十一’的时候要去给你加油！”

徐子充犹豫了一下，问：“这次比赛是在国外，你爸妈会让你去吗？”

夏梦渔噎了噎，没有回答。

在国外，那她恐怕就不能到场了。

“那之后的比赛是在哪儿？”

徐子充有些无奈地说：“定了接下来的四站，日本、中国台湾、泰国、中国北京……后面的还没有安排，但是有可能会在亚洲转一圈。”

见夏梦渔脸上有沮丧的神色，徐子充又补充道：“因为我需要尽快提升职业排名，所以这段时间比赛才这么密集，也就集中在十月、十一月，十二月我就会回来专心备战年底的拳王争霸赛。”

夏梦渔又笑起来，还是笑得那么灿烂，点点头道：“嗯，那太好了，感觉你这次签的经纪公司很靠谱啊！”

“嗯。”徐子充也笑起来，心情愉悦。

已经到车站了，徐子充提议道：“我们再往前走一站路怎么样？”

夏梦渔感觉到徐子充今天的好心情，点点头，笑眯眯地跟着他往下一站路走。

已经是快入秋了，这两天傍晚的天气凉爽，可以说是一年中最好的时节。

两人离开了学校附近，徐子充回头看了一眼，见身后没有同校的学生，便靠近夏梦渔，牵起了她的手。清凉晚风吹来，吹得夏梦渔耳边的碎发轻扬。

徐子充看着夏梦渔的侧脸，忍不住扬起嘴角笑了笑。

他握紧夏梦渔的手，只觉得有生以来第一次这么快乐，前方的路很清晰，目的地明明白白地就在眼前，想要的一切都在触手可及的地方。

回到家的时候，妈妈正在炒菜，见到夏梦渔回来便说：“你的英文课本好像到了，妈妈给你拆开看了下。”

夏梦渔回到房间，见到她桌上摆着的是从美国预订的教材，寄了半个月书终于是到了。

她翻了翻那几本书，把它们放到了书架上。现在徐子充有自己的团队，已经不需要她为他看什么书了。

妈妈叫夏梦渔吃饭了，夏梦渔正在从书包里往外拿作业本，刚好拿到那本封面包着《努力学习的人运气都不会太差》的书，里面是她还没有做完的美国体能协会 NSCA 的考试题目。

“快点过来吃饭。”妈妈打开她的房门催促。

夏梦渔赶紧把书又塞回去，回道：“来了，马上出来。”

吃完饭，夏梦渔回到房间准备继续写作业。她拿起手机看了一眼，里面有徐子充的信息。

徐子充：“明天来不来拳馆？带你打拳。”

夏梦渔犹豫了一下，把手机放到一边，做完了一道题才又拿起来回复。

夏梦渔："你好好训练！都要比赛的人了，别分心，我打拳那是好玩，又不是很重要的事情。我明天想待在家里背背法语课文。"

徐子充："好，你什么时候想来告诉我。"

夏梦渔："OK！你加油！"

夏梦渔收起手机，专心地写作业。

人真的是很复杂的生物。

夏梦渔发自内心地为徐子充感到开心，没有什么比看着他越来越好更让她快乐的了，甚至，徐子充好比她自己好更让她感到幸福。

可是为了徐子充开心的同时，却也不影响她为自己感到沮丧。

徐子充已经找到了他的路，可是她呢？她的梦想好像还是一个遥不可及的梦，法国，蓝带学院，有大大落地窗的餐厅，属于自己的厨房……这一切都还在一片朦胧之中。不知不觉，她觉得已经快要跟不上徐子充的脚步了。他可以自由地去这个世界上的任何地方，可以做他最喜欢也最擅长的事情，而她还被困在这里，根本没有能力飞出这牢笼。她要怎么办？等着徐子充救她吗？

夏梦渔写完了作业，又从书架上拿出法语课本来。

不，她才不要做一只等待被拯救的囚鸟。

夏建国跟贺夜阳的父亲说了夏梦渔决定不出国的事情，他表示女儿实在不愿意，他不好勉强，而且出国的经济压力太大，在国内读大学是一样的，以后她想出国就凭她的本事自己出国。

贺夜阳的爸爸也单独跟夏梦渔谈了一次，要她不要担心钱的事情，只要她想出去，他一定帮她。但是夏梦渔也坚定地表示自己不想去美国，并不是因为爸爸的原因，也不想承贺叔叔这么大的恩情，以后也无以为报。

话都说到了这个份上，贺夜阳的爸爸也不是不懂人情世故的人，知道事已至此，勉强不来，便没有再提这件事。

不过令夏梦渔感到惊讶的是，贺夜阳竟然没有来劝说她。本来她以为按照贺夜阳的个性会有很大反应的，可他却出人意料地很安静。

整个九月都没有什么令人激动的事发生，一切似乎都在静静地酝酿。

范小乔戒了偶像剧，每天学习到十二点，跟别的班上那些爱玩的朋友渐渐不再联系。

贺夜阳基本上不来学校了，准备着出国的事宜，只有偶尔需要准备材料的时候才会出现在学校里，他的前女友俱乐部一改愤恨的情绪，竟然全都对他有些依依不舍。毕竟跟他谈恋爱的时光还是很让人快乐的。

夏梦渔一边好好学习，一边准备着语言考试。

徐子充全力地备战比赛，每天下午上完课就去拳馆，大家一开始都还好奇徐子充为什么不上晚自习，后来见他不说也就不再问。

平淡的九月过去，到了九月的最后一天，大家终于等到了“十一”假期。

虽然高三狗只有两天假，但是那也是阔别一个月之久的双休啊。大家计划着这两天休息要去哪里嗨，范小乔也问夏梦渔要怎么安排。

夏梦渔回头看了一眼徐子充空荡荡的座位，无声叹息，这个月他们两个人几乎没什么机会能够单独相处，徐子充每天都要训练，早早就离开学校，她也忙着准备考试，每天很辛苦，几乎是刷完题便倒头睡觉，腻歪两句的时间都没有。

“学习。”夏梦渔无奈地回答。

徐子充今天晚上的飞机飞日本，之后这一两个月他就要开始去世界各地比赛，来学校的机会都少，所以她还是一心一意地好好学习吧。

“那我也学习吧……”

学神都要学习，范小乔哪里有资格玩？

“十一”假期，夏梦渔的爹妈跟着几个老同学一起去温泉村度假了，为了躲开高峰，他们提前一天出发，所以今天夏梦渔就算晚回家也没关系。

大家急急忙忙地回家，她却还是坚持把这套卷子做完了才收拾东西离开。

等她准备离开的时候，教室里的人都走光了。

夏梦渔看着空荡荡的教室发了一会儿呆，正想背起书包的时候，身后却传来一个声音。

“想什么呢？

“想我啊？”

徐子充？！

夏梦渔惊讶地回过头，见到徐子充正站在教室门口，双手插在口袋里，随意地靠着门框，正微笑地看着她。

“你怎么在这里？”夏梦渔激动地扑过去，简直就是栽进他的怀里。

徐子充伸手接着扑过来的夏梦渔，将她揽在怀里，低头温柔地看着她说道：“晚上十二点半的飞机，我看还有点时间就来学校等你。”

夏梦渔开心得眼睛都眯成了一条缝。

“好呀，那还有六个小时呢！我们做什么？”

徐子充忽然不怀好意地笑了笑。

“你还记不记得你说过的一句话？”

“什么话？”

“如果还有十分钟就要开船，至少我们还可以亲吻五分钟。记得吗？”徐子充看了看时间，“飞机还有六小时起飞，我们还可以亲五个半小时。”

夏梦渔噎了噎，目瞪口呆地看着徐子充，亲五个半小时，那嘴巴还不亲成腊肠啊！

见到夏梦渔当了真，徐子充忍不住笑起来。

“你什么时候这么好骗了？亲五个多小时不是折磨你，是折磨我。”徐子充牵起夏梦渔的手，“走，看电影。”

徐子充打首场职业赛的时候，两个人本来约好了，等徐子充得胜归来就去看电影，夏梦渔连电影票都买好了，只可惜那场比赛徐子充输了。

“上次没看成，这次补上。”徐子充说。

“看来你很有信心会赢啊？”夏梦渔笑眯眯地问。

“嗯。接下来这几场比赛都不会输，也不存在挑战，就是为了让我赢才安排的，只有年底的那场拳王赛才是真正的挑战。”

“你的对手厉害吗？”

“厉害。”

夏梦渔的心悬起来，徐子充捏了捏她的脸道：“别担心，信我。”

“嗯！”

夏梦渔和徐子充来到电影院，“十一”档的外国大片还没有上，现在上映的只有几部国产片，口碑还都不大好。

“这一水儿的都是烂片啊……”夏梦渔极其无奈地说。

徐子充说：“没有喜欢的那就不看了。”

“不行不行！”夏梦渔忙说，“连着两次看电影都看不成多不吉利啊，今天非看不可，刀山火海都要看，我们就硬着头皮看一场吧。”

她抬起头看着几部片子的演员阵容，又瞬间把头低下去了，实在是一点兴趣都提不起来。

“唉，还是你挑吧。”夏梦渔说。

“也不是非看这几部电影。”徐子充说，“我们换个地方看别的电影。”

“难道不是全城都上映一样的片子吗？最近的档期就这几部啊。”

“当然不是。”

徐子充把夏梦渔带去了一家可以自己选片的私人影院……她非常

怀疑徐子充是打算好了的，要不然怎么就这么熟门熟路地把她带这里来了？

“你是不是早有图谋？”夏梦渔问。

徐子充一脸正气凛然，道：“图谋什么？”

“把我带到私人电影院啊。”夏梦渔眯着眼睛看着徐子充，“心机太深了。”

徐子充轻笑一声道：“我要对你做什么，需要这么迂回吗？”

“……”

“你会对我说不吗？”

这家私人影院很豪华，服务员把他们带到包厢，里面有一块大幕布，有真皮沙发，有按摩椅，还有一台冰箱。

里面的酒水都是免费的，还准备了水果和小零食。

服务员交代完就关上门离去。

等服务员一走，包厢里就只剩下夏梦渔和徐子充面面相觑，她忽然有些紧张，想要掩饰自己的促狭，便说道：“我去找找看什么电影。”

夏梦渔转身要去架子上翻影碟，结果却一脚踢在桌脚上，疼得往后一退又撞在了茶几上……

徐子充站在不远处面无表情地看着夏梦渔。

“你慌什么？”徐子充问。

“我没慌！”夏梦渔涨红了脸道，“你……你去挑电影吧，我去冰箱拿饮料！”

徐子充无可奈何地摇摇头，走过去挑影碟，兔子精也是难得这么紧张，还蛮可爱的。

他挑了一部《诺丁山》，感觉会是女孩子喜欢的电影，一转身，见到夏梦渔正在开冰箱，刚想开口提醒却已经来不及了。

夏梦渔简直就是脑子进水了，开冰箱的时候正对着冰箱门，猛地把门拉开，直直地就撞在了冰箱门上……

"疼疼疼疼疼疼疼！"

徐子充这一回是真的笑出来了，兔子精真的是每天都给他带来新的惊喜。他哭笑不得地说："我还是第一次见到有人开冰箱门也能把自己撞着的。"

夏梦渔捂着额头，可怜兮兮地转过头，撇着嘴看着徐子充，带着哭腔道："疼死我了，你还笑我！"

见到夏梦渔一副要哭了的样子，徐子充才知道她是真的撞疼了，这才着急起来，忙走过去拿开她的手，语气温柔地说："来，我看看，哪里撞疼了？"

"眉毛这里。"

徐子充伸手轻轻摸了摸，眉骨那里还真的被撞肿了。

他让夏梦渔坐在沙发上，去冰箱拿了一盒冰激凌给她敷了敷，无奈地说："你这么紧张做什么？我又不把你怎么样，你用得着自残吗？"

夏梦渔脸一红，也是的，人家一直站着没动呢，她在那里瞎紧张，她果然就是脑补过多……

"你要是真的这么害怕，我们就不看了，一会儿出去转转就好。"

"不可以！"夏梦渔连忙着急地说，"电影我们一定要看的，我不怕你，我就是……就是害羞嘛……"

徐子充又摸了摸夏梦渔的眉骨，问："现在还疼不疼？"

夏梦渔摇摇头。

于是徐子充把冰激凌打开，递给夏梦渔："吃吧，压压惊。"

"好的呀！"夏梦渔高高兴兴地打开冰激凌，坐在沙发上满足地吃了一口。

"这么高兴啊？"

"对啊，我最喜欢朗姆酒口味了！"夏梦渔顿了顿又道，"我还最喜欢抹茶味，最喜欢奥利奥味，最喜欢香草味，最喜欢巧克力味……”

徐子充无奈地问：“你的最喜欢也太多了吧。”

“是啊，我最喜欢的好多呢……但是我的最最喜欢的只有一个。”

“什么？”

徐子充要记下来，以后好给夏梦渔买。

“徐子充呀！”

徐子充侧过头，伸出手遮了遮脸，怕被夏梦渔看到他脸上的红晕。

“我去放电影。”

夏梦渔高高兴兴地吃着冰激凌，点点头道：“好的呀，什么电影？”

“《诺丁山》，你想看吗？”

“可以啊！”

徐子充放好电影，走过去关上灯。

包厢瞬间暗下来，只有银幕的光芒影影绰绰地照在夏梦渔脸上。

徐子充在夏梦渔身边坐下，夏梦渔又有些紧张起来。

“你放心，我有分寸，我们就看电影。”徐子充察觉到夏梦渔的局促不安。

“我没担心啊……”夏梦渔嘟囔，“说得好像我很期待你对我做什么似的。”她又吃了一口冰激凌，看着大屏幕不敢转头看徐子充。

“我不会对你做什么的，又不着急。”

“嗯……”

“顶多就是亲一下。”

第二章 / 你只能喜欢我

夏梦渔手里的冰激凌都快化了徐子充才放过她，离开她的脸。

电影正好放到茱莉亚·罗伯茨和休·格兰特再次在街边相遇的场景，休·格兰特看着茱莉亚·罗伯茨的眼神就跟徐子充看着夏梦渔的眼神一模一样。

温柔内敛，却炽热执着。

夏梦渔目光如水地看着徐子充，脸颊红红的，一副迷迷糊糊、楚楚可怜的模样。

徐子充立刻侧过头不再看她，忍不住低声骂了一句。

夏梦渔一愣，回过神来，一脸迷茫地看着徐子充："你怎么了？"

"后悔。"

"哈？"夏梦渔心里"咯噔"一下，问，"你后悔什么？"

“我为什么要带你来这里？”徐子充无奈地抚了抚额头，“不是折磨你，是折磨我。”

夏梦渔一脸的尴尬，干笑两声道：“要不……你再想想孟辉？”

“夏梦渔……”徐子充忽然用一种非常可怕的眼神看着夏梦渔。

“嗯？”

“你要是把我弄出毛病来了，以后后悔的是你。”

夏梦渔见到徐子充吃瘪的样子忍不住哈哈大笑起来，拍拍他的肩膀，安慰他：“没关系的，如果是你的话，我也是可以精神恋爱的！”

“谁跟你精神恋爱？”徐子充语气冷淡地说，“我不搞柏拉图那一套。”

夏梦渔噎了噎，问了一个让自己后悔的问题：“那你准备跟我搞哪一套？”

“弗洛伊德那一套。”说完徐子充就把夏梦渔又拉了过来，抱在自己怀里，捧着她的脸低下头又亲了一口。

恍惚间，徐子充想，她怎么这么好闻？

他恨不得每天都这样抱着她窝在这一方小天地里，总算知道为什么古代那么多昏君夜夜笙歌不早朝了，这种美好的感觉真的很容易让人乐不思蜀。

夏梦渔感觉到徐子充抱着自己的大手越来越用力，忽然就紧张起来。

一紧张，她就会胡说八道：“我总算体会了什么是世界上的两大谎言了。”

“嗯？”徐子充无心听夏梦渔的话，整个人都沉浸在自己美好的幻境里。

“你知道是哪两个吗？”

“嗯？”

“第一个是，女孩子说我就逛逛，不买……”夏梦渔顿了顿道，“我一会儿是不是就要听到第二个了，我就抱抱，不干别的？”

徐子充一愣，没忍住，一头栽在夏梦渔胸前闷笑起来。他的兔子精真的是个宝贝。

见徐子充笑个不停，夏梦渔无可奈何地问：“我说的话有那么好笑吗？我可能不应该去当厨子，应该去讲相声。”

徐子充撑着手坐起来，然后把夏梦渔也拉了起来道：“我不撒谎，真的不干别的。”

夏梦渔立刻谄媚地冲着徐子充笑了笑：“哎哟，我们不是来看电影的吗？看吧看吧。”

两人看向大屏幕，可是电影里正演到休·格兰特和茱莉亚·罗伯茨第一次接吻的地方，屏幕里的主人公吻得激烈，屏幕外的两个人同时转过头对看了一眼。

徐子充把夏梦渔抱得紧紧的，又腻歪起来。夏梦渔也是没想到徐子充那么缠人，果然他之前说他很黏人并没有骗她。

夏梦渔把徐子充的脑袋推开道：“看电影嘛……”

徐子充一脸不满地看着她：“我明天就要走了，好久都看不到你……”

嘁，来装可怜这一套。

“说到你明天要走了，我就有个问题要问你。”夏梦渔忽然一副严肃的样子。

“嗯？”

“你刚刚说你不搞精神恋爱，那要是有一天我们要分隔两地了，怎么办？”

徐子充皱眉，语气不善地问：“我们为什么要分开？怎么，你想溜啊？”

“可是如果我以后去法国学厨师，你去了美国打拳击，我们隔着那么远，怎么办？你不精神恋爱，难不成你要分手吗？”

“飞啊。”徐子充毫不犹豫地说。

“有问题吗？”徐子充问。

“没……”夏梦渔噎了噎，“挺好。”

“可以了吗？”

夏梦渔简直想要翻白眼，心里能不能有点别的事儿？

“等等，我还有个问题。”

“问。”

“我听说过一个说法，说是男朋友、女朋友在国外的这类人，在留学圈子里全算单身，因为迟早要分手。你觉得呢？”

徐子充的眼神冷了冷道：“谁敢当你单身你告诉我，我飞过去找他谈谈心。”

夏梦渔又被徐子充的话噎住，感觉这种事情他还真的做得出来……

“那你呢？”夏梦渔又问，“你这么帅，这么强壮，这么厉害，这么棒，得多少姑娘惦记着你啊，我不在你旁边，你会被别的小妖精勾走吗？”

徐子充只想赶紧多亲一下夏梦渔，皱着眉回答：“命都是你的，谁勾得走。放心了没，赶紧过来给我亲一下。”

夏梦渔才不会这么轻易善罢甘休呢，又问：“那你要是遇到一个什么都比我好的呢，各方面都比我合适的呢，比我美比我聪明的呢？”

“不存在这种可能。”徐子充回答得斩钉截铁。

“怎么不存在？”

夏梦渔想，该不会在徐子充心里，她是全世界最最好看，最最聪明，最最优秀的人吧？

“没空去了解别的女人。我不会给机会让自己去喜欢别人的。”

啧，真不会说话。

见到夏梦渔脸上表情冷冷的，似乎有些不高兴，他问：“我说错什么了吗？”

“没。”夏梦渔无声地叹息，谁叫她喜欢的就是徐子充这种直男的个性呢，真要是满嘴糖衣炮弹，句句都说得她心花怒放，她还不喜欢了呢。

“那你答应我，除了我之外你不可以喜欢别人。”

“嗯。”

“你这辈子就只能喜欢我。”

“好。”

夏梦渔终于高兴了，得意扬扬地笑了起来，一副心满意足的样子。

“那你呢？”徐子充问。

“我什么？”

徐子充的目光沉了沉：“你会喜欢别人吗？”

“不会呀。”

“为什么？”

“没空啊！”

“你在外面就放心地打你的拳，我每天沉迷学习，哪来的那个时间喜欢别人。我恨不得一天有四十八个小时给我学习。”

徐子充现在总算知道刚才夏梦渔的表情为什么会忽然冷淡下来了，这个答案听起来还真让人不舒服。

“那要是你有时间了呢？”徐子充黑着脸问，“就要野了是吧？”

“怎么会呢？”夏梦渔笑得一脸谄媚，“除了你，我谁都不喜欢。”

“为什么？”

“因为别人都不是你啊。”

徐子充只觉得方才那一下，心脏都恨不得要为这句话停止跳动了。

兔子精这张嘴简直就跟抹了蜜似的。

“可以。”徐子充还是不动声色的模样，酷酷地说，“很会说话。”

“当然，我可是你的小甜甜呀！”

徐子充忍不住笑了笑，又问：“你还有别的什么问题没有？”

夏梦渔摇摇头，安心了，可以好好看电影了。

第一场电影两人就压根没有好好看。最后还是徐子充先受不了，先把夏梦渔推开。夏梦渔莫名其妙地看着徐子充，他又有什么毛病？

只见徐子充侧过脸，黑着一张脸说：“离我远一点。”

“怎么了，要不我们看部惊悚片吧？”夏梦渔想了想，提议道，“看恐怖片的时候注意力比较集中，不容易想些乱七八糟的事情。”

徐子充微微蹙眉，问：“你确定？不怕吗？”

“不怕啊！”夏梦渔毫不犹豫地答道。

“你一会儿要是往我怀里钻，我不会松手的。”

夏梦渔扬起嘴角笑了笑，不说话。

呵呵，天真。

夏梦渔主动去挑片子，徐子充想着她挑也好，免得他挑得太恐怖，一会儿吓着她。

夏梦渔翻了半天才选中了一部叫《寂静岭》的电影。这部电影她早就听过其大名，据说超可怕，奈何一直没有机会看，今天好歹是逮住机会了。

《寂静岭》真的算是恐怖片里的佳作了，气氛烘托得很好，悬疑也设置得强烈，恐怖意象也渲染得意味深长，但是……

夏梦渔全程只有全神贯注和兴奋的表情，脸上从头到尾都没有出现过恐惧的神色，甚至有的时候还会满意地微微一笑……

徐子充忽然觉得，他对自己的女朋友可能了解得还是不够深刻。

“你那么喜欢看恐怖片吗？”徐子充问。

“超爱！”夏梦渔激动地说，“难道你不觉得在感受到巨大的恐惧之后，内心会有一种非常平和宁静的情绪吗？”

“不会。”徐子充斩钉截铁地说。

“是吗？”夏梦渔丝毫不觉得有什么问题，嘟囔着，“可每次我压力大的时候，就喜欢看恐怖片放松。还有惊悚悬疑剧情片，什么《汉尼拔》《致命ID》《七宗罪》《电锯惊魂》……下次我们一起重温《电锯惊魂》吧？我超级爱那个系列！”

看恐怖片放松徐子充这还是第一次听说，而且《电锯惊魂》这部电影有些画面血腥得他都觉得过了点……他忽然觉得，自己可能找了一个很可怕的女朋友。

果然是危险分子。

“好不好吗？”夏梦渔可怜巴巴地看着徐子充。

徐子充觉得夏梦渔的长相真的非常具有欺骗性，兔子精的外表，小母狼的灵魂。

“可以。”他无可奈何地说。

看完电影两人见还有时间，便离开了电影院去吃夜宵。

这附近有一家“淘气牛杂”特别有名，他家的牛肉面简直好吃到让人原地起飞，夏梦渔一边走就一边给徐子充介绍。

“他们家的面，就算点外卖到家都不会坨哦，你知道为什么吗？因为那个面是用油拌过的！超级劲道的！

“而且他家的红油香而不辣！上面是红油，下面却是清汤，层次很清楚，你吹一吹，喝一口底下的现熬牛骨汤，哇！那个味道，又鲜又浓，汤里却没有油，也不咸！

“我一直都很想知道他们的卤子是怎么做的，但是老板不告诉我……

“他家的生烫牛肉味道也超级棒，肉质很嫩很弹。”

夏梦渔一说起吃的来就滔滔不绝，徐子充微笑着看着她问：“你是从哪里知道这么多好吃的地方的？”

“我有雷达的！而且我八字里有四个食神，天生有口福，你只要跟着我，就肯定能吃到好东西。”夏梦渔一脸得意。

“棒啊。”

夏梦渔笑眯眯地看着徐子充，一脸求表扬的神态。徐子充捏捏她的鼻子，牵住了她的手。两个人手拉手地往前面的店铺走。

这家店生意特别火爆，虽然是一间苍蝇铺子，但是附近却停满了车，看来都是专门来吃他们家的牛杂和牛肉面的。

两个人等了一会儿，见到前面有一家三口准备起身，夏梦渔眼疾手快，忙拉着徐子充冲了过去，赶紧先把位置给占了。

“你们要走了吗？我们可以坐这里吗？”

“可以啊。”抱着孩子的妈妈和善地说。

对完话后，夏梦渔和这位妈妈都有片刻的迟疑，然后同时回过神来猛地看向对方，四目相对，全都目瞪口呆，说不出话来。

空气一度凝结了。

夏梦渔和徐子充这才发现，这位抱着孩子的妈妈竟然是玲花！玲花把头发放下来，化了个妆，穿了条裹身裙，他们俩还真的没认出来！

夏梦渔和徐子充都万万没有想到，竟然会撞见玲花一家三口，这是什么孽缘，现在怎么办？！

玲花的老公见到老婆翻了个白眼，再看看眼前这两个孩子满满都是胶原蛋白的脸就即刻明白了过来。

“你学生啊？”

“是啊。”玲花冷笑一声，嘲讽地说，“这可是我们班的第一名和第二名呢，你说我们班是不是很出息？我教了这么多年书都没见过这么优秀的学生呢！”

徐子充和夏梦渔老老实实地低下头。

见到两人这个样子，玲花的老公接过玲花怀里的孩子，笑道：“我到车子里等你。”

“嗯。她睡着了，你轻点啊。”

“知道。你也别太为难两个孩子了。”

玲花白了老公一眼，她老公只得老实闭了嘴，抱着睡着的孩子先去了车里。

等老公走了，玲花又坐回到座位上，叫服务员过来道：“来，收拾一下桌子。”

服务员收拾完桌子，疑惑地看了一眼低着头站在一旁的徐子充和夏梦渔，笑着问：“你们要什么吗？”

徐子充和夏梦渔不说话。

玲花看了一眼两人紧握的手，敲敲桌子道：“别给我摆出一副苦命鸳鸯的样子，我不吃这一套，坐！”

夏梦渔和徐子充对视一眼，然后都心情忐忑地坐了下来。

“要吃什么点吧。”玲花说，“我请。”

竟然没有批评他们，还让他们点餐？玲花葫芦里是卖的什么药？

夏梦渔怀着吃最后的晚餐的心情拿起了菜单，不带喘气地一溜儿点道：“一份牛杂、一份生烫牛肉、一碗牛肉面、一碗牛三拼、一碗牛百叶，再帮我们去隔壁叫一份汤包、一份鸭血粉丝汤。”

玲花看着夏梦渔，饶是她这样见过世面的班主任也对夏梦渔无语了。还真不客气。

“你不点吗？”玲花问徐子充。

徐子充摇摇头。

“我点就好了！”夏梦渔笑眯眯地说，“他听我的。”

玲花一眼瞪过去，夏梦渔这才意识到自己又得意忘形了，赶紧缩了缩脑袋，低下头一副老实的模样。

徐子充无奈地看了夏梦渔一眼，温柔地笑了笑。

这一幕落在玲花眼里，她也是没想到，竟然有一天被自己的学生秀了一脸的恩爱。

上了菜两个人就吃，玲花就看着他们吃。

大概是抱着已经被老师发现了，伸头缩头都是一刀的心态，夏梦渔和徐子充反倒是放松了下来。

夏梦渔给玲花夹了一筷子生烫牛肉道：“这个很好吃的，而且菜单上没有的，隐藏菜！”

本来玲花还想维持一下老师的严肃的，但是见到夏梦渔吃得那么香，没忍住尝了尝，还真的挺好吃。

夏梦渔一脸期待地问玲花：“好吃吗？”

玲花刚想说好吃，但是马上反应过来，发现情况不对。她轻咳了一声，“啪”的一下把筷子拍在了桌上。

夏梦渔吓得一个激灵，徐子充忙在桌下牵住了她的手。

“你心还挺大！”玲花瞪着夏梦渔，“接下来是不是就要跟我称兄道弟了？还真不客气！”

夏梦渔猛摇头：“不敢不敢……”

玲花冷哼一声道：“这是在学校外面，我就不跟你们计较了。要是在学校里被我看见，看我不收拾你们！”

嗯？夏梦渔一愣，玲花这话是什么意思。

她看向徐子充，徐子充握紧了她的手，对玲花点点头道：“谢谢。”

玲花叹了口气，徐子充这个学生最不让人操心，也最让人操心，她总觉得他不像是自己的学生，有时候就跟她的同龄人似的，早熟得让人觉得可怕，又觉得有些心疼。

“你们俩都懂事，话我也不多说，我想你们都懂其中的厉害，也不是不知道分寸的孩子。反正，不该做的事情不能做，不要影响学习……老师也年轻过，早熟的果实可都是酸涩的，你们好自为之。”

玲花掏出钱包付了钱，然后在两人脑门上一人敲了一下，终于是解了气。

“你们两个可给我省点心！”说完这句话，玲花便走了。

夏梦渔捂着脑门，虽然挺疼的，但还是松了一口气。

她问徐子充：“玲花这一关我们是过了？”

徐子充点点头。

“玲花刚才那话是在学校不要被发现，在外面随便我们怎么样的意思吗？”

“差不多吧。”

“玲花怎么这么好？”夏梦渔惊喜地说。

徐子充依旧表情严肃，并不似夏梦渔那样兴奋。

“她那一关我从来都不担心，玲花凡事都是从学生的角度出发的。我担心的是别人……”

夏梦渔也知道徐子充指的是什么。

“兵来将挡，水来土掩。还没发生的事情瞎操什么心啊，快来吃肉啦！”

徐子充无奈地笑了笑。

“你让我想起一句诗，商女不知亡国恨，隔江犹唱后庭花。”

夏梦渔琢磨了一下这句诗的意思，然后大笑起来，徐子充的语文水平还真的不高。

她点点头，摇头晃脑地说：“对啊，我就是这种人呀，外星人明天要入侵地球了，我也还要继续夜夜笙歌。就算是天塌下来，我也先高兴了再说！”

“可以。”徐子充笑了笑，语气温柔地说，“你就一直这样，永远都不要变。”

“好的呀！”

吃完饭，徐子充也要准备去机场了，夏梦渔非要送他。

“太晚了，你回家危险。我先送你回去再去机场。”

“不要，我先送你去机场再回去。”

两人叽叽歪歪的时候夏梦渔的手机响了起来，拿出来一看，是贺夜阳打过来的。她的表情僵了僵，接也不是，挂掉也很刻意，只能把手机屏幕给徐子充看，然后可怜巴巴地看着他，等着他的吩咐。

徐子充蹙眉：“接吧，开免提。”

夏梦渔开了免提接起电话来。电话那头是很嘈杂的声音，似乎是在KTV……

夏梦渔有些不耐烦地问：“你在哪儿啊？吵死了……”

“KTV，我几个同学说要给我饯行。”

对哦，夏梦渔这才意识到贺夜阳也要走了，而且他这一走是真的不会再回来了。

想到这里，夏梦渔多多少少还是有些伤感，不是伤感见不到贺夜阳，而是伤感果然人与人之间的缘分有时候看起来很深，其实却是说断就断的。你不知道哪一面就是最后一面，哪一句话就是最后一句话。

“我明天早上的飞机去北京，之后在北京的姑妈家待几天，‘十一’过后我就要去美国了……”贺夜阳又说。

夏梦渔抬头看一眼徐子充，没好说什么。

“哦……”她说。

贺夜阳那边超级吵，只听到贺夜阳冲着电话那边的人喊道：“别吵吵，没看我在打电话吗，安静！”

包厢安静下来，电话那边的音乐声也马上停止了。

“我想见见你。”贺夜阳又说，“你今天有没有空？我有话要对你说。”

夏梦渔的余光感觉到徐子充一直在盯着她看，忙道：“有什么话就在电话里说吧。”

“你是不是躲着我？我最近觉得你总是故意躲我。”贺夜阳又说。

不是夏梦渔故意躲他，是她爸爸要她跟他们家把关系断了。

“你马上出国了，咱们迟早都是要断联系的。”夏梦渔话没说完，但是意思也到了。

既然迟早都要断联系，现在联不联系又有什么意义呢？

“所以我才想见你最后一面，我们好歹也认识十八年了，我就这么一个要求，不过分吧？”

夏梦渔看徐子充。

徐子充看了看时间，叹了口气。

“你去吧，我直接去机场。”徐子充说。

“谁在说话？”贺夜阳听到徐子充的声音，语气沉了沉问，“你跟徐子充在一起吗？”

“是的。”夏梦渔又说，“徐子充说我们可以见一见，那就见一见吧。”

贺夜阳觉得夏梦渔这句话比说不见他还让他憋屈，她就这么喜欢徐子充，徐子充说什么就是什么吗?

但他更想见夏梦渔，所以又把满心的憋屈都憋回了肚子里。

夏梦渔跟贺夜阳约了见面的地方，正准备挂电话，徐子充却把夏梦渔的手机拿过来，语气冷酷地威胁着电话那端的人："贺夜阳，你最好老实点，别动什么歪脑筋。"

"徐子充，你不要小人之心。"

夏梦渔翻了个白眼，这两个人好幼稚。

徐子充懒得跟贺夜阳废话，贺夜阳的话都懒得听完，就挂断了电话。

他把手机还给夏梦渔，表情严肃，语气严厉地嘱咐她："在公众场合见面也一样要注意保护自己。"

"好。"

"不要跟他乱走。"

"好。"

"见完最后一面就回家，不要啰唆。"

"好。"

"十二点前要回家。"

"好……"

"有什么事情给我打电话。"

徐子充怎么这么啰唆!

"好……"夏梦渔还是无奈地说。

徐子充叹了一口气，把夏梦渔拉过来亲了亲。

"我对你真是太大方了。"徐子充有些窝火地说。

夏梦渔点点头，对徐子充竖起一个大拇指，毫不犹豫地夸奖他："你太棒了，真男人，大度!"

徐子充淡淡地看了夏梦渔一眼。

"你跟贺夜阳认识十几年，也算是十几年的朋友，无论如何都有感情，我理解。毕竟是最后一面，我也允许你们道别，我不是不讲道理的人。"

夏梦渔刚想夸奖徐子充一句，然而徐子充却又继续说：“但我是很小气的人，占有欲还很强，强到变态的地步。所以你好自为之。”

这是在威胁她吗？夏梦渔忽然觉得，她对徐子充的了解可能还是不够深刻。

“我本来就没说一定要见他，是你答应的啊。”夏梦渔小声嘟囔。

“在外人面前，我还是要给你面子。”徐子充说，“是不是很有面子？”

这哪里有面子了？他对面子这个词是不是有什么误解？明明是她在给徐子充面子好不好！

教练那边打电话过来催了，徐子充叫了车子前往机场，夏梦渔继续在牛杂店吃东西等贺夜阳。

贺夜阳来得很快，样子看起来很憔悴。他的眼睛里都是血丝，脸和脖子都红红的，一看就是喝多了酒。

贺夜阳一来就盯着夏梦渔看，看得夏梦渔起了一身鸡皮疙瘩……

怎么觉得贺夜阳看她的眼神那么奇怪，就是那种似乎随时都要为她去死的眼神。

“你没毛病吧？”夏梦渔紧张地问。

贺夜阳摇摇头，坐到夏梦渔对面，找店家要了两瓶酒。

他也不说话，直到啤酒上了，他立刻灌了一杯，然后才终于又看向夏梦渔。

“明天我就要走了。”

“嗯，一路顺风，希望你在国外有个好前程，真的。”

其实夏梦渔想对贺夜阳说的话，那天在车子里已经都说完了，现在也没什么多余的话可说了，她向来不是矫情的人，不喜欢说那些没有意义的伤感的话。

“夏梦渔。”

“嗯？”

“我喜欢你。”

“我喜欢你。”贺夜阳又说。

夏梦渔僵了僵，这就是贺夜阳要对她说的话吗？

“你喝多了吧……”夏梦渔无奈地说，“莫名其妙地来这么一句。”

贺夜阳又看着夏梦渔，眼里有血丝，是那种执着到可怕的眼神。

“我不要你现在回应我，我可以等，一辈子长得很，总有一天，我会再回来，靠我自己的力量回国娶你。”

贺夜阳真的是很善于自说自话，她又没说要嫁给他……夏梦渔想打断贺夜阳，可是他却不给她机会。

“你让我说完，明天我就要走了，有些话我怕没有机会当面对你说，我下了决心，今天一定要告诉你。”

“好吧，你说你说。”夏梦渔觉得头疼，跟一个喝醉的人是说不清的，就让他说醉话吧，反正明天起来也都不记得了。

“夏梦渔，是你让我开始思考我自己是谁，是你让我开始想要变成一个更好的人。等我变成更好的男人了，变成了一个配得上你的男人，我会再来找你。”

夏梦渔无奈地说：“贺夜阳……你想变成一个更好的人，我祝福你，但是不要是因为我，这样你让我觉得太沉重了。”

“你不用觉得沉重，喜欢你是我自己的事情，与你无关。”

“随便你吧，你高兴就好……”

看着夏梦渔这轻描淡写的模样，贺夜阳只觉得心里像是被人插了一刀：“你不信我。”

“没。”她只是不在乎而已。

“夏梦渔，你不知道我有多喜欢你。”贺夜阳借着酒劲儿，一股脑儿地把这一个月自己纠结反复的情绪都说了出来，“我喜欢你到连尊严都不想要了，恨不得求你跟我一起去美国；我喜欢你到每天都早起，等在你楼下，就为了看你一眼，但是又怕被你发现，让你瞧不起；我喜欢你到做梦都梦见你；我喜欢你到每晚睡觉前想的都是你。”

前面几条夏梦渔还有那么一点感动，可最后一句，又生生地把那点感动给碾碎了。

徐子充准备登机的时候，收到了夏梦渔的信息，说她已经到家了。

徐子充想了想，给她拨了个视频通话过去。

视频里，夏梦渔换了睡衣，坐在床上，正在擦头发。

“你是手滑吗？”夏梦渔问。

“不是，看看。”

夏梦渔好像明白了过来，徐子充真的是心机男孩，他是担心她骗他吗？

教练催促徐子充登机了。

“微信说，我先登机。”

“好的呀。”

徐子充上了飞机，放好行李，才又看向手机。

夏梦渔给他发了几条信息。

夏梦渔：“注意安全，好好照顾自己的身体，要多想我哦！”

徐子充：“好。飞机要起飞了，我先关机，到了我再联系你。”

夏梦渔：“好的。”

徐子充准备关机，可那边又忽然发了一条信息过来。

夏梦渔：“等一下，问你个问题。”

徐子充：“嗯？”

夏梦渔：“你每次睡觉前的时候想的是谁啊？”

徐子充：“……”

原来倒是没想谁，但是被夏梦渔问了这个问题之后，徐子充以后想要不想夏梦渔都难。

第三章 / 醋意浓浓

“十一”的两天假期很快过去，夏梦渔他们又开始继续上课。

徐子充在日本专注地进行适应性训练，夏梦渔平时也没打搅他，两人只在每天吃饭的时候聊两句。

比赛定在十月四号的夜晚。

这是徐子充在 WBC 拳击联盟的第一场职业赛，在备战了一个月之后，他将在东京时间晚上九点，北京时间晚上八点，开始新的职业篇章。

因为是“十一”假期，学校对这群高三学生还算是有一点人性，所以晚自习只安排了一节课。七点三十分一下晚自习，夏梦渔立刻就冲出了教室，甚至都没有管班上其他同学惊讶的目光。

她用百米冲刺的速度冲到校门口，打了辆出租车飞快地往家赶，好歹是在八点之前赶回了家。

夏梦渔怕爸妈发现她的异样，在门口喘了几口气，等到呼吸正常了才打开家门。

爸爸妈妈正在看电视，两人甚至都没正眼看夏梦渔一眼，只是随口问了她两句，就又专心致志地看最近的热门剧去了……

夏梦渔觉得自己也是想太多，她爸妈才没有那么细致，能观察到她是不是跑得满头大汗，呼吸是不是不正常……

“我回房间写作业了。”

“冰箱里有剩菜你饿了可以吃。”妈妈说。

“嗯，知道，我还不饿。”

夏梦渔慢慢地走到房间里，一关上房门就立刻把书包甩到地上，急吼吼地扑到床上坐下，拿出手机、戴上耳机跟徐子充的教练拨视频电话。

视频电话接通，耳机里传来嘈杂吵闹的喧嚣声，简直比夜店酒吧还要沸腾。

“怎么样？开始了吗？”夏梦渔急切地问。

教练其实也听不大清楚夏梦渔在说什么，但是知道她肯定只关心跟徐子充有关的事情，便调转镜头，把手机对准了拳台。

日本的拳击比赛现场的热闹程度跟中国完全不是一个层次的，在日本，拳击业已经非常发达，并且跟年轻人和时尚潮流联系紧密，他们自己的 K1 比赛，可以说是非常有影响力，每次都是在能容纳几万人的体育馆里举办，是年轻人的狂欢。

夏梦渔还从没有在国内见过哪场拳击赛能有这么多观众到场，气氛这么热烈。

音乐声很响，场馆里灯光耀眼得刺目。

徐子充和他的对手都已经登场，站在拳台上等待着比赛正式开始。对方穿的是红色战袍，徐子充穿的是黑色战袍，就跟夏梦渔第一次见到他时，他穿的那件战袍一样。

徐子充低着头，战袍的帽子微微遮住眼，可是却依旧能够感觉到他眼神里的热切和坚定。

他神态自若，气势逼人，血液里是对胜利的渴望。

只有在拳台上的时候，徐子充才能毫不遮掩地展示全部的自我——那个原始狂野、好胜心强、好斗暴力、永不甘心落于人后，要挑战权威、挑战强者的自我。

那个可以被毁灭，却绝不能被打败的自我。

举牌宝贝们在音乐里走上拳台，扭动着纤细的腰身，举起了第一回合的牌子。

绚烂至极的灯光，轰隆的音乐声，性感的举牌宝贝，这一切都让夏梦渔感觉自己仿佛一瞬间回到了那个和徐子充第一次相遇的地下拳击俱乐部。

那时候徐子充还只不过在一个只有几百个现场观众的小体育馆里打比赛而已，而现在他已经在可以容纳上万人的体育场，跟世界一流的拳手交战。

仔细算算，也不过是几个月之前的事情而已，他们的生活竟然就有了这样翻天覆地的变化。那个名不见经传的地下拳王已经找到了自己的路，而那两个曾经互相看不顺眼的人竟然相爱了。

夏梦渔一瞬间热泪盈眶，只觉得胸口充满了热血。

她真为徐子充感到骄傲。

他是她的荣耀，是她的骄傲。

音乐停止，现场瞬间安静下来，裁判吹哨。

黑色的战袍被抖落，比赛开始。

徐子充的前四场比赛结束之后十月就已经过去，接下来的几场比赛都在欧洲，他几乎没有时间在国内多做停留就又飞往欧洲进行适应性训练。

欧洲和中国的时差要大一些，白天夏梦渔还要上课，两人空闲的时间都很少，联系便稍微少了些，只偶然通话说说彼此的境况，见缝插针地找机会视频电话，见一见对方。

夏梦渔趁着午饭的空当跟徐子充视频，因为午休只有不到一个小时，所以徐子充也为了跟夏梦渔见一见，特地上闹钟爬起来。

徐子充现在在法国，那边还不到早上七点。他迷迷糊糊地醒过来，就接通了夏梦渔的视频电话。

夏梦渔正在吃东西，大概是没想到这么快就接通了，正吃得起劲，嘴巴鼓鼓的，一脸满足。徐子充忍不住笑了笑，只想伸手捏一捏夏梦渔的脸。

“吃什么呢？”徐子充问。

“比萨！”夏梦渔激动地说，“我喜欢上了这家的意式比萨，好正宗的！”

“你怎么知道？”徐子充还没有完全睡醒，闭着眼睛靠在床头，漫不经心地说，“你又没去过意大利。”

夏梦渔噎了噎，徐子充真的是不会聊天！

“我看他们家做得跟我在菜谱上看的一样啊，而且也是用那种壁炉烤的。”夏梦渔不高兴地嘟囔，“好不容易视频，你就是要气我是吧，你在欧洲了不起哦。”

徐子充还是靠在床头，闭着眼一边养神一边听夏梦渔说话，他忍不住又笑起来，只觉得没有什么比一早上起来就听到夏梦渔在耳边叽里呱啦更温馨快乐的了。

“我以后带你去意大利吃比萨好不好？”徐子充睁开眼看着视频里的夏梦渔，温柔地说，“你想吃什么我都陪你一起去。”

夏梦渔本来生着气呢，一听到徐子充这样说，立刻就眉开眼笑起来：“好的呀！”

徐子充差不多也彻底醒了，他下床走到阳台上，拉开窗帘，给夏梦渔看法国街头的景色。

夏梦渔一边吃饭一边激动地看向手机屏幕。手机画面里就是法国，就是巴黎，就是她最想去的地方。

“你一定要去巴黎的街头吃可颂，就是那种露天咖啡馆！然后告诉我好不好吃！我的人生梦想之一就是去巴黎的街头吃可颂面包。”

徐子充笑起来：“你的人生梦想我怎么可以先实现？”

“没关系，我不介意的！”

“有机会我们一起去吃，怎么样？”

“好啊！”夏梦渔激动地说，“那我们约好了，谁都不准先去吃，一定要一起去吃。”

“可以。”

徐子充准备去洗漱了，夏梦渔还舍不得挂电话。

“你说我们现在算是异地恋吗？”夏梦渔可怜兮兮地问。

“不算，我再过半个月就回国。”徐子充无奈地说，“回去陪你。”

“好吧……”夏梦渔还是舍不得挂电话，又继续找话说，“你早上吃什么呀？”

徐子充知道夏梦渔的心思，耐心地说：“一会儿去酒店吃自助早餐，吃完就去训练了。”

“哇，你住的什么酒店？主厨是谁？你们酒店的糕点做得怎么样？”

徐子充笑了笑道：“我问问酒店的人，明天再告诉你，我先去洗漱，要不一会儿得迟到了。”

夏梦渔都几天没见到徐子充了，可怜兮兮地看着徐子充，一双大眼睛水汪汪的，撇着嘴道：“那要不你拿着手机，让我看着你洗漱？这样也不耽误时间啊。”

“你就这么想我吗？”

夏梦渔猛点头。

徐子充笑了笑，简直拿夏梦渔毫无办法。但是夏梦渔难得这么黏着他，他怎么会拒绝呢？

平时夏梦渔那么爱学习，时常因为要做卷子而拒绝他的视频请求，徐子充难得有像今天这样的成就感。

“可以吗？”夏梦渔继续一脸期待地看着徐子充。

“可以。”

于是徐子充便拿着手机去浴室，把手机架在洗漱台上开始刷牙、洗脸、刮胡子。不得不说，真的还挺难为情的……

夏梦渔专注地看着徐子充洗漱，见到徐子充刮胡子，眼睛都瞪圆了，惊讶地说：“哇，你竟然会刮胡子！”

徐子充手一抖差一点没把脸给刮破……

“我是男的，当然会刮胡子。”徐子充无奈地说。

“我以为高中生不会刮胡子……因为我们还小嘛。”

“我不小。我大。”

不知道为什么，夏梦渔觉得话题不知不觉就跑偏了。她发现徐子充最近真的是骚话越来越多了，可见他从前那副内敛沉默的样子都是装的，其实是个大闷骚！

夏梦渔不说话，继续看着徐子充刮胡子，只觉得心神荡漾、心醉神迷。她的目光顺着他的下颌移到他的喉结，再移到他上半身。

唉，她无声地叹息，这个徐子充简直就是要迷死她！

徐子充回过头的时候便看见手机屏幕里夏梦渔双手撑着下巴，正一脸花痴地看着自己。他一时心情复杂，不知道是喜是悲。

“你这样看着我，让我有一种自己帅得感天动地的错觉。”

虽然夏梦渔这样痴迷地看着自己，徐子充也挺有成就感的……

夏梦渔重重地叹一口气道：“你就是帅得感天动地呀！”

“夏梦渔，你应该庆幸我现在不在你旁边。”

“嗯？为什么呀？”夏梦渔一脸疑惑。

“因为我会想办法堵住你的嘴，让你不能明目张胆地调戏我。”徐子充黑着脸说。

她脑子里成天都在想什么乱七八糟的东西，简直就是欠收拾。

“你每天都在幻想我什么？”徐子充瞥一眼夏梦渔问，“你这样我就当你是在暗示我了。”

夏梦渔干笑两声，讨好着说：“我这不是夸你嘛！”

徐子充无奈地看着她。

“徐子充……”

“嗯？”

“你可不可以帮我实现一个愿望啊？”

“可以。”徐子充毫不犹豫地说。

夏梦渔一愣，惊讶地问：“你为什么都不问我是什么愿望就答应了？”

“因为我做不到的事情你不会要求，我做得到的事情我绝对不会拒绝你。”

“说吧。”徐子充道。

“那我真说了啊！”

“嗯。”

“你不准笑话我！”

“嗯。”

“你可不可以当着我的面刮一次胡子啊！”

徐子充转过头极其无奈地看着夏梦渔，平时她的脑袋里到底都在想些什么？

“那上面不要穿衣服，下面就裹条浴巾！可以吗？可以吗可以吗可以吗？”

徐子充觉得头都是疼的，这简直是赤裸裸地调戏他呀。

“可以。”徐子充极其无奈地说。“你高兴就好。”

“Yes！”夏梦渔激动得恨不得要跳起来。

徐子充见她这么高兴也忍不住笑了笑，又道：“你好好吃饭，我先挂了，明天再联系吧。”

“不要嘛，你就把手机放在旁边，我不打扰你，我看着你就好，这样又不浪费你时间。”

“我上厕所你也要看吗？”

夏梦渔一时无言以对，内心非常复杂，有些犹豫。倒也不是不能看一看，但是看了又怕会很尴尬……

徐子充也是没有想到夏梦渔竟然犹豫了，她不会还真的想看吧？

徐子充忽然怀疑，他是不是交了一个很奇怪的女朋友。

“看看？”夏梦渔试探着问道。

“夏梦渔，你别就在电话里逞能，你最好在我面前的时候不要㞞。”

夏梦渔噎了噎，忽然有些害怕。

“我可是下个月就要回国的。”徐子充又道。

夏梦渔立刻对徐子充比了个爱心道：“我挂了哦，明天联系，爱你比心么么哒，再见！”

那边迅速挂断了电话，徐子充哭笑不得地放下手机。

夏梦渔挂断徐子充的视频电话，才发现刚刚有好几条微信进来，打开一看，全是贺夜阳发来的。

算算日子，贺夜阳也出国快一个月了，也不知道他最近过得怎么样。现在的时间是北京时间中午一点多，贺夜阳在美国，他们之间有十二个小时时差，他那边岂不是凌晨一点多？

凌晨一点发信息过来，夏梦渔怀疑贺夜阳过得不怎么好……

贺夜阳：“你在做什么？上课吗？”

贺夜阳：“我睡不着，最近睡眠很不好。”

贺夜阳：“夏梦渔，我总觉得爸妈有什么瞒着我。你知不知道出了什么事情？”

贺夜阳：“国外的日子一点都不逍遥，跟我们之前在国内想象的完全不一样。”

贺夜阳：“我知道为什么大家在国外都谈恋爱了，这里真的太寂寞了……不，是太孤独了。人在异乡，毫无归属感，感觉就像是被排除在外一样。”

贺夜阳：“我想起你之前跟我说的话，这段时间，我每天晚上都在思考，我是谁？”

贺夜阳：“我很想家，很想你。”

夏梦渔叹一口气，没有回复。

她爸爸上周刚刚被调职，被调到区教育局去当了个小领导，基本上也没什么盼头，就是混混日子等着退休了。不过看得出来，这也算是贺夜阳的父亲为她爸爸做的最后一点事情。

风雨欲来，一切都在酝酿之中。

想到贺夜阳以后的人生，夏梦渔就觉得心情沉重，不知道应该怎么回应他。她不想对他撒谎，因为她觉得自己再骗贺夜阳，他未免也太可怜了一点。可是她也不能告诉他真相，要不然按照他的个性，非得马上飞回国不可，这样贺叔叔就白为他打算这一番了。

夏梦渔思来想去，只能当作没看到，关掉手机吃完饭就回了学校。

每个人都有自己的人生路要走，都有自己的人生课题要解决，我们谁都拯救不了谁。

想要担起别人的人生，最后的结果时常是把彼此的人生都弄糟。

夏梦渔知道这个道理，所以她只能狠心地选择了沉默，然后祈祷贺夜阳能够坚强一点。

时间转眼就到了一月底，徐子充在欧洲的比赛结束，准备回国备战两个月后的拳王之战。

徐子充走的时候还是初秋，等他回来的时候都已经入冬了。夏梦渔本来想去机场接他，但是徐子充的飞机是晚上到，又是周日，她实在是没有办法在父母的眼皮子底下溜走。

爸爸妈妈最近似乎很关注夏梦渔。尤其是夏梦渔她爸，自从转职之后，每天都唉声叹气，说着什么他这辈子就这样了啊，没希望了啊，只能把未来都寄托在她身上啊，让她一定要争气考清华啊。

每一天都是这些老生常谈，听得夏梦渔耳朵生茧。

而且也不知道是不是因为闲了下来，她爸忽然变得特别关心她的生活，每天都要问问她作业写得怎么样啊，学校里还好吗之类的问题。

而且最过分的是，她爸竟然每天都开车来接她放学，说什么晚上一个女孩子回家不安全，似乎一下子就变成了一个好爸爸似的，害得她连跟范小乔一起去喝杯奶茶都没空。

夏梦渔和徐子充只能约在周一的早晨到学校门口再见。

周一早上，夏梦渔挥别了爸爸，目送着爸爸的车子走远才给徐子充打电话。

“我爸走了，你可以出现了。”夏梦渔激动地说。

“在给你买奶茶，等一下，马上。”

“好的呀！”夏梦渔开心地说，“我要四季……”

“我记得，波霸四季奶青三分甜加红豆对吧？”

夏梦渔惊讶地问：“你怎么知道我喜欢这个味道的呀？”

“你说过一遍啊。那次徐桑送奶茶给我的时候，你不是说了吗？”

夏梦渔一愣，那都是多久以前的事情了。

“说一遍你就记得啊？”夏梦渔笑眯眯地问。

“嗯。”

“哇，你竟然不把我放在眼里，却把我放在心上！”夏梦渔一面抖着机灵，一面转过身朝向校门口的方向，准备走到角落里去等徐子充。然而，她转过身一抬头，却看到了让她瞠目结舌的一幕。

“你是我心里的人，我当然要把你放在心上。”电话那头，徐子充无奈地说。

“我去！什么情况！”夏梦渔忽然夸张地叫了一声，都忘记在徐子充面前维持她女神的形象了。

徐子充皱皱眉，问："怎么了？出什么事了？"

夏梦渔不说话。

这让徐子充有些着急了，忙道："我马上过来，你别动。"

"不不不，我没事儿……"夏梦渔这才从震惊中回过神来。她拿着手机，抬起头看着学校门口的巨大的横幅，又看了一眼横幅后不远处的 LED 大屏幕，心情复杂得难以言喻。

"徐子充……我觉得你今天到学校可能不会很高兴。"

"为什么？"徐子充还是担心夏梦渔是不是出了什么事情，赶紧往校门口赶来，"我马上到，你别着急。"

"我不着急……是关于你的事情。"

不是夏梦渔出事了，徐子充就放心了。

"我的什么事情？"他的语气平缓下来。

"你看到就知道了……"

夏梦渔的手机和她的身后同时传出一个声音来。

她一回头，便见到了许久不见的徐子充。

徐子充拿着手机，抬头往上看。

许久不见，徐子充的头发稍微长了一些，人也比之前离开的时候强壮多了。他穿着黑色短夹克，显得比周围的学生成熟许多，似乎已经渐渐有了成熟男人的魅力。

啧啧，怎么这么帅？夏梦渔想。

徐子充和夏梦渔同时挂断电话，对视一眼，然后又同时抬起头看向校门口的红色横幅——

恭喜我校学生徐子充在 WBC 国际拳击赛事上取得优异成绩

横幅后面不远处，是学校最外面一栋楼上的 LED 大屏幕，里面正在循环播放着徐子充比赛的画面，旁边还配上了"我校学生徐子充"的字样。

正是上学的时间，校门口的学生越来越多。

同学们经过徐子充和夏梦渔身边的时候，都忍不住看一眼大屏幕，然后又看一眼徐子充。

大家小声议论着，一步三回头地走进校园。

“你要红。”夏梦渔有些幸灾乐祸地说。

看来徐子充比她还要惊讶。

徐子充皱着眉，无话可说。他把奶茶递给夏梦渔，无奈地说：“你先暖暖手。”

“嗯。”夏梦渔看一眼旁边围观他们的人，小声说道，“我看我们还是走吧，先回教室，戳在这里跟旅游景点似的……”

谁见到徐子充都要驻足停留，要不是碍着徐子充那如刀锋一样的冷冽眼神，大家不敢轻举妄动，有的早就恨不得直接拿手机出来照相了。

徐子充点点头，看来只能再找机会跟夏梦渔单独相处了，这众目睽睽之下，不好太高调。

“走。”

然而回到教室情况也没有好转，徐子充几乎是一进门就被班上的男生包围了。

“充哥稳啊！”

“太牛了吧！我们刚刚搜了你比赛的视频，哇哦……你简直是我的偶像！”

“是啊，你瞒得我们好苦！同学快三年了，都不知道你还有这一手！”

“啊啊啊，不行，下次你比赛我们必须到场看好不好啊！”

“太不够意思了吧，送票送票！”

……

夏梦渔本来站在徐子充旁边的，却被围过来的人挤到了一边。她看着站在众人中心的徐子充，无奈地吸了一口奶茶。

她心情复杂，有一种自己藏在家里的宝贝被人发现了的感觉，但与此同时又为徐子充感到骄傲。

唉，看来偶像的女朋友也是不好当啊。

大度大度。夏梦渔对自己说。

徐子充也算是彻底在学校里红了，接下来几天，几乎所有人谈论的话题都是关于徐子充的，他一时间成为学校里前所未有的风云人物。

同学们对拳击的兴趣也忽然高涨起来，每天都在讨论徐子充有多牛，打的比赛有多厉害。

大家上学的时候讨论他，课间的时候讨论他，甚至每个课间都有不少人专程来看他。还有那个李子远，本来被徐子充打了很丢人，现在却成了他吹牛的资本。

他李子远，可是被拳王打过的人！

不，他李子远，可是打过拳王的人，拳王自己在教导主任面前承认了的！

高三（14）班简直就成了学校里的旅游景点，徐子充就是名胜古迹。

夏梦渔开玩笑说要在徐子充身上挂个牌子收钱，说不定她就可以发家致富了。

只不过夏梦渔没幸灾乐祸两天，就开始觉得不安起来。

随着时间的流逝，夏梦渔渐渐察觉到不对劲来。

一开始大家都对徐子充好奇，可是再好奇也不至于天天看，渐渐看的人就比之前少了，再渐渐就只剩下女生了……

而且女生们都很执着，恨不得天天来看，真的大有把徐子充当偶像来追的架势，学校里甚至出现了徐子充的“太太团”。

夏梦渔紧张起来，不好，现在全校都惦记着她的心肝宝贝呢！徐子充简直就是前所未有地受欢迎，他从前就已经很招女孩子了，现在简直就是行走的荷尔蒙，有的时候那些女孩子控制不住自己，看到徐子充甚至会尖叫。

夏梦渔每天吃醋都吃得原地飞起，恨不得把所有人的眼睛都戳瞎，不准在她的徐子充身上看来看去的。

都是她的她的她的！徐子充浑身上下都是她夏梦渔的！

高三的学生还好，学习比较忙，而且跟徐子充当了两年的同学，神秘感没有那么浓重，所以基本上都没有出格的表现。

高二的学生也还好，高一的新生就很好奇了。刚上高中本身就很兴奋，学习又没有那么紧张，对高中生活还有憧憬和好奇，那些女生迷恋徐子充可叫迷恋得一个带劲儿。

夏梦渔这时候真的是特别怀念贺夜阳。

要是贺夜阳在就好了，那么高一这些漂亮的女孩子早就被贺夜阳采摘了，现在也不会有空来骚扰徐子充。

最可气的是，现在爸爸每天都来接她回家，她都没机会跟徐子充单独相处，要是别人趁这个机会抢她的心肝宝贝怎么办？

果不其然，夏梦渔的担忧很快就变成了现实。

没过两天，少女们对徐子充的崇拜就由量变到了质变，开始从嘴上嚷嚷转换成了实际行动。徐子充开始收到高一女生的情书了。

每天都有女孩子跑来给徐子充送情书、送吃的，有替自己送的，有替闺蜜送的。

夏梦渔很气，现在这些〇〇后的小孩子一个个真是不得了啊！不好好学习，成天想着追学长……

徐子充自然是不搭理这些人的，极其冷酷、冷漠、冷淡。然而他这样的表现，反而更加让大家痴迷。没办法，高中女生就是容易喜欢酷哥，喜欢那种被凌辱的感觉。

孟辉作为徐子充的同桌兼哥们儿，自然就成了传信人，每天都在替徐子充收情书。

徐子充懒得看他还非常多事儿地帮徐子充分了类……

这些是长得好看的写的。

这些是腿长的写的。

这些是身材好的写的。

“哦，还有这封，是校花写的。”孟辉兴奋地说，“啧啧，校花都给你写情书了，充哥厉害啊！”

夏梦渔耳尖，听到是校花写的，赶忙转过身把孟辉手里的信抽了过来。不可能，她不相信徐桑会做这种事情。她们可是好姐妹！怎么可以挖墙脚？！徐桑不是这种人，一定是有人冒名顶替破坏她们的友谊！

夏梦渔打开信一看，果然信件的署名并不是徐桑，而是什么白妃儿。

这个名字一看就是个白莲花！夏梦渔的白眼恨不得要翻上天。

“这是谁啊？”夏梦渔黑着脸问孟辉，“你说校花我还以为是徐桑呢，谎报军情。”

“没有谎报军情，这是新校花啊！白家千金你都不知道吗？她爸爸是开连锁酒店的，她妈妈是环球小姐……啧啧，她真的是超级美啊，比徐桑美好几个程度好不好！而且气质超级好！”

说到这个什么白妃儿班上的同学就来劲，毕竟是学校里的风云人物，也只有夏梦渔这种一心学习的人和徐子充不知道她了。尤其是班上的男生，都冲过来看她写给徐子充的信，然后纷纷夸徐子充艳福不浅。

“哇，白妃儿啊，她气质超级赞的！”

“对对对，人如其名，白得发光啊，不愧是姓白的。”

“好像还会弹钢琴，会跳舞，会拉小提琴！”

“好期待今年元旦晚会啊，她肯定要表演节目的。”

“充哥，答应她啊！还等什么！”

徐子充毫不犹豫地拍开放在自己肩膀上的手，面无表情地说：“滚。没兴趣。”

“为什么？白妃儿你都没兴趣？”

“没。”徐子充斩钉截铁地表明了立场。

“咱们充哥心里有人了！”孟辉笑眯眯地看着徐子充。

大家打趣着徐子充，徐子充看向夏梦渔。可是夏梦渔没有回应徐子充的眼神，她不想跟他搞什么心有灵犀，她现在很气。她气徐子充为什么要那么有魅力，成天招蜂引蝶，给她惹那么多麻烦！

只见夏梦渔冷哼一声，气鼓鼓地瞪了他一眼，然后转过身写作业去了。

不好。徐子充心里“咯噔”一下，他感觉兔子精要找他麻烦……

一下午，夏梦渔都不跟徐子充说话，徐子充问她题目她就说不会，找她借笔记她就说没有。徐子充没办法，求救地看向范小乔，范小乔却是一副让他自求多福的样子。

没办法，女孩子吃起醋来是不讲道理的。

开学之后，值日都是四人一组做的。

夏梦渔、范小乔、徐子充、孟辉刚好是一组，今天轮到他们做值日，放学后便都留了下来。

今天是周六，不上晚自习，大家知道徐子充每天都要训练，便让他先走。

徐子充的确有些赶时间，但是看着默默拿着扫帚扫地不说话的夏梦渔，他又有些犹豫，总觉得兔子精心情不好，在生闷气。

训练重要，但是哄女朋友也重要。但是他什么都没做啊，徐子充觉得自己无辜得很。不知道自己哪里做错了，想哄都不知道从何哄起……

徐子充走到夏梦渔旁边，好声好气地说：“教室留给孟辉打扫，我们出去转转。”

孟辉一愣，为什么都要留给他打扫？问过他意见没有？

“是啊，留给我打扫吧！”孟辉说。

“不要。”夏梦渔斩钉截铁地拒绝。

徐子充正想再哄夏梦渔两句的时候，却听见门口响起了敲门声。

“徐子充。”一个温柔又甜美的声音响起。

大家齐刷刷地看向教室门口，只见一个非常漂亮的女孩子站在教室门口，落落大方，气质款款，不施粉黛却还是超美的。

不用猜夏梦渔就知道这个是谁。还能有谁？新人校花白妃儿呗……

不得不承认，论美貌程度，白妃儿的确是超出普通人一大截，白得发光，美得冒泡，而且还气质出众，一看就是千金大小姐。

夏梦渔直勾勾地盯着白妃儿，眼里简直就是有刀光。白妃儿直勾勾地盯着徐子充，眼里简直就是有星光。而徐子充则是直勾勾地看着夏梦渔，眼里全是无奈的柔光。

孟辉和范小乔都看呆了，两人对视一眼。

哎哟，这又是修罗场啊！

精彩！带劲！

第四章 他喜欢成绩好的

夏梦渔觉得历史简直就是车轮，滚滚向前，但又是个不断重复的原型。

这一幕是多么似曾相识，也就不过是几个月前的事情而已，两任校花都来找徐子充。这徐子充的桃花质量还挺高。

然而夏梦渔只看白妃儿一眼就知道这个女孩子跟她不会成为朋友。徐桑虽然表面上又假又爱装，但是内心单纯善良、大大咧咧的，其实很平易近人。这个白妃儿就不一样了，她的礼貌高贵不是装的，但是她的和善温柔却是假的。

这个女孩子的眼底有种不可一世的清高，那是一种根深蒂固的傲慢。

这种眼神，夏梦渔见过太多了。毕竟爸爸一直在官场里混，她从小也认识不少的二世祖，对这种眼神敏感得很。

这样的人不食人间烟火，同样也不知人间疾苦。一个没有感受过痛苦的人，几乎也很难体谅别人的痛苦，所以即便他们会哭会流泪，会捐钱给慈善基金会，但本质上都是冷漠无情的人。

有的人血是热的，有的人生来血就是凉的。

“我们能聊聊吗？”白妃儿对徐子充说。

然后教室里的四个人里没有一个人理她。范小乔乐得看戏，孟辉本来想说话的，但是被范小乔一眼瞪过去，吓得赶紧闭上了嘴。

没办法，范小乔就是他的姑奶奶。

而徐子充发觉夏梦渔的心情似乎更加不好了，满心只有夏梦渔，连头都没有回。他的注意力全在夏梦渔的一举一动上，根本就没听见白妃儿跟他说话。

不过就算是听到了，他也不在乎，不想搭理。他没有那种无关紧要的虚荣。

“别扫了，我有话对你说。”徐子充对夏梦渔说，想要拿走她的扫帚。

夏梦渔还是不说话，夺回自己的扫帚继续扫地。

新任校花被晾在一边，却也不觉得尴尬，她不是那种一点难堪就受不了的人，只有内心柔弱的人，才会因为别人的忽视而愤怒。

像白妃儿这种自信高傲的人，根本不会因为别人怎么对待她而影响她对自己的评价，所以自然也不会因为这四个人无视她而难受。

白妃儿看向夏梦渔，她敏感地察觉到这个女孩子跟徐子充的关系不一般。

她很快就认出夏梦渔来，毕竟夏梦渔这个人还是很有记忆点的，并不是那种丢在人群里会被遗忘的类型。

这个女孩子不就是开学典礼上高三的学生代表吗？

年级第一的学神，也算是学校里的风云人物吧。

白妃儿对夏梦渔略微有些不屑。

夏梦渔除了成绩好，并没有什么特别的，也只有高中生才会因为一个人学习成绩好而崇拜她。

大家只有到白妃儿这个层次，或者过几年接触了社会，了解了残酷的现实才会知道，成绩好不代表什么，因为在这个时代已经几乎不可能靠着个人的奋斗完成阶级跨越了。你出生的时候是什么阶级的人，你死的时候就是什么阶级的人。夏梦渔这样的女孩子再努力，跟她也不是一个阶层的。

学生时代可能还会因为成绩好有点人在意，等毕业工作了，就跟芸芸众生一样，就算比一般同学优秀些，也都还是在同一个阶层里的。充其量也不过是当个白领、金领，连富人阶级的台阶都摸不到。

夏梦渔这样的女孩子，终其一生了不起也只能当个中产阶级，最多嫁一个年收入几十万或者一百万的男人。

运气不好的，可能连中产阶级都当不了，平平无奇地度过一生，没有任何值得被歌颂和记忆的地方。

徐子充现在这样看着夏梦渔，是因为还不了解这个世界有更好的人，不知道他还可以拥有更大的世界。

等他看到她了，见到更大的世界了，他才会知道，夏梦渔这样的女孩子有多平凡，简直算是一无所有。

“夏梦渔。”白妃儿像是一个公主，微笑着看向夏梦渔，非常礼貌地对她点了点头道，“我是白妃儿，你好，我记得你在国旗下的讲话，对你印象很深，你很棒。”

夏梦渔抬起头，冷淡地看着白妃儿：“我对你没印象。”

“所以我才向你自我介绍啊。”白妃儿还是很从容，微笑着问她，“我想跟徐子充聊一聊可以吗？不介意我打扰你们说话吧？”

一般人出于礼貌都会说不介意，毕竟不好把场面搞得太尴尬。但是夏梦渔不是一般人。

“不可以。”

“徐子充不是你私人的吧？”白妃儿还是很淡定，“你总不能一直占着他吧？”

“如果不能，那你刚才问我可不可以做什么？”

白妃儿一噎。

夏梦渔又看向徐子充，冷冷地问：“我能一直占着你吗？”

“能。”徐子充斩钉截铁地说。

“你是我私人的吗？”

“是。”徐子充不敢犹豫。

白妃儿一愣，情况似乎跟她想象的不大一样。她一直以为徐子充是个性子很冷的人，而且很酷，对女孩子都很淡漠，可是看他对夏梦渔的态度，好像不是大家传言的那样。

夏梦渔见到徐子充这么老实，一时都不好生气了。人一不生气，气势就容易变弱。她白了徐子充一眼，但已是嗔怪，不是生闷气了。

“那既然如此，我就当着你的面把我要说的话都说了咯。”白妃儿依旧高傲，似乎夏梦渔和徐子充的表现并不能影响她的决心。

“哟哟哟，看看这是谁呀？”

白妃儿身后忽然响起一个声音，大家齐刷刷地看过去。

哎哟，是徐桑来了。

徐桑本来就因为大家说这个白妃儿是新校花而觉得不爽，刚刚看到她在这里欺负自己姐妹儿更是怒从心中起。她可没有夏梦渔那么好的素质跟这个抢她校花地位的人在这里废话。

“堂哥。”徐桑对徐子充说，“这个不是你喜欢的类型吧？”

“不是。”徐子充回答。

“唉，也是，眼睛太小了。”徐桑摇了摇头，“你割个双眼皮再来追我堂哥好吧？不过估计你割了也不是我堂哥喜欢的类型，我堂哥我了解，他喜欢成绩好的。”

“嗯。”徐子充又道。

白妃儿怎么会听不出来这些人一唱一和的，可她不在乎。

她刚想再说话，没想到徐桑却忽然黑着脸说：“赶紧走，别废话。这里不欢迎你。我这人最不喜欢扯些没用的，一般能动手解决的，我从来不废话。”

白妃儿不敢相信竟然有徐桑这样粗鲁的人。她不怕夏梦渔那种类型的人，却不知道怎么跟徐桑这种类型的人纠缠。

她有些愠气，但是又不好表露出来。

“徐子充，我们的缘分深着呢。你等着瞧吧。”说完这句话，白妃儿就从从容容地走了。

“你怎么来了？”夏梦渔问徐桑。

范小乔举手道：“我给她发信息要她来看热闹的。”

“嘿嘿，是的，然后我就冲过来了。”

夏梦渔无言以对，不愧是好姐妹，兴趣爱好都一样。

“不过我也是有事情找你。”徐桑说。

“什么事儿？”夏梦渔问。

徐桑看了一眼周围的人，拉着夏梦渔到旁边，小声说道：“你明天有空吗？我想让你陪我去个地方……”

“什么地方？”

徐桑看一眼其他人，没说话。

夏梦渔估摸着徐桑是有难以启齿的事情，便道：“那行，我们明天再说，具体时间晚上我跟你约。”

“嗯嗯，你太够意思了。”徐桑高兴地说，“走，我请你和范小乔喝奶茶。”

“好啊好啊。”范小乔赶忙道，“我们走，值日留给孟辉做。”

孟辉表情一僵，怎么又是他？他没有别的事情要忙的吗？

“行，你们都走吧，我做……”孟辉说。

“你们去吧，我还有事。”夏梦渔说。

“什么事儿？”范小乔问，“你爸来接你了吗？”

“不是，他知道我今天做值日，所以晚点来。”

“那你有什么事儿比跟我们喝奶茶还重要？”徐桑说。

“当然有啊……”夏梦渔皮笑肉不笑地看一眼徐子充，几乎是咬牙切齿地说，“我跟我们学校的少女杀手、人气偶像有事情要谈。”

徐子充还来不及反应就被夏梦渔一把拽住，拽出了教室。

“走！”夏梦渔气势汹汹。

范小乔和徐桑用同情的眼神看着徐子充，估计他今天要被收拾了。

徐子充又被夏梦渔拉到了实验楼后面。两个人面对面不说话，徐子充一脸无辜，夏梦渔一脸愤怒。

“怎么了？”徐子充问。

夏梦渔把徐子充拉过来也不说话，还是一副生闷气的样子，气鼓鼓地站在那里瞪着徐子充。虽然夏梦渔很生气，但是徐子充却觉得她这样子也挺可爱的。

“你再不说话，我亲你了啊。”徐子充觉得这么好的机会，不亲简直就是浪费时间。

夏梦渔这才终于抬起头来。她恶狠狠地看着徐子充，一副下定决心要英勇就义的模样。

“徐子充！”

“嗯？”

“我今天非得给你盖个章！这几天真的是气死我了！”夏梦渔气急败坏地说，“我今天非要把你变成我的人不可！看谁还敢惦记你！”

把你变成我的人……

这句话徐子充在心里已经想了不知道多少遍了，但是没想到竟然会是夏梦渔先说出口。

“在这里？”徐子充问。

夏梦渔一愣，这才注意到周围的环境。大冬天的，风又大，还是在实验楼后面的巷子里，脏兮兮的。好像这个场合是挺尴尬的。

夏梦渔脸一红，刚才太生气了，一时冲动，口不择言。她其实不是这个意思，她就是很气，吃醋吃得自己都讨厌自己了，所以很想确定徐子充是自己的而已。

夏梦渔正想解释一下，可是徐子充却开口了。他似笑非笑地看着她：“看不出来你竟然好这一口。棒啊，我都可以的。”

夏梦渔原来觉得男人分成外放和内敛两种类型，可是她现在觉得男人本质上都骚，只不过有的明骚，有的闷骚。徐子充就是个大闷骚。

“徐子充同学，最近你的思想觉悟真的是越来越低了啊。”夏梦渔白了徐子充一眼，“忘记班主任临走时的嘱托了吗？在学校里给我老实点。”

徐子充看一眼院墙：“翻个墙就是校外了，很好翻的。你翻不过去我帮你，要我帮忙吗？”

夏梦渔觉得她应该再教徐子充一个成语……适可而止！但是打嘴炮这种事情，她夏梦渔就从没怕过。

“这种事情我倒是无所谓呀，只是拳王你珍贵的第一次，就在这小树林里被我夺走了，我想想心里都会觉得遗憾的。”夏梦渔皮笑肉不笑地说，“怎么也要在更特殊的场合吧。”

“哦，那怎么你才不遗憾？”徐子充挑挑眉问。

夏梦渔往四周瞧了瞧，皱着眉夸张地摇了摇头：“这脏兮兮的地方怎么配得上我的心肝宝贝呢？怎么也要面朝大海、春暖花开，洁白的床单上铺满了玫瑰花，这样才对吧。”

徐子充忍不住侧着头闷笑：“原来你喜欢这一套。可以，记住了。”

夏梦渔噎了噎道：“我开玩笑的，你别搞这一套啊。”

她可不是那种注重形式的人，纯粹是抖个机灵，转移一下话题。要真那样搞，她还嫌做作矫情呢。

徐子充闷笑了一声，然后一副严肃的样子。他义正词严地说：“没关系的，这个很好满足，我答应你。”

他还没完没了起来了！

夏梦渔不跟他闲扯，看了看时间道："我爸应该快到了，我还有几分钟时间，抓紧时间跟你交代几件事情。"

"嗯？"徐子充问，"具体几分钟？"

"五分钟吧。"她爸还是很准时的。

徐子充伸手去拉夏梦渔："那抱五分钟。"

夏梦渔拍开徐子充的手，没好气地说："我事情还没有交代完呢，谁要跟你抱抱啊。"

徐子充只能无奈叹息一声，一脸憋屈地听夏梦渔交代。这是热恋期过了吗？刚开始的时候兔子精多嗲多甜，现在抱都不让抱一下。

"有意见？"夏梦渔瞪徐子充。

"没有。你说。"

"很简单，就是你给我收敛点，别给我拈花惹草，找些姐姐妹妹的。今天白妃儿这种事情，我不想再次看到，知道吗？"

徐子充觉得自己很无辜，无奈地说："我什么都没做啊。"

夏梦渔一个白眼射过去，徐子充马上闭嘴听她教训。

"你的确什么都没有做，但是别人往你身上扑我看着也生气。你最近的态度还是不错的，值得肯定，继续保持你冷酷、冷漠、冷淡的风格就好，知道吗？"

徐子充点头："可以。还有别的事情吗？"

"没了。"夏梦渔说。

"你刚才不是说有几件事情吗？"

夏梦渔噎了噎，那不是听大人打官腔打多了，一不小心脱口而出吗？

"真没别的事情了？"徐子充再次确认。

"没有了……"

"那现在可以抱了没？"徐子充又问。

是不是男生脑子里就没别的事情了？成天就是亲亲抱抱的。

"不可以。"夏梦渔斩钉截铁地拒绝。

“还有几分钟啊，不要浪费时间。”

“不行，你抱起来就没完没了，肯定不止几分钟。我要走了，你五分钟之后再走。”

夏梦渔毫不犹豫地转身就走。

徐子充看着夏梦渔的背影，无奈地叹一口气。看来他需要研究一下，有什么方法让别的女生不敢往他身上扑，最好看着他就害怕，绕道走。要不然兔子精得天天找他麻烦。

徐子充目送着夏梦渔离开，可是走了四五米夏梦渔又忽然站定。她转过身瞪着徐子充，一副气鼓鼓的样子。

“嗯？”徐子充挑挑眉，“怎么了？”

他又是哪里惹兔子精不高兴了？

夏梦渔三步并作两步走到徐子充面前，捧起他的脸恶狠狠地亲了他一口，一肚子怨气地说：“你说，你怎么这么招人喜欢？我怎么就这么喜欢你呢？”

徐子充一时不知道该如何回应夏梦渔。她刚刚还生气的，现在却又亲他，女孩子的心思真的是捉摸不透。他皱着眉思索着，夏梦渔现在到底是高兴还是不高兴。

夏梦渔看了看时间，没好气地问：“还有三分钟，还抱不抱了？”

“抱。”徐子充毫不犹豫地答道。

徐子充反身一把将夏梦渔拉过来，心满意足地抱住了……女孩子的心思捉摸不透，男孩子的心思却都是简单明了。

周日上午，徐子充去训练，夏梦渔跟他一起吃了早饭之后，就前往跟徐桑约定好的地点见面。夏梦渔等在星巴克门外，这天气转凉了，她已经大衣、围巾、帽子、手套全副武装。

不一会儿，徐桑就来了。徐桑还是那个跟裤子有仇的徐桑，这大冬天的，气温那么低，却还是穿着长筒靴和超短裙，露着白花花的大腿。果然想要时髦，就得穿得少。

夏梦渔就不行，她就是那种天一冷马上就穿保暖衣的类型，她怕老了会得类风湿……

“赶紧进去吧。”夏梦渔去拉星巴克的大门，把徐桑往里推，急吼吼地说，“里面有空调，这风刮在身上跟刀子似的，别冻着你。我们今天就待商场里，哪儿都别去了。”

“别别别，不是这里。我们去别的地方。”徐桑拉住夏梦渔。

“嗯？去哪儿？”

徐桑尴尬地笑了笑，指了指身后道：“对面。”

夏梦渔抬起头往马路对面一看，对面是一栋大楼，上面写着“××省妇幼保健院”……

夏梦渔忽然有一种非常不好的预感。

为了给夏梦渔压惊，徐桑还是领着夏梦渔进了星巴克，给她买了杯咖啡。

“你先静一静，我今天全靠你了，你可不能垮。”徐桑拍拍夏梦渔的肩膀，“毕竟我一会儿很可能要垮。”

夏梦渔一口气喝了半杯咖啡，才镇定下来。真是没想到这种只会在青春疼痛小说里发生的情节，竟然会真实地发生在她身边。

徐桑已经有两个月没来大姨妈了。

“你确定吗？有时候学习压力大，经期也会很紊乱的。”夏梦渔问。

徐桑也从夏梦渔那里学会了玲花的标志性白眼。此刻，她翻了个大大的白眼道：“夏梦渔，你问这个问题是认真的吗？”

也对，徐桑根本不学习。

夏梦渔不会批判徐桑，也不会骂她，毕竟这不是她现在最需要的事情，徐桑心里肯定也在怪自己，不需要旁人再给她徒增压力。

虽然有夏梦渔陪在身边，但是医生问年龄的时候，徐桑还是微微握紧了夏梦渔的手，脸一红，觉得有些羞耻。

医生抬头看了徐桑一眼，什么都没有多说，开了单子就让她们去划价然后做化验去了。

进了医院之后，徐桑就完全不似刚才那样一副大大咧咧的模样。

夏梦渔知道徐桑心里肯定也是害怕惶恐的，之前那副无所谓的模样是装出来的，不是为了唬她夏梦渔，而是为了唬自己。这时候，就算夏梦渔叫她放宽心也没有意义，结果不出来，她肯定是不会安心的。

最难熬的就是等待结果的时候，不断在希望和绝望之间上上下下，就像是一颗心在煎锅上翻炒。

离结果出来还有一会儿，夏梦渔给徐桑拿了一瓶水，她握在手里也不喝，只是低着头，紧紧地捏着瓶子。

“你怎么也不问我是谁？”徐桑低声道。

“怕你不想说，问了你不是尴尬吗？反正这件事也不是最重要的。”夏梦渔安慰道，“对于我来说，最重要的是你能好好的，不是你跟谁做了什么。”

徐桑的声音有些哽咽，颤抖着说：“我怕说出来你会瞧不起我。”

“不会的，怎么可能。”

“你不觉得我是个不知羞耻的女孩子吗？”

“怎么可能？我一直觉得这个世界上的事情很复杂，大多数人喜欢单纯地用道德去批判一个人，却不知道每个人的人生都不同，每件事都有自己的起承转合，哪里是几个简简单单的道德指标可以判断对错的呢？你不用觉得羞耻，发生了就发生了，你觉得不后悔就行。后悔了也不怕，我们还小，知错能改还来得及。我不会瞧不起你的，我觉得朋友就是允许你做任何你真心想做的事情，不评价你的对错，是在你需要的时候，给你怀抱和帮助的人。”

徐桑转过头看向夏梦渔，眼眶红红的：“你为什么对我这么好？”

夏梦渔笑眯眯地说：“因为我觉得同样的情况，你也会这样对我啊。”

徐桑只觉得心里一颤，她转过头，抹了抹眼角的泪。

“我这辈子过得浑浑噩噩的，从小到大就一直在犯错，我爸妈就给我钱，也不管我怎么着，大概是对我绝望了吧。也只有你会相信我，对我有期望。”

“胡说八道！”夏梦渔斩钉截铁地说，“你超级可爱的好不好！你这样觉得，说明你现在的世界还不够好，周围的人不知道你多可爱！你需要去更好的地方，和更好的人相处！”

徐桑看向夏梦渔，眼眶又红了：“夏梦渔，我觉得虽然我做了很多很傻的事情，但是有一件事情我做对了，那就是给徐子充送午饭。”

夏梦渔刚想吐槽，这丫头怎么还惦记着她的人？可徐桑又继续说道：“因为如果不是这样，我不会认识你。夏梦渔，你真是这辈子发生在我身上最好的事情，我一定是上辈子拯救了宇宙才能遇上你吧……”

夏梦渔噎了噎：“也没有那么好吧……”

“有的。”

夏梦渔拍拍徐桑的脑袋道：“行了，别矫情了，等结果出来我们再决定是喜是悲。”

徐桑点点头。

终于护士叫她们的号码了，两人取了化验结果又去找医生。

医生看了一眼结果，简单干脆地说：“没什么，挺正常。”

徐桑和夏梦渔都松了一口气，但还是有些不安。

“医生您确定吗？”夏梦渔问，“您要不再看看？”

医生又看了一眼化验单，有些不耐烦地说：“我看了一辈子检验结果了，这还能有错？下一个。”

夏梦渔谢过医生，拉着徐桑赶紧走出了医院。

一出医院，两人就激动地拥抱在了一起，又蹦又跳，直到惹得路人注目才停下来。

“太好了！”徐桑激动地说，“你去‘星爸爸’等我一下，我打个电话再过来找你，中午请你吃好吃的！”

“妥！我要狠狠宰你一顿！吃人均四百的那种！”

“没问题！”

夏梦渔高高兴兴地去咖啡厅等徐桑，等了一会儿见她还没来，便拿出手机给徐子充发信息。

夏梦渔：“在吗？”

徐子充：“在。”

夏梦渔：“不是在训练吗，怎么秒回？”

徐子充：“休息，正准备给你发信息。”

夏梦渔：“哇，这么心有灵犀呀！”

徐子充：“嗯。”

夏梦渔：“对了，问你个事儿。”

徐子充：“？”

夏梦渔：“你觉得自己是一个冲动的人吗？”

徐子充：“……”

沉默了几秒，徐子充才又发信息过来。

徐子充：“你问这个做什么？”

夏梦渔：“不做什么呀，我看了一下，十八岁这个年纪正处于比较冲动的年纪，尤其是男孩子，比较容易做出无法挽回的错误决定。”

徐子充真的是不知道夏梦渔到底是个什么脑回路。

徐子充：“夏梦渔……”

徐子充：“别胡思乱想。”

夏梦渔：“我就是怕你血气方刚的，容易冲动！”

徐子充：“……”

徐子充：“我到底做了什么让你对我产生这样的误解？”

夏梦渔：“我……我一时无聊，规划一下未来嘛……”

夏梦渔：“算了……”

徐子充松一口气，好歹夏梦渔不胡思乱想了。他想安慰她几句，告诉她这种事情不会发生在他们身上的，可是夏梦渔那边又飞快地发过来了新消息。

夏梦渔："所以，这几年你要克制住自己，不要做不该做的事情，不安全。"

徐子充："……"

徐子充忍住了气。

徐子充："这几年，是几年？"

夏梦渔认真地思考了一下……

大学期间，不可以。大学毕业之后的几年是进入职场最重要的几年，也不能松懈。毕竟她还有很多事情要做，还有梦想要实现，她还不想那么快当妈妈。按照她的个性，怀不上一辈子不要小孩也可以，但这万一怀上了，她肯定会排除千难万险也是要生的。

夏梦渔："也就等四五六七八九年吧。"

徐子充那边半天没有回复，夏梦渔以为他是不是又开始训练了，正准备收回手机，手机又响了起来。

徐子充："夏梦渔，你是不是想气死我？"

夏梦渔："？？？"

徐子充简直气得快要呕血了，他觉得自己不能跟夏梦渔聊下去了，再聊他可能现在就要冲过去收拾她。

徐子充："你给我好好学习，别成天想七想八的。"

夏梦渔："我不就是这个意思吗？好好学习，咱们不想七想八的。"

徐子充："我是这个意思吗？"

夏梦渔："你不是吗？"

徐子充把手机放到一边，真的是被夏梦渔怄着了。他的脸黑得把旁边的训练师都吓着了。

"充啊，你没事儿吧？这黑着脸的……"

"没事儿，在思考。"思考要怎么收拾夏梦渔。

徐子充觉得自己恨不得现在就把她揪出来，按墙上死命揉。

见徐子充不回复了，夏梦渔无所谓地耸耸肩，把手机又收了起来。大概是训练去了吧。

徐桑那边的电话这时候也打完了，她推开咖啡厅的门走进来，可是情绪却看起来很不好。

怎么回事，刚刚不还是高高兴兴的吗？

夏梦渔问："干吗哭丧个脸，不就是请我吃午饭吗？我保证少吃点。人均四百不行，人均两百的店我也有几家等着'拔草'的。"

徐桑摇摇头，然后忽然捂着脸哭了。

"怎么了？你别吓我啊！"

徐桑也顾不上别人的目光了，一边哭一边骂："他就是个王八蛋！"

原来徐桑一直没告诉对方这件事情，因为没有确定她不想让他担心。刚刚确认了没事，她才给他打电话。

"吓死我了，我之前两个月没有来大姨妈，真怕我是……"

可她的话还没说完，那边就忽然变了语气，一下子冷淡下来："我很小心的，你可别赖我头上。"

徐桑呆住。

"还是你想讹钱？我跟你说，我没钱，有钱我怎么还会来这个便利店勤工俭学？"

徐桑之前因为一直怕他自卑，没让他知道自己家里有钱的事情，可他竟然还以为自己想要讹钱。

"我没有那个，我刚刚检查确认了。"

"那就好。"那边说完这句话就把电话挂了。

夏梦渔听完徐桑的转述，已经气得要爆炸。

"渣！"夏梦渔忍不住道，"长得像吴彦祖，但是人格怎么差这么远？"

徐桑一愣，抽抽噎噎地问："你怎么知道我男朋友……不，我前男友是 7–11 的吴彦祖小哥的？”

夏梦渔尴尬地笑了笑：“对不起啊，我……我知道你不想说，不小心说出来的。我猜的，看你这两个月的表现，还是挺明显的。”

徐桑哭诉完，情绪也缓和了很多。她苦笑道：“看来我真的是喜欢他喜欢得很明显啊……你说我是不是瞎？为什么总是喜欢上那些对我不好的男人？”

的确有的女孩子，总是喜欢对自己糟糕的人，这种心理挺复杂的，一时半会儿夏梦渔还真的跟徐桑说不清，现在只能先安慰她。

“算了，早认识他的真面目也好，及时止损。”

“果然啊，不经历几个渣男，都不好意思说自己年轻过……我现在只能当是被自己养的流浪狗咬了一口吧……”

的确，7–11 小哥这种人大家顶多就是对他进行一下道德的谴责，还真的不能把他怎么样，警察又不管渣男。而且这件事说出去按照我国的国情，估摸着还是骂徐桑的比较多。

“你想出口气吗？”夏梦渔想了想问。

徐桑点点头。

“你等着。我找人给你出这口气。”

徐子充刚刚洗完澡准备收拾一下去吃午饭，又收到了夏梦渔的信息。

夏梦渔：“充哥，我现在需要你。”

徐子充：“人在哪儿？”

夏梦渔：“你不问我是什么事儿吗？”

徐子充：“不问。”

夏梦渔：“我要你帮我出气呢？”

徐子充：“出啊。”

刚好他正憋着一肚子气呢。收拾完别人，再收拾夏梦渔。

第五章 变故

周日的中午，学校附近的便利店不像平时那样人来人往，只有两个女孩子一边吃着梦龙一边蹲在门口聊天，偶尔有人路过，其中一个女孩就会指一指头上的牌子：离开中。

两个女孩把手里的雪糕各吃了一半，然后互相交换。

“夏梦渔，你有没有想过十年后我们会是什么样子啊？”

夏梦渔一愣，这个问题她还真的没有想过。

“没想过那么远啊，五年后倒是想过。”

十几岁的女孩子似乎觉得自己永远不会老，二十五岁之后的事情几乎从来不会想，因为那似乎是很遥远的事情，遥远得仿佛永远都不会发生。

“十年后，那我们不是都快三十岁了？”徐桑轻叹一声，“三十岁，感觉好可怕啊。好老哦。”

十几岁的时候总觉得三十岁的人生就像是入土了一般。

两人沉默地舔着雪糕，似乎这才第一次意识到，她们终有一天，也会抵达自己想都不敢想的三十岁。

她们也会变老。

原来青春不是永恒的，不会永远这样快意恩仇，不会永远这样敢爱敢恨，不会永远这样可以在周日的午后，蹲在便利店门口和自己的闺蜜舔着雪糕。

“我不想老。”徐桑说。

“没有人能不老啊。”夏梦渔道，“除非一脖子在树上吊死，要不然少女总会变成大妈的。”

青春是一块遮羞布，裹着这块布，怎么样都不会太难看。等这块遮羞布掉在地上，每个人就还原了他本来的模样。

愤怒不再叫“热血”而叫“冲动”。

无知不再叫“天真”而叫“愚蠢”。

年华渐老，没有青春修饰，你是浅薄的，是虚荣的，是麻木的，是空洞的，都显露无遗。

而那些美好的，也最终会水落石出。

“你说我三十岁的时候什么样子啊？”徐桑虽然有些恐惧，却还是有隐隐的期待，“我那时候会不会已经当妈妈了啊？”

“你想当妈妈吗？”

“不知道，但是不总是有这一天的吗？人人都要结婚生子的吧。”

“也不一定非要活得跟别人一样啊。”

“那应该活成什么样？”徐桑迷茫地问。

“活成你想活的样子啊。”

“想活的样子啊……”

徐桑从没有想过自己想活成什么样子，但是她想自己应该从今天开始便会好好思考这个问题。她希望自己三十岁的时候是什么样子，过什么样的生活，她希望自己以后变成什么样的人。

她看了一眼夏梦渔。

徐桑想，她想变成夏梦渔这样的人。

又坚定又温柔。

“我有预感。”夏梦渔忽然笑眯眯地对徐桑说，“你肯定会变成一个特别闪耀的人。就是那种走在路上一眼看过去就是整条街最酷炫的女孩子，酷炫冲天但是又让人心服口服的那一种人，哈哈哈……”

夏梦渔的语气温柔下来，又说：“然后多年后，我们聊起这一天，我们会把今天的事情当作一个笑话来聊。”

“不会的。”徐桑眯着眼看着天空，“我会把今天当作我人生里最温馨的记忆来回忆的。”

十几岁的美好年华，爱过、痛过，但是没有后悔过。有最好的朋友，有吃了一半的梦龙，还有人替你教训伤害你的浑蛋。徐桑想不到有什么比这更加美好的记忆了。

两个女孩听见身后的风铃声响起，回过头见到徐子充推开便利店的门走了出来。徐子充活动了一下手腕，对徐桑点点头，还是那副又酷又冷淡的模样。

“堂哥还是这么酷啊！”徐桑一脸谄媚地说。

徐子充看一眼夏梦渔道：“她不让我对别的女孩子笑。”

夏梦渔皱皱眉，她什么时候不让他对别的女孩子笑了？她只是让他对别的女孩冷酷、冷淡、冷漠而已。

“可以笑啊，但只能是嘲笑。”夏梦渔笑眯眯地说，“还有冷笑、讥笑、皮笑肉不笑。”

徐桑站了起来，真是受不了，在自己这个伤心人面前秀恩爱。

“我进去跟他说两句话，马上出来。”徐桑进了便利店。

徐子充蹲在夏梦渔身边，夏梦渔把最后的一点雪糕塞进了他嘴里。

“怎么样啊？”

徐子充抬抬眉毛，拽拽地说：“不行，我都还没活动开，他就不行了。”

“棒啊！”夏梦渔又笑眯眯地说。

这时，徐桑也拉开便利店的门走了出来。

“聊完了？”夏梦渔问，“都聊什么了？”

“没什么，就是跟他说了一声，这个连锁便利店是我爸开的，让他老实点，挨了揍呢就闭嘴。所以你们放心，他不敢怎么样的。”徐桑翻了个白眼，“这家伙真的就是欺软怕硬，我把我爸爸的身份一抖，他马上屁都不敢放了。我当初是怎么被猪油蒙了心，简直就是鬼迷心窍。”

果真是颜控毁一生。

“你爸爸不会真的是这个连锁便利店的老板吧？日本人？”

“不是，我爸爸是中国这边的代理。”

夏梦渔惊得下巴都要掉下来了，徐桑家里这么有钱哦。

“行了，我们走吧。”徐桑说，“这个地方我一分钟都不想再待了。”

“要不要一起吃饭？”夏梦渔问。

徐桑摇摇头：“不打扰你们约会了，我回去睡一觉，昨天一晚上都紧张得睡不着。”

“那我们送你去打车。”

“好呀，嘿嘿！”

徐子充拦了一辆出租车，替徐桑打开门。

徐桑冲着夏梦渔眨眨眼道：“不错啊，还知道讨好闺蜜。”

“那当然啊。”夏梦渔笑眯眯地说。

“充哥，今天谢了啊。”徐桑说。

“不客气。”徐子充看一眼夏梦渔无奈地说，“也不能让你白认我这个堂哥。”

“哈哈哈……”徐桑大笑着进了出租车走了。

目送着徐桑离开，夏梦渔松了一口气，回过头发现徐子充正看着自己，而且是用一种非常可怕的目光……

“你这么看着我做什么？”

“现在该解决我们的事情了。”

“我们什么事儿？”

“谈心。”

“谈什么心？”

“四五六七八九年的事儿。”

徐子充把夏梦渔拉走，拉到后巷里“谈心”，大概整整谈了半个小时吧。

“你要是再敢胡说八道、胡思乱想，我就每天找你谈心，一日三餐地谈，下午和晚上还要加餐。”

夏梦渔脑子晕乎乎的，气喘吁吁，浑身都像是散了架。

“我错了，我错了，”夏梦渔投降了，“我不应该怀疑你冲动。”

“可以。”

“你不是老天派来折磨我的？”

“不是，我是老天派来宠爱你的。”

徐子充拍了拍夏梦渔的头，眼神里全是宠溺。这时候教练打电话过来催徐子充了，夏梦渔松了一口气，要不然她只怕还不能逃脱他的魔掌。

“我保证以后都不胡说八道了。”夏梦渔可怜兮兮地说。

徐子充必须要回去，团队的人都还等着他呢。

徐子充笑了笑，低头捧着夏梦渔的脸，又亲了一下她的额头，这才终于拉着她走出了这条巷子。

等徐子充走了，夏梦渔便回了家，出来了一上午，再不回家，她爹要着急了。毕竟她爹最近除了关心她的学习，基本上也没有别的有意义的事情可以做。

夏梦渔考清华，已成为他们夏家最重要的事情。

夏梦渔回到家，刚好碰到父母在吃午饭，要夏梦渔也吃一口。刚刚徐子充拉着她半天，两人卿卿我我得都忘记了吃饭，她这才觉得肚子有些饿，难得地心情不错地跟父母一起吃午饭。只是今天爸爸的表情似乎很凝重，一副心事重重的样子。

夏梦渔知道爸爸一向不喜欢小孩子多话，所以即便很疑惑，也没有多问，安安静静地吃饭。

“你知道贺夜阳回来了吗？”

夏梦渔吓得筷子都掉在了桌子上。贺夜阳回国了？

“他为什么跑回国？”夏梦渔惊讶地问，“他爸妈让他回来吗？”

“当然不让，自己偷偷跑回来的，说是国外待着太无聊了，要回来读书。”

夏梦渔沉默下来。

果然，她爸又说：“这回贺夜阳回国，再想出去就很难了，他们一家都已经被限制出境。”

夏梦渔犹豫了一下问：“贺夜阳知道他爸爸的事情吗？”

“都到这份上了，他肯定知道了，瞒着他也没什么意义，可惜了他爸爸对他的一番苦心，这孩子在国内肯定是完了的。贺夜阳如果来找你，你不要理他。我们家现在也帮不了他们，都自顾不暇了，你老实待在家里，好好上学，努力考清华，别的都不要想。”

“贺叔叔以后会怎样？”

“不关你的事情。”她爸严厉地说。

夏梦渔不敢再问，不过她爸还是多心了。贺夜阳不知道是不是也是听了家里的嘱咐，并没有来找她，也没有私下联系过她。

过了几天，贺夜阳便办好手续又重新回到校园里继续上课，倒是有几个人议论过贺夜阳为什么又回来了，然而高三的学习紧张，每个人都有各自的烦恼，倒真没有几个人一直关注别人的人生。

校园里的生活看起来一切如常，除了天气更冷了一些，跟之前没有什么差别。贺夜阳每天还是跟他的那些兄弟一起说说笑笑，并且很快就代替不怎么出现在学校里的徐子充成为女生们的新焦点。可是夏梦渔却觉得贺夜阳的神态跟从前不一样了。两人偶尔在走廊里遇到，贺夜阳只是对她微笑着点点头，什么都不多说。夏梦渔并不是觉得贺夜阳不跟她说话奇怪，而是觉得他这样礼貌客气才是奇怪。

他身上那股子不可一世的自恋和锐气似乎都不见了，整个人变得平和安静了许多，有越来越沉默的迹象。笑容也没有那么肆意，眼里总藏着心事。

这让夏梦渔忽地觉得很心酸。大概贺夜阳父母把该告诉他的事情都告诉他了吧。毕竟现在他哪里也去不了，接下来的一切，无论他想与不想都得承受。

成长有时候就是这样一件极其残酷的事情，磨去你身上最讨厌却也是最与众不同的地方，然后终于把当初那个可恶却耀眼的少年，变得和别人一样。

天气越来越冷，学校里一地枯枝败叶，清洁工怎么扫都扫不完似的，大风一起，那一地的叶子便被卷得漫天飞，像是下了一场枯叶雨。空气里弥漫着一股肃杀的氛围，有什么在酝酿和发酵。

十二月过去一半，高三的日子没什么新鲜的，每天就是学习，做数不清的卷子，考不知道第几场模拟考试，然后看着教室前面的高考倒计时的日历，一页页被撕去。

距离高考，只剩下 200 天。

比起高考，别的事情似乎都是小事。因为十七八岁的我们迫切地需要一个目标，我的父母也迫切地需要这样一个希望，无知的青春岁月和深陷的中年人生都需要一个指引。告诉我们什么是对，什么是错，否则一不小心，就要迷失在这复杂的命运里。

到了月底，有一天夏梦渔放学回家的时候，便听到爸爸说，贺夜阳爸爸的事情已经定下来了。

贺夜阳有一天没有去学校，之后又一切如常，看不出什么不一样。学校里偶尔有一些风言风语，只不过在高考紧张的气氛里，很快就成了过眼云烟。

夏梦渔本来担心这些事情会对贺夜阳产生影响，但是没想到他十二月的月考成绩依旧很稳定，甚至还有一定程度的提升，两人之间的差距变得很小，兴许这一回他真的能靠着自己的本事考去清华也说不定。

夏梦渔知道贺夜阳心里应该已经把什么都想明白了。

曾经不可一世的少年，还是长大了。

这样也好，赶紧高考，换个城市，重新开始。希望他有一天还能做回那个自恋、高傲的狮子王。

元旦过去，学校里也没有什么迎接新年的气氛，因为最重要的一次全市统考之一马上就要开始。

一月调考。

这次考试是全市统考，会在全市排名摸底，所以全校都很重视。也是很巧，刚好调考的第二天就是徐子充的比赛日。

半晌同学都不知道到底应该是为调考紧张好，还是为徐子充的比赛兴奋才好。玲花倒是挺人性化，说是明天考完试，给大家发票，一共有十张票，想去看的同学可以举手。

夏梦渔当然是毫不犹豫地举手了。

玲花淡淡地看了夏梦渔一眼，也没多说，把票给了坐在徐子充周围的三个人道："同桌和前后座都有优待，给你们三张吧。"

剩下的七张票也分给了其他举手的同学。

这一回徐子充的比赛几乎是学校除了一月调考之外最重视的事情，就连校领导都会到场观看。夏梦渔捏着票，紧张得心脏突突地跳。

这段时间徐子充的训练时间越来越长，学校也来得少了，偶尔联系她也能感觉到徐子充的压力很大。毕竟这一回他不仅仅是为自己而战，身后还背负着许多人的希望，甚至是很多人在这件事情里包含的复杂的欲望。

徐子充封闭训练的这几天，夏梦渔都没有见到过他，直到一月调考的那天早上两人才有机会见面。这次一月调考还是在本校考，座位也还是按照十二月调考的成绩排名来排的座位。

夏梦渔第一，贺夜阳第二，两人都在第一考场。

徐子充因为前段时间到处比赛，又集中训练，虽然还是努力不落下学习，但十二月调考的成绩还是有些下滑，从第二考场的末尾到了第四考场的前面。不过无论如何，两人也都在一层楼考试。

考完第一门才十一点半，下午的数学考试三点开始，中午有很长一段时间可以休息。因为明天就要比赛，徐子充的训练强度反倒是没有那么大，要让他的身体有恢复休养的过程，所以中午也不用去训练，两个人难得有机会可以一起吃个饭。

“你考得怎么样？”夏梦渔问徐子充。

“还行。”徐子充一边给夏梦渔夹菜，一边假装不经意地问，“你跟贺夜阳怎么样了？”

夏梦渔僵了僵，果然徐子充还是很在意。

“没怎么样啊。”

“在一个考场都没说话吗？”

“没。”

“嗯。”

夏梦渔叹一口气，徐子充敏锐地抬了抬眉毛：“叹什么气？”

“我发觉我和贺夜阳现在好像已经无话可说了，我们之间仿佛隔着一面墙，即使坐前后桌也不过点头微笑一下而已，他现在对我真的是超级客气礼貌。放在从前，我们两个人一个考场，贺夜阳肯定要找我麻烦的。”

“这样不好吗？”徐子充的语气沉了沉，“你想他怎么样？”

夏梦渔觉得徐子充也是蛮爱吃醋的。

“不怎么样，嘿嘿，我就是感叹一下而已。我觉得这件事情对贺夜阳的影响还是很大的，希望他能有所成长吧。”

“这也不是坏事。”徐子充道，“有些悲欢离合，迟早都要经受，男人早点承受这些也好。”

“你不觉得这样很残酷吗？”

徐子充挑挑眉，语气不善地问：“难道我还要心疼他吗？”

夏梦渔噎了噎，她有时候发现徐子充对别人的痛苦很是无动于衷。

这件事情她很早就发现了，比如说从前班上比赛，赢了大家激动万分，输了大家痛哭流涕，徐子充却都只是静静地站在一旁看着大家，不动声色。所以她从前才觉得徐子充装酷。

“你是不是从来不会同情别人啊？”夏梦渔好奇地问，“即便人家遭受很痛苦的事情？”

“痛苦也不是坏事。”徐子充说，“一个人能承受的痛苦越多，就说明他越强大，不是这样吗？尤其是对于一个男人来说。”

“徐子充……”

“嗯？”

“我忽然发现，你内心深处其实是个非常……非常……”夏梦渔思索着措辞。

“嗯？”

“你其实真的是一个非常原始霸道的人。”

徐子充微微蹙眉，思考着夏梦渔的这个形容，然后点了点头：“我是。”

竟然毫不羞耻地承认了。

夏梦渔捧着脸看着徐子充，幽幽地叹息道：“心疼我的心肝宝贝，长成这么扭曲的性格，你一定受过不少苦吧。别担心，我会好好爱你的。”

徐子充笑了笑，挑挑眉问：“哦？怎么爱？在哪里爱？”

夏梦渔觉得徐子充最近大概真的是训练强度太大，荷尔蒙太多，以至于说情话的频率越来越高了……

第一天的考试很平淡地便过去了。

第二天上午考的是理综，考到一半就见到火箭班的班主任来了考场一趟，跟监考老师说了句什么。两人便走到考场门口，一副形势严峻的模样讨论着什么。

火箭班的班主任来第一考场并不奇怪，毕竟这个考场火箭班的同学占了大多数，但是把监考老师叫出去似乎就过分了一点。虽然这个考场的人肯定不会想作弊，但如果不是有什么大事儿发生，怎么都不会只留一个监考老师在教室啊。

夏梦渔回头看了一眼贺夜阳，见到他正在做物理的最后一道大题。

贺夜阳似乎也有预感，他飞快地把题目做完，化学和生物都没有动，就交了试卷，收拾好东西走了出去。

果不其然，火箭班的班主任见到贺夜阳出去，拍拍他的肩膀，跟他说了句什么就领走了他……

夏梦渔虽然疑惑，但还是沉下心来把卷子做完了。

下午是英语考试，对于夏梦渔来说很简单，飞快地做完检查了一遍就交了卷子。英语考试，夏梦渔一向做得很快，所以监考老师也不觉得她提早交卷有什么问题。

她刚走出考场，迎面就碰上也交了卷出来的徐子充。

“你要去赛场了吗？”夏梦渔激动地问。

徐子充点点头，伸出手揉了揉夏梦渔的头发：“你一会儿跟范小乔、徐桑她们一起吃了饭再去，我这会儿没时间照顾你。”

夏梦渔猛点头。

徐桑身为徐子充的“堂妹”肯定也是拿了票的，她们昨天就约着今天一起吃饭了。

“你先走吧，我等等她们。”

“嗯。晚上见。”

徐子充走了，夏梦渔坐在楼下的花坛边上一边不安地看书，一边等着考试结束。范小乔是写得慢，两个半小时都写不完卷子。徐桑是只有考试快结束之前，才能想到办法怎么抄一抄。只不过夏梦渔一直觉得她抄试卷很没有意义，都一个考场的，成绩差不多，还能翻个什么天出来？

终于铃声响起，考试结束。

夏梦渔收拾好东西，正准备给她俩发信息的时候，电话却在这时候响了起来，是爸爸打来的。

“你快点回家。”

“今天不是说好了晚点回去吗？学校组织一起去看同学的比赛的。”

“出大事了，赶紧回来，我已经快到你们学校门口了。”

生前家中门客络绎不绝，死后却门庭冷落。贺家只有贺夜阳的母亲和家中的几个亲戚而已，大多数人都避嫌，不好久留，那些下属和朋友，都只来看了一眼，就急急忙忙地走了。

开车回家的路上，夏建国大概跟夏梦渔交代了一下情况。

贺夜阳的父亲自杀了。

人死了，案子办不下去，留下孤儿寡母，也不能怎么样。贺夜阳的父亲也算是用一死，成全了自己的儿子。

“唉……”夏建国感叹，“他虽然有错，但也罪不至死，最后竟然落得这个下场，想想就没意思……”

其实贺叔叔也不是什么十恶不赦的人，生前呢人太过于讲江湖义气，喜欢讲场面，所以犯了些错误。这世上有几个人费尽心思往上爬不是为了让自己能够扬名立万，不是为了能改变自己的命运呢？

夏梦渔不想指责贺叔叔的人格。指责别人都是容易的，但有几个人能够保证，当自己手握权力的时候，还可以做到不受诱惑，正直无私？

权力是迷药，能够坚持本心，经受住考验值得敬佩、赞叹、歌颂。受到了诱惑，有几次忍不住跨过了那条黑白线，不能说是对的，也只能说是人性吧。

夏梦渔回忆着贺叔叔，只觉得人真的是非常复杂的动物，到现在她也不能单纯地用好人和坏人来定位贺叔叔这个人。

人有太多面，贺叔叔是个好爸爸、好朋友、好叔叔，对得起周围的人，对得起自己的下属、朋友，但是他对不起其他人。而她爸爸夏建国，他这一生小心翼翼，谨小慎微，不敢越过那条黑白线，可他就真的能算是一个好人吗？也说不上。

想到这里，夏梦渔竟然忽然不像从前那样对爸爸感到厌恶和愤怒了。大概她忽然意识到，每个人的父母首先都是人，都有人的阴暗和促狭，他们的不完美、满身缺点、不善和自私才是本来的样子。

只是父母之爱在人性之上笼罩上了一层光辉，对自己孩子的爱让他们产生了神性。可若是没有那一层神爱，他们就是个人而已。大概是她的父母，一直都只是人，没有为了她而成为神吧。

人是活在泥泞里的。父母之爱，是泥泞里结出的高贵。有是幸运，没有也是平常。

“我们还是要送你贺叔叔最后一程，要不然在别人眼里我们也太绝情了。”夏建国继续一个人说着。

夏梦渔没有回应，她打量着爸爸，只觉得爸爸似乎老了许多，变得絮叨了，大概也是受了现实的打击，一下子整个人都丧气起来。

而且自从上次在饭桌上她规劝了爸爸一句之后，爸爸似乎对她不像原来那么粗暴直接了，偶尔也会跟她商量几句。

“唉，我现在是看穿了，没意思啊！”夏建国又说，“这个世道我也是看透了。真的，你以后就去金融行业，当资本家。实实在在做事都没好下场，钱生钱才好，这就是个资本左右的世界，谁有钱，谁就有话语权。”

夏梦渔听着爸爸的话，并不表态。她忽然知道怎么定位爸爸了。爸爸既不是好人，也不是坏人，他只是一个没有灵魂的人。

夏家人第一时间赶去贺家慰问，这也算是夏建国尽了自己作为贺叔叔多年老下属的情分。他觉得事情到这里，自己已经算是做得问心无愧了。

夏建国安慰了贺夜阳的母亲几句，夏梦渔的妈妈也一直陪在那里等父女俩到来。

本来一家三口想要走，但是夏梦渔说要找贺夜阳谈谈。夏建国心里是不愿意的，但是看了一眼老领导的遗像也没多说什么，只叫夏梦渔不要太晚回家。

夏梦渔跪拜了贺叔叔，却一直没见到贺夜阳出现，问了下阿姨，说他刚刚出去了，也不知道去哪里了，估计一会儿就回来了。

“我大概知道他在哪里。”

夏梦渔走到大院后面那条少有人经过的后巷，果然找到了贺夜阳。小时候这条巷子也没有那么冷清，可自从家家户户都有车子之后，大家就很少往这边出入了。

物是人非，大概就是这个光景。

贺夜阳拿着手机，正在跟手机那头的人说话。

“知道了姑姑，你到了我们再说。嗯，路上小心。”

贺夜阳挂了电话，见到夏梦渔来笑了笑，痞里痞气地问：“好学生，你来这儿做什么？”

夏梦渔走过来。她安静地靠在墙边，跟贺夜阳并排站着。

贺夜阳继续沉默着，忽然从口袋里掏出一根烟，却被夏梦渔一把按住。

“差不多就得了啊。”夏梦渔瞪他一眼道。

贺夜阳打趣道：“哟，真的是爹死了啊，虎落平阳，你现在都敢对我大呼小叫了啊。”

夏梦渔一噎，虽然贺夜阳的语气轻松随意，满满的自嘲，却还是说得她心里一酸。她低下头不说话。

“哎哟，你干吗？我就开个玩笑，你别往心里去，我觉得现在这样挺好的。”贺夜阳苦笑一声，“现在这样，我才有种我们认识了十几年的感觉。”

夏梦渔叹一口气道：“之前我有很多做得不好的地方。”

“算了，都是过去的事儿了，黏黏糊糊地计较太娘了。我们谁都别怪谁就好。”

夏梦渔点点头。

贺夜阳低头踢了一脚路边的石子，然后说：“我姑姑还是要我出国，我爸爸现在死了，也不存在什么限制出境的事情了。”

“你怎么想？”

贺夜阳几乎没有犹豫地说：“能出去为什么不出去，留在这里也没意义。”

“那你想出国吗？”夏梦渔惊讶地说，“你之前不是觉得国外很寂寞吗？”

“哟，敢情你看到我的信息了啊！”贺夜阳抬眼看向夏梦渔，揶揄道，“还以为国内信号不好没收到呢。”

夏梦渔有些惭愧地不说话，尴尬地笑了笑，不好意思地垂下头来。

贺夜阳又笑起来，转回刚才的话题，无所谓地说道：“去哪里不都一样寂寞，在哪儿都没什么温暖的回忆。”

夏梦渔想开口跟贺夜阳说声抱歉，却又觉得对不起这个词有些轻，只觉得一句话卡在喉咙里，上不去也下不来。

“我要是不回来就好了，说不定我爸爸就不用死。”贺夜阳忽然语气沉沉地说，“你当初应该告诉我实话的，你一定什么都知道吧？你们真是的，就瞒着我一个，把我当小孩子哄。我在你们心里就那么不懂事，那么脆弱吗？要你们都众口一词地保护我？夏梦渔，我就那么没用吗？”

夏梦渔无言以对。

贺夜阳苦笑一声，把烟丢在地上，又点了一根。

“算了，你也不用回答我，我也知道答案。你告诉我了又如何？按照我的个性，如果知道我爸要出事，我肯定还是会回来的。真搞笑。结局怎么都是一样的……也不知道在拼命挣扎个什么。”

贺夜阳一根接着一根地抽着烟，两人靠在围墙边，沉默地相伴。

初冬的夜晚来得早，不知道什么时候月亮已经高高地挂在天空了。

“有个人跟我说，一个人承受的痛苦越多，就证明他越强大。痛苦不是坏事，痛苦是生命力的证明。我之前觉得这样想挺残酷的，现在觉得，这样想兴许才最温柔吧。因为人生在世，痛苦总是难免，生活也没什么捷径，只有这样想，才有力量继续生活下去。要不然想着这样的人生，活一遭只是为了受苦的话，那也太没意思了一点。”

两人没有看对方，只是都抬着头看着夜空。

月光清清白白的，人世却混浊不堪。

“贺夜阳，我有时候想，兴许人和动物最大的区别就是我们会感到痛苦，不仅仅是疼痛，而是痛苦。你说，这是好事还是坏事？”

贺夜阳笑了笑，掐了烟道：“难怪每次你的作文都要在全年级转一圈，每个老师都要念，你不当作家可惜了。什么事情你都能升华一下啊。”

夏梦渔也笑起来道：“我给人打鸡血那可是一把好手。”

贺夜阳点点头。

“谢了。我明白，我会强大起来的。我先进去陪妈妈，你也赶紧走吧。今天他比赛吧？”

夏梦渔一愣，这才想起来徐子充的比赛估计要开始了。她要是没按时到，嗲包绝对不会放过她的！

贺夜阳伸出手拍拍夏梦渔的脑袋，微笑道：“我们就在这里道别吧，谁也别矫情，希望有生之年，我们还有机会再相遇。”

夏梦渔有些哽咽地点点头：“希望再见面的时候，我们都已经成为我们想成为的人。”

“好，说好了。”

贺夜阳伸出手，夏梦渔笑了笑跟他击了个掌。

“走了啊。”

贺夜阳转身往院子里走，夏梦渔看着他的背影，目送着他离去。

贺夜阳像是有感应似的，一只手插袋，一只手举起来晃了晃，背对着夏梦渔算是说了声“再见”。

他还是那个又酷又拽的样子，仿佛一切都没有变。可是他们都知道，什么都已经不一样了。

贺夜阳进了小区，夏梦渔这才收回目光。她看看时间，都已经七点半了，赶紧拔腿就跑。

她拦了辆出租车，急吼吼地说：“师傅，去体育馆，快快快，我要迟到了！”

“那么着急啊？”

“一个很重要的人今天在那里比赛。”

“哎哟喂，那必须赶到啊，姑娘坐稳了！”

夏梦渔赶到的时候上一场比赛刚刚比完，正是中场休息的时间。

见到夏梦渔拿着票气喘吁吁地冲进来，徐桑和范小乔赶紧跳起来跟她招手。

“快过来！你怎么才来？！”

夏梦渔赶紧猫着腰往座位走。他们几个同学坐的都是内场的位置，尤其是她们三个的座位，旁边就是体育局的领导和校领导，说是最佳座位也不为过了。从给票的这件事情上就看得出来，徐子充真的很够意思，也很讲义气。当然也从侧面说明他一点都不在乎领导的想法，那些领导怎么会愿意跟几个小孩子平起平坐？夏梦渔只希望领导们心里不要多想，只当徐子充是年轻不懂事。虽然夏梦渔知道，徐子充并不是因为年轻不懂事才这样安排的，他就是藐视权威。

夏梦渔终于落座，回头一看，旁边坐着的就是陈华清，两人相视一笑。

“喘这么厉害？”陈华清微笑着问，“这是跑来的啊？”

夏梦渔点点头。

“你觉得徐子充能赢吗？”陈华清问夏梦渔。

“当然啊！”夏梦渔毫不犹豫地说，又问，“你觉得他能赢吗？”

“我也觉得能。”

灯光绚烂至极，音乐声将大家的目光又吸引至拳台之上。在司仪的介绍里，拳手在拳击宝贝的引领之下入场。

徐子充披着他那件黑色的战袍，微微低头，又是那副冷酷又坚定的模样。夏梦渔她们几个看到徐子充出场，激动地跳起来，把手里写着徐子充名字的LED牌子举起来，兴奋地尖叫着，喊着他的名字，就像是他的小粉丝一般。

徐子充抬起头看向夏梦渔的方向，见到夏梦渔又蹦又跳的样子，不动声色地笑了笑，然后才又低下头坚定地看向前方。

裁判吹哨，比赛开始。

夏梦渔目光灼灼地看向拳台中心的那个人，看着她的爱人，她的梦想，她的英雄。

一定要赢啊。

因为他对胜利的渴望是那样狂热，因为他善于隐藏的外表下，有一个原始热烈的灵魂。永不甘心落于人后，永远要向着权威说不，永远要挑战强者。因为他绝不认输，宁可被毁灭，也绝不要被打败。

第二天，人们评价这场比赛，用了十个字：优雅的狂暴，平静的残忍。

徐子充似乎对人细微的情绪变化非常敏感，所以在拳台上总是能提前判断出对手的下一步动向，猜出对手隐藏的想法。拳台上他的作风冷静阴森得让人不寒而栗，而他的拳头却又暴力残酷。

一击毙命。

这场拳王挑战赛，以徐子充一拳 K.O（击倒）结束。

对手倒地不起，裁判吹哨，比赛结束。

徐子充赢了！

徐子充激动地跪在拳台上，亲吻着拳台，双肩因激动而颤抖着，这还是大家第一次见到这个老成的少年感情如此外露。

他的同学们全都激动地尖叫着，大家抱在一起，又哭又笑。这一刻不仅仅属于徐子充，也是他们平凡的青春里浓墨重彩的一笔。

热血在胸口激荡，他们也曾经离神话那样近，触手可及……

“去吧。”玲花笑眯眯地对班上的学生说，“去找他庆祝吧。”

同学们立刻都冲到拳台边，男生们大声地吼着，孟辉甚至都开始抹眼泪了。

徐子充也爬起来走到拳台边缘，他看着向自己奔跑而来的夏梦渔，跨过围绳，向她伸出了手，然后一把将扑向他的她搂进怀里。

夏梦渔一愣，没有想到徐子充会在众目睽睽，电视直播的镜头之下拥抱自己。她本想推开徐子充稍微掩饰一下的，但是她忽然感觉到徐子充的双肩在微微颤抖。

徐子充把脑袋埋在夏梦渔的脖子里，紧紧地抱着她，用尽全力。

脖子上感觉到一股湿热的液体，夏梦渔知道，徐子充哭了。

他把最脆弱的一面留给了夏梦渔，交给她来隐藏和保护。他相信她能守护好他的感性和热烈。

夏梦渔想，不管了！就这样，此时此刻她什么都不想在乎，只想就这样紧紧地拥抱着自己最爱的男人，让他可以靠着自己的肩膀，让他可以感性，让他可以脆弱，让他可以流泪。

夏梦渔抱着徐子充，她几乎是痛哭流涕。她的眼泪让千万人看都无所谓，他的眼泪只有她知道。

摄像机镜头对准着这一幕。

同学们见到这一幕有些惊讶，但是很快就反应过来，开始尖叫和起哄了。

现场的观众也只觉得这是一幕英雄和美人的戏码，激动地鼓掌和尖叫。音乐声响起，气氛到了今天的最高潮。

终于，我们也拥有了属于自己的拳王。这感觉不亚于那一年李小龙一脚踢碎了“东亚病夫”的牌匾那样酣畅淋漓、热血沸腾。

徐子充终于抬起头，松开夏梦渔。他的眼眶虽然有些红，但是已经控制住了情绪。

看到夏梦渔哭得满脸鼻涕眼泪的，徐子充忍不住笑了笑。

夏梦渔也擦干眼泪，冲着他笑起来。

“真想亲你一口。”徐子充说。

夏梦渔毫不犹豫地说：“抱都抱了，想亲就亲呗。亲了再说！”

徐子充立刻捧着夏梦渔的脸重重地亲了一口。他紧紧抱着夏梦渔，直到胸口那激荡的热血稍稍平静了一些才松开手。在所有人的欢呼声中他重新走到裁判身边，接过了属于他的金腰带。

多久以前，他们曾经都幻想过这一幕。那个在地下拳击场打拳的沉默少年，终于走到了上万人的体育馆里，站在拳台最中央，在绚烂至极的灯光里，在震撼人心的音乐里，在狂欢呼啸着的掌声和尖叫里，成就了他的辉煌，成就了所有人的神话。

他们的英雄。

狂欢总有结束的时候，所有激扬最终都要落入平静。巅峰之后，潮水终将涌向大海。人群离去，空荡荡的体育馆只剩下了几个人。班主任和校领导都走了，同学们也都陆续回家，夏梦渔独自走到徐子充的休息室去找他……

休息室里是徐子充和他幕后的团队成员，大家的兴奋劲还未完全退去。

见到夏梦渔来，大家都打趣徐子充：“哟，你家那位来了啊。”

“今天可以好好放松一下了。”

“准备怎么庆祝啊？”

徐子充只是笑笑不说话，然后看着夏梦渔，目光灼灼，眼里全是笑意。

夏梦渔被他看得不好意思，低下头走进来，跟休息室里的各位大哥打着招呼，礼貌又乖巧。

“这么可爱的女孩子，充啊，你可温柔点啊。”

“哈哈哈……”

大家开着玩笑，然后纷纷离去，把休息室留给这两个人。

夏梦渔走到徐子充跟前。徐子充坐在凳子上，把身旁的金腰带举起来递给夏梦渔看。他笑得就像是一个得到了最心爱玩具的小男孩。

“你看，我赢了！”

夏梦渔也情不自禁地笑起来，眯着眼接过他的金腰带，郑重地捧在手里。

“哇，好棒呀！”

两个人相视而笑，笑得那么甜，笑得那么傻。

人生多难得能有这样的瞬间，快乐得那么纯粹。

这样的瞬间，耀眼得能照亮所有的黑暗。就像是那夜空里最亮的星辰，就像是黑暗的大海上遥远的灯塔，就像是等待着风雪夜归人的那一盏油灯。它微弱却光芒万丈，能够支撑我们走过漫漫长夜，直到太阳重新升起。

徐子充忽然站起来，拉着夏梦渔的手："过来，我有样东西要给你。"

夏梦渔疑惑地跟着徐子充走到柜子前，只见徐子充从柜子里拿出一个精致的包装盒，只是上面没有标志，所以也看不出来是什么。

“送你的，我想着一定要等到我拿到拳王的时候给你，没想到这么快。”徐子充的语气里是藏不住的激动和快乐。

夏梦渔高兴地接过来，把盒子放在耳边摇了摇，却没听出来里面装的是什么东西。

“里面是什么呀？”夏梦渔好奇地问。

“忘了？”徐子充无奈地笑，“你找我要过，我答应要送你的东西，这就不记得了？”

夏梦渔有些蒙，真的想不起来了，立刻好奇又惊喜地拆着包装袋。

盒子里是一件红色的战袍。

夏梦渔把战袍拿起来抖开，大小刚刚好跟她的身材合适。

战袍后还有几个字母——MoCuishle。

这是什么意思啊？夏梦渔正想问，这时候却有人敲门，是陈华清大哥。

陈华清见到夏梦渔手里的战袍笑了笑，夏梦渔赶紧把战袍收起来，不好意思地低下头。

“有空吗？谭局长想见见你，祝贺你的胜利。”陈华清说，“在外面等着呢。”

徐子充微笑着点点头。

谭局长就是市体育局局长，夏梦渔知道这是个大人物，赶紧对徐子充说：“那我在外面等你。”

“好。太晚了不安全，你就在场馆里等我，我一会儿过去找你。”

“好的。”

夏梦渔抱着自己的战袍走出去，与谭局长擦肩而过。谭局长还很和蔼地对她笑了笑，问了问这是不是就是徐子充的小女朋友啊，还弄得夏梦渔怪不好意思的。

夏梦渔走到后台等待徐子充。她前前后后地看着自己的战袍，还真的是真丝的，当初她跟徐子充提了这个要求，没想到他竟然还都照办了。

只是这是个单词吗？是什么意思？看着像是法语，但是又好像不是。

MoCuishle？

夏梦渔这个人有疑问就一定要解答，她立刻搜索了一下，这才知道，原来这个单词是“高卢语”。

MoCuishle 的意思是：我的挚爱，我的血肉。

My darling，My blood.

第六章

十年后我们会是什么样子

工作人员还在体育场里收拾着东西，观众席早就空空荡荡，只剩下夏梦渔一个人。她满心雀跃地把她的战袍小心翼翼地叠好，放进盒子里，她要好好收藏起来。

可是，她猛地想起来，她一会儿可是要回家的，这东西要是带回家被她爸妈看到她可就完蛋了。只可惜现在范小乔和徐桑都回家了，想把这个交给她们先替自己收着只怕也不行。

刚巧这时候陈华清走了出来。

夏梦渔见到他一副忧心忡忡的样子，疑惑地走上前去，叫道："陈大哥……徐子充呢？"

"他还在里面跟局长聊。"

"有什么问题吗？"夏梦渔有些不安，按理来说不应该是这个表情啊。

陈华清看了一眼夏梦渔，眉头紧锁，指了指一旁的座位道："我们在旁边坐着说吧，我也要等他们出来。"

两人走到一旁坐下。

"谭局长到底找徐子充谈什么？"夏梦渔直觉陈华清这么烦恼肯定是跟谭局长有关。

陈华清重重地叹一口气："唉，哪里想到竟然会变成这样，我也真是没想到。"

"到底怎么了？"

"谭局长要徐子充代表我们省去打明年全运会的比赛。"

夏梦渔一时没明白过来："这难道不是好事吗？你怎么一副天要塌下来的样子，弄得我心里也七上八下的。"

"当然不是好事。你不知道吗？职业拳手如果参加业余拳击赛，即便是奥运会，都是会受到职业联赛的处罚的。"

"什么处罚？"

"如果徐子充去打全运会，就会被 WBC 逐出职业联赛。"

陈华清跟夏梦渔分析着这件事情的利害关系。

徐子充现在面临两个选择——

第一个选择，加入省队，去打明年的全运会，给省里拿奖牌，接下来可能继续打奥运，就安安心心地待在体制内，一辈子放弃职业联赛，再不能当职业拳手。

第二个选择，拒绝体育局长的邀请，继续当职业拳手，那样子体育局这边是绝对不会给他发一级运动员证或者健将证的，只怕他想要保送或者走体育生的路子去清华就毫无可能了。

"这事儿你怎么看？"陈华清问夏梦渔。

"我不明白。明明是局长安排徐子充成为职业拳手，安排他打拳王挑战赛的，现在为什么又要毁掉他的职业生涯，非逼着他打全运会？"

"你知道我为国家打了多少年拳击吗？"陈华清苦笑着，"多少次我想退役，想去打职业赛，都被劝说下来了，再打一次全运会，再打一次奥运会……

“我继续打奥运的原因很复杂，但有一部分也的确是为了国家的荣誉，但是他们不是。他们要徐子充打职业赛是为了自己的政绩，他们在位的时候，拿了多少全运会的奖品，拿了几块奥运会的金牌……其实说起在国内普及拳击，发展拳击事业，让徐子充去打商业化的职业拳击才是更有效果的，也是我希望他能走的路。但是徐子充接着打职业赛，对于那些人来说，在他们的任期内得不到什么实质性的回报。全运会、奥运会的奖牌对他们才有意义。”

“可徐子充现在都已经是拳王了，难道他就一点话语权都没有，只能被逼着做选择吗？他就不能……”

夏梦渔的话还没有说完，陈华清就道：“你想得太简单了。职业拳击不一样，跟奥运会完全不一样，你得了一块金牌就一下子成为全国人民的英雄的。职业拳击的人气是需要累积的，徐子充就算这一次夺得了拳王，一切也只是刚刚开始而已。职业拳手的黄金生涯往往是三十岁以后，就是因为需要累积人气，累积商业价值。对于他来说，最重要的是明年继续卫冕，持续积累粉丝和人气。”

夏梦渔默然无语。也许他们都还太年轻，并不理解这世界背后复杂的运作方式。

“如果徐子充选择去美国继续打职业联赛，你会怎么做？”陈华清问。

“他肯定会去美国的。”夏梦渔笑了笑，几乎不需要思考就说，“我知道，他肯定不会打全运会。不是因为他不想为国争光，是因为他绝对不肯成为别人手里的棋子，他很骄傲的。”

陈华清还是叹气，也真的没想到，事情变得这么难办。

不一会儿，谭局长和他的秘书一起走了出来。

陈华清对夏梦渔点点头道：“我去找局长谈谈，看能不能替徐子充转圜一下，你也去找徐子充谈谈。”

夏梦渔点点头，抱着她的盒子站起身来。这一回与谭局长擦肩而过的时候，谭局长的表情已经不复刚才的和蔼，他冷冷地看了夏梦渔一眼，脸上的怒火不减。

夏梦渔缩了缩脑袋，飞快地离开，往徐子充的休息室走去。

原本以为徐子充的心情会不好，没想到他却像个没事儿人似的，见到夏梦渔就笑起来，套上外套道：“我差不多收拾好了，我们一起去吃点东西怎么样？我有些饿了。你知不知道哪里有好吃的夜宵？”

夏梦渔一愣，疑惑地问：“谭局长没生你的气吗？”

听到夏梦渔这样问，徐子充大概也知道，她估计也听陈华清说了。

“他生他的气，跟我没关系。”徐子充牵起夏梦渔的手，“我们高兴我们自己的。”

走出体育馆，夜已经深了，路上行人很少。夏梦渔决定带徐子充去吃一家串串香，两人牵着手一边慢悠悠地走在月色里，一边有一搭没一搭地说话。

“你要去美国吗？”

“嗯。你支持吗？”

“支持呀！”

徐子充笑起来，抬起头看着天空，长长地舒了一口气，明明一切都才刚刚开始，却有了一种尘埃落定的感觉。

两人坐在路边摊吃串串香。

徐子充大概也是饿了，吃得很多，夏梦渔吃饱了就撑着脑袋笑眯眯地看着徐子充。

“徐子充呀……”

“嗯？”

“那天徐桑问我，十年后我们会是什么样子，你想过十年后你是什么样子吗？”

徐子充皱皱眉，回道：“没有。”

“要是有时光机就好了，我就可以穿越过去，看一看你十年后的脸。”

“应该差不多吧。”

十年后也就二十八岁而已。

“怎么可能差不多，你肯定是那种越老越帅的类型！”想到这里，夏梦渔就忧心忡忡地说，“你现在就够帅了，以后肯定更多人惦记你。”

“别胡思乱想，吃东西。”

夏梦渔猛地想起来，掏出手机打开软件。

“之前说要看看我俩的星盘的，星盘可以推运，可以看我们两人这十年的发展。”

“嗯，我记得。我们这十年如何？”

虽然徐子充不信这些，但是一切有关他和夏梦渔的事情，他都想知道。

想知道他们的未来。

“你没告诉我你出生的具体时间，我就算的中午十二点半，这样排得不准的。”夏梦渔嘟囔着。

“非要具体时间吗？”

“对啊。”

“我不知道，我妈也不知道，她从没有跟我说过。”

“那你赶紧问问。”

徐子充眼神暗了暗道：“我妈并不是一个很细致的母亲，我估计她也不记得。”

夏梦渔沉默了一下，然后笑眯眯地说：“那就算十二点半吧，也差不了多少！”

“嗯。”徐子充继续吃东西。夏梦渔兴冲冲地看着两人的星盘，可是越看脸色就越难看。

“怎么，算得不好吗？”徐子充问。

夏梦渔把手机收起来，笑了笑道：“算了，时间不对，算得不准的。”

看夏梦渔那个样子就知道估摸着是推出来的运势不好。

“事在人为。”徐子充说。

“反正就是不准。”夏梦渔不高兴地撇着嘴，拿起一根串串气鼓鼓地塞进嘴里。

如果按照十二点半来算，他们就要分离十年，后面的她没敢继续看，怕看下去还是分离。

怎么可能？她完全想不到这世上有什么东西可以把他们分开。就算是相隔两地，她也有信心他们之间的感情不会变。

吃完了夜宵，徐子充便送夏梦渔回家。

出租车停在夏梦渔家的小区附近，徐子充问：“你这么晚回去，你爸妈不会骂你吧？”

“我来的时候跟爸爸打电话说了的，去看比赛。说校领导、班主任都要去，我作为年级第一的代表不能缺席，我爸爸就同意了。”

“嗯，那就好。”

说起爸爸，夏梦渔才猛地想起来，赶紧把手里的盒子塞给徐子充道：“这个你拿走。”

徐子充皱眉：“你不喜欢？”

“怎么可能，超级喜欢的！但是我抱着这个回去，我爹妈会问的，不好解释，你周一给我，我偷偷塞书包里带回去。”

徐子充笑起来，兔子精就是满脑子的小把戏。

"可以。"

"那我走了。"

"嗯，到家了给我发信息。"

"好的呀！"

夏梦渔飞快地亲了徐子充一下，然后欢快地跑进了小区里。

徐子充低头看了一眼装着战袍的礼盒，露出温柔的笑来，也不知道她有没有搞懂那个词的意思。

MoCuishle.

我的挚爱，我的血肉。

My darling, My blood.

徐子充转身走进夜色里，才走几步，就收到了夏梦渔的信息。

夏梦渔："周一要把我的照片带来哦。"

徐子充："好。"

徐子充："什么时候穿给我看？"

夏梦渔："你去美国之前带我打次拳？我那时候穿给你看？"

徐子充："……"

夏梦渔："怎么了？"

徐子充："不要。"

夏梦渔："那你想怎样？"

徐子充："单独穿给我看。"

夏梦渔："……"

刚好她到了家，夏梦渔收起手机，跟爸妈打了招呼进了屋，然后才继续跟徐子充发信息。

夏梦渔："我到家了！"

那边没有回复。

夏梦渔："也不是不可以穿给你看。具体我们讨论一下吧，争取在你出国前把这事儿给办了！"

那边还是没有回复。

夏梦渔觉得有些奇怪，照说她都这样说了，按照徐子充那个性格，怎么可能不马上回复？绝对是秒回啊！

难不成出什么事了？

夏梦渔："你怎么了啊？"

夏梦渔："不是手机没电了吧？"

夏梦渔："我先去洗漱，你看到了信息联系我啊。"

手机掉在地上，碎裂的屏幕上信息不断地在跳转。

年轻的时候总是容易不珍惜，因为总觉得日子还长，未来总有很多机会，却不懂得命运吊诡，谁都不知道哪一次就是最后一次相见。

命运从不给机会让你好好说一声再见。

第七章 行走的荷尔蒙

夏梦渔蹲在后厨的门口唉声叹气，刚刚她被戈尔登骂得狗血淋头，这都是这个月她第三次被戈尔登赶出后厨了。

唉，戈尔登主厨就是一个魔鬼。他的厨房简直就是传说中的地狱厨房。

身后的后厨门又被打开，各种骂声疯狂地从门里涌出来，是主厨戈尔登在咆哮。

戈尔登的厨房特色之一就是他会一边做菜一边骂人，做一顿饭可以骂三百句脏话……直到后厨的门又被关上，夏梦渔的耳朵才没有再嗡嗡作响。同样心如死灰的路琛也脱下帽子蹲在了夏梦渔旁边，两人对视一眼，交换了一下彼此理解的眼神。

路琛和夏梦渔两个都是拥有自己餐厅的厨师，但是现在却都在戈尔登的后厨里当小工。只因为戈尔登对于所有的厨师来说，都是神一样的存在。

这家七星酒店，为了在世界范围内打造自己的名气，不仅花重金，还动用了许多关系，才千辛万苦地把这位世界排名前三的厨神请到了自己这里来，旨在打造中国第一家米其林三星的餐厅。

这个城市里许多的厨师都慕名而来，因为对于任何主厨来说，能够在戈尔登身边学习，都是千载难逢的机会，所以就算只是切菜、洗碗，大家也都想要待在这里。

夏梦渔就是毫不犹豫地把自己的餐厅交给了合伙人，暗地里打点了好多关系才争取到来戈尔登后厨帮忙的机会。哪知道在戈尔登身边的日子这么难熬。

“你还好，老头骂你骂得算少的了。”路琛叹了口气，“我一个大男人，刚才差点没被他骂哭……”

“那他也把我赶出来了，要我一个小时之内不准出现在他面前啊。”

“真好，羡慕你，他要我出来反省五分钟再进去。”

夏梦渔看看手表。

“那你该进去了……”

路琛哭丧着脸，起身又推门进去，那疯狂的骂声又涌出来，震得夏梦渔往前一栽，差点没摔倒。

夏梦渔还剩四十五分钟需要反省，她决定出去转转。在戈尔登的厨房里待久了，人容易得抑郁症，她强烈地需要透透气。

现在正是午餐时间，餐厅外人满为患。

这间餐厅最近是全城最热门的地点，简直都要成景区了，想要预订座位都需要提前一个月，每天来等座的人几乎都成了一道风景线了。

中国人对吃的热爱，那简直就是深入灵魂。

迎宾部的露西娅一脸高傲，可以说她现在是全城最有权势的女人了，因为她决定了你能不能在这家餐厅里得到一个千金难求的座位。

夏梦渔跟露西娅的关系挺好的，因为只有夏梦渔知道她的本名叫李冬梅，所以露西娅说夏梦渔就是她的姑奶奶。

一时没有新的座位可以安排，露西娅就跑来找夏梦渔扯淡。

“你又被戈尔登赶出来了？”

夏梦渔可怜兮兮地点点头。

“他对你真是爱之深责之切啊！”

夏梦渔叹气道：“早知道当厨师那么难，我当初还不如好好读我的清华金融系……说不定现在这家酒店就是我开的了……”

露西娅翻了个白眼，夏梦渔这姑娘别的地方都挺不错，人长得漂亮，性格也特别好，就是爱吹牛，总说自己当年是高考状元。

而且她的故事编得超级离奇，什么本来是要去读清华的，但是因为跟父母有矛盾，一怒之下填志愿的时候故意没填清华，偷偷填了个三类的技校，然后就被愤怒的父母赶出家门，之后就干脆去法国学了厨，成了一个主厨。

说实话，露西娅自己也是一个很肤浅很爱吹牛的女人，但是跟夏梦渔比起来，她还是觉得自己输了。

夏梦渔吹牛真的是吹得太浮夸了！还是市高考状元呢？呸，她怎么不吹自己高考满分呢？有那个本事读清华，谁来当厨子啊？

露西娅懒得搭理夏梦渔，她一直在看时间，然后探头探脑地往餐厅里看，也不知道在期待着什么。

“看什么呢？”夏梦渔问

“你不知道吗？”露西娅瞪圆了眼睛，“所有的女服务生、女经理、女迎宾，每天最期待的就是这个时间了！”

“为什么？”夏梦渔疑惑地问，“我不知道啊……”

“啧，前几天酒店顶楼入住了一位男客人。”露西娅神秘兮兮地说，“那简直就是行走的荷尔蒙！”

夏梦渔忍不住翻了个白眼，都一把年纪了，还这么花痴，只有小姑娘才搞这一套吧，怎么跟高中生似的。

只不过住酒店顶楼的都是有钱人，而且那里安静隐私，一般都是很低调的有钱人。酒店的工作人员都年轻漂亮，动一动有钱男客人的心思也不奇怪。

“你忘了酒店的规矩了？”夏梦渔好心地提醒露西娅，“之前可是有被开除的，你注意点，男人是一时的，工作才是永恒的。”

“哎哟，那个男客人不一样，我们大家就是单纯地想看看他而已，没别的想法，就算是有别的想法也不敢有动作好不好。”

“怎么，很帅吗？”

“他绝对不是单单一个帅字可以描述的，简直就是灵魂炸裂一般的Man（有男人味）！”露西娅极其浮夸地说。

夏梦渔不屑地冷笑：“浮夸。”

“真不夸张，他就是Man到露露那样的女人都不敢靠近的那一种男人。只要他一出现，就有一种牛鬼蛇神自动退散的气质。真的很难形容……你一会儿见到就知道了，他每天这个点下来吃饭。”

这么一说，夏梦渔还真的有些好奇。

毕竟她不好帅的，就好Man这一口，十几岁的时候建立起来的审美，这么多年都没有变过。

“身材怎么样？”夏梦渔眼睛亮了起来，贼兮兮地问，“有肌肉吗？”

露西娅举起两只手，比了两个大拇指，销魂地摇着头道：“那叫一个性感啊，要不然怎么能说是灵魂炸裂一般的Man呢？”

这也太夸张了吧。这哪是人类，这是行走的荷尔蒙啊。

“他做什么的啊？”

“不知道，挺神秘的，好像是搞投资的吧。”露西娅凑到夏梦渔旁边，小声说道，“不过我们都怀疑他是什么犯罪集团的首脑。你知道的，我们这种酒店，什么身份的客人都有。”

夏梦渔忍住了翻白眼的冲动，这个露西娅就是想象力丰富。

“还有说他是毒枭的……你还别不信，他就是有一种杀气，还是那种阴森平静的杀气，有时候还真的挺让人觉得毛骨悚然的。”

“那你还那么喜欢他？”

“女人嘛，就喜欢危险的男人啊。”露西娅看过去，眼睛忽然一亮，拉着夏梦渔往里冲，“来了来了！他要来了！”

夏梦渔看过去，见到一个身材高大的男人在服务生的引领下走进餐厅。

那人的确身材很好，穿着黑西装也藏不住那种喷薄的肉体，是挺性感的。

长得也挺帅的，很精神，一脸严肃的样子的确有几分杀气，是走在街上一般人都不敢惹的类型。但是离 Man 到灵魂炸裂什么的还是有一定距离的。

不过，她也能理解，长这样也的确很吸引人，让酒店里的女孩子为他疯狂也情有可原。如果她不是心里曾经沧海了，只怕也要兴奋一下。

“这就是你说的‘荷尔蒙先生’啊，还可以吧。”夏梦渔眯着眼饶有趣味地说，“就是长相不是我喜欢的类型，眼睛太大了，帅则帅，少了一点味道。”

“哎呀，不是那个大眼帅哥，这个是‘荷尔蒙先生’的手下之一！”露西娅道，“后面那个！”

夏梦渔一愣，果然大眼帅哥后又有人走进门里，是个黑人。

“你喜欢黑哥哥啊……”夏梦渔惊讶地说，“虽然咱们不搞地域歧视，但也是没想到你喜欢这个类型。”

“不是不是，这个也是他手下！马上就是他了！”

一鼓作气，再而衰，三而竭。夏梦渔都要对这位“荷尔蒙先生”没兴趣了。她看看手表，放风时间要到了。

戈尔登说让她滚出去一个小时就是一个小时，不能多一分钟，也不能少一分钟。

夏梦渔懒洋洋地直起身：“我回后厨了，你慢慢看吧……”

“别！”露西娅一把抓住夏梦渔，语气激动地说，“就是他，来了！”

夏梦渔无奈地抬眼往门口看了一眼……

一个穿着白色衬衣、黑色西装裤的男人走进来。虽然打扮随意，可是他身上却有一种不容置疑的气质。这个男人高大健壮，并且比一般的男人都强壮，浑身散发着一股成熟男人的诱惑力，身高大概一米八，但是气场却恨不得有八米一。

男人一出现在餐厅里，餐厅似乎就瞬间安静了下来，大家都不由得放低了声音，因为这个男人就算一言不发也能吸引全场注意力。

夏梦渔的目光最先被他的手臂吸引，大概是天气炎热，他的衬衣袖口挽到手肘，露出他右臂的文身。

夏梦渔认出那图腾来。

丑陋的潘神，羊角鱼尾，长相丑陋狰狞。潘神身后是黑洞洞的湖泊，仿佛是黑洞一般吸走所有的生命力，两只羊角之间悬挂着一只恶魔之眼。这文身有一种黑暗邪恶的气质，也难怪露西娅怀疑他是毒枭……

夏梦渔的目光从那文身上收回，心里对这个人好奇起来，这才好好地打量他。可是在看到他的脸时，却彻底震住了……

他有一张毫无表情的脸，可以说是一点亲和力都没有，眼神锋利如刀锋。

“不会吧……”夏梦渔目瞪口呆。

“我没说错吧，没夸张吧？”见到夏梦渔眼睛都看直了，露西娅激动地说，“是不是 Man 到灵魂炸裂，自带气场？”

“他叫什么？”夏梦渔呆呆地问。

露西娅觉得夏梦渔估计也是被征服了，道：“不知道，只知道姓徐，都叫他徐先生。”

夏梦渔说：“他是我男朋友啊！他就是我跟你说过的那个男朋友！”

露西娅的嘴角抽了抽。

别看现在夏梦渔穿着厨师服，她换了自己的衣服，那也是个小妖精，所以平时追求者很多。但是她一直都以自己有一个谈了十年的男朋友为由拒绝别人。

不过说实话，大家都不信这回事，因为他们从没有见过她跟那个男朋友打过电话，发过信息。有人问她，她就说，她男朋友跟她十年没联系了。

“那还叫男朋友？”

“虽然没联系，但是我们当初也没说分手啊。”

“一个星期不联系就自动分手了好吗？”

“我们不一样。”

大家都觉得夏梦渔美则美矣，智商真的太低……心疼这傻丫头。

露西娅一时无言以对，冷笑了两声，讥讽道：“他是你男朋友？他还是我老公呢……”

累了一天，大家也都被戈尔登骂了一天，等到离开后厨的时候一个个都是心力交瘁、心如死灰。

“你怎么回事儿？今天一整天都魂不守舍的？”路琛问夏梦渔。

尤其是今天从外面回到后厨之后，夏梦渔就不停地在犯错误，然后就被戈尔登惩罚去刷了一下午的盘子，可没少被戈尔登骂。

“没事儿，我先上去休息。”夏梦渔说。

“唉，有钱真好，直接就住酒店的套房里，下了班直接上楼就好，羡慕啊……”

路琛都不知道夏梦渔哪里来的那么多钱，这里的套房可不便宜，她一住就是小半年。大家都是开餐厅的，餐厅的规模人气彼此心知肚明，所以路琛也大概知道开餐厅能有多少流水，怎么也没有到这样肆无忌惮地在酒店住半年的地步。

“你说，你是不是什么富二代？”

“怎么可能，就是早年的投资一直有回报……”夏梦渔无奈地说，“哎呀，你赶紧回去吧，住那么远，明天还要早起呢，走了啊。”她头也不回地进了电梯，似乎不想多说话。

路琛总觉得夏梦渔今天怪怪的，但是哪里怪又不大说得上来。她简直就像是被抽走了魂魄似的，平时他问她怎么这么有钱的时候，她都是说她是英国女王的私生女。哦，还有一次她说她其实是秦始皇的第七十四代传人，手里有传世宝藏。

今天她忽然不扯淡了，他都不习惯了。

夏梦渔回到她在酒店的套房里，重重地躺到了床上。每天晚上当她一身疲惫地回到房间的时候，脑子里就只剩下一个感叹——唉，有钱真好。

夏梦渔跳起来，去冰箱里给自己开了罐气泡水，然后脱了衣服坐进浴缸。

有时候想，今天她能有这一切，虽然少不了自己的努力，但是也多亏了徐子充成全吧。想起他，夏梦渔就觉得既甜蜜又心痛，就算是十年过去，也依旧觉得胸口激荡。

还记得徐子充离开的那一天班上同学都去送了他，只有她没有去。

那一天，徐子充就要前往西伯利亚的一个拳击手训练营，前途未卜，然而夏梦渔却还冷血地待在家里做卷子。所有人都说夏梦渔这个人虚伪又无情，根本就不值得徐子充那么爱她。

第二天上学，每个同学经过夏梦渔的座位时，都忍不住要冷眼看她，眼神鄙夷又轻蔑。大家在后面讨论着，故意用夏梦渔可以听到的声音说："唉，充哥这一走也不知道什么时候才能回来。"

"唉，是啊，昨天哭死我了，我就是太重感情，不像有的人，啧啧，未免也太自私太无情了吧。"

"是啊，把过错都推到充哥身上。"

"要不是充哥送她回家怎么会被歹徒捅伤，在医院里住了半个月，她硬是一眼都没去看他。"

"哎哟，人家是学神，要考清华的，哪里有空管我们这些学渣的死活。"

"充哥出国肯定也是伤了心吧。"

夏梦渔面无表情地写作业，她现在只有一件事情要做，那就是在高考考出一个好分数来。别的她都不要想，也没资格想。

她的身份证、手机早就被爸妈收走了。虽然她有定期删聊天记录，但是那一天的聊天记录她惊慌失措中没来得及删，还有手机里面的照片，全都被爸爸妈妈看到了。

看到聊天记录和照片之后，爸爸妈妈把夏梦渔的房间翻了个底朝天，就连她藏起来的第二部手机，她偷偷办的银行卡也全都被他们发现收走。

夏梦渔还记得当时妈妈骂她的话，大概是她这辈子听过的最刻薄的话了吧。

“你在外面做了什么事情赚到的这些钱？”

“你哪里来的这种衣服？”

“懂不懂自爱？！”

“在电视上做这种事情，简直让我抬不起头来。”

“我怎么能生出你这种不自爱的女儿？”

“小小年纪就跟男生做这种事情，丢不丢人？别人怎么说你！怎么说我！”

“你说，你有没有做那种偷鸡摸狗不知廉耻的事情？”

夏梦渔那时候也是气着了，失去了平时的冷静。她冷冷地看着妈妈，轻蔑地说：“你别一副道德楷模的样子，你以为我不知道你的想法吗？你其实就是妒忌，因为你这一辈子又丑又平凡，爸爸娶你也不是因为爱你，而是因为外公是他的领导。你自卑又扭曲，所以也希望你的女儿跟你一样你才心理平衡。你看到我这么优秀就恐惧，因为你知道，你这辈子没有拥有过的，我都会拥有。我比你好看，比你聪明。我有人爱，你没有……”

妈妈重重地打了夏梦渔一巴掌，然后把夏梦渔关在家里，一整个寒假都没有让她迈出过房门一步。

一开始夏梦渔还想求救，可她很快意识到，在这片土地上，儿女都是没有自由的。

他们的命属于他们父母的，她不顺从爸爸妈妈就是不孝，就是没良心。就算她丢了求救的信号出去又如何？这是家事啊，就算是警察也不会管。教育未成年的子女，那是父母的权利。

于是在被关了一个星期之后，夏梦渔终于是想通了。

她痛哭流涕地跪在地上求妈妈原谅她，说都是徐子充害的她，她心里恨死徐子充了。说她一定跟他断绝关系，绝对不见他。现在开学了，她只想好好去学校读书，好好考清华。

妈妈逼着她写了一封保证书，还把这封保证书寄给了徐子充，然后拿出她的手机，逼着她在班级群里也发了同样的一段消息。

寒假结束，夏梦渔回到学校继续学习，这时候徐子充已经去打全运会了。

夏梦渔想，兴许他们还能在清华再见。可是徐子充竟然在全运会上第一轮就出了局。班上同学都在暗地里怪罪她，说是她害得徐子充发挥失常。

被逐出 WBC，又在全运会上失利，徐子充的前途刹那间一片黯淡。

夏梦渔也想联系徐子充，可是每天爸爸妈妈都轮流送她上学、接她放学。妈妈后来干脆就请了半年的假，就像是看着囚犯一样看着她。连中午和下午的休息，妈妈都会来学校，陪着她一起吃饭，不让她跟别的同学接触，就连徐子充走之前的最后一面都不让她看。

就这样，夏梦渔几乎是与世隔绝地熬到了高考。她如愿以偿地考了全市第一。

爸爸妈妈终于扬眉吐气。

女儿迷途知返，考了状元，也算是让他们消了气。而且这半年来，夏梦渔对他们言听计从，也渐渐让他们相信夏梦渔是真的已经悔过，那一段大概就是青春期的叛逆而已，他们的乖女儿回来了。

高考完填志愿的那一天，夏梦渔一个人坐在教室的最后面。大家热热闹闹地在机房里相见，热情地拥抱，疯狂地尖叫。

因为他们也知道，这大概是许多人彼此最后一次相见，之后他们就要各奔东西，这样全班同学聚在一起的机会可能很难再有。

可是除了范小乔之外，没有人理夏梦渔。她大概是全世界最落寞的状元吧，全班同学没有一个人祝福她。不过她不在乎，她从来都不在乎别人怎么看她。而她唯一在乎的人，已经看不到她了。

大家坐下来填志愿，夏梦渔早就想好了填哪所学校，她不填清华，她要报复爸爸妈妈，她宁愿毁掉自己的前程，也要鱼死网破，也要狠狠地出这一口气，给他们重重地一击。

在确认志愿之前，玲花让大家检查一下，不要填错了，然后一个个顺着座位看过来。

夏梦渔紧张得手心冒汗。她想，要是玲花看见她的志愿逼着她修改怎么办，要是玲花打电话告诉她爸爸妈妈怎么办？

可是玲花走到夏梦渔的电脑前，看了一眼她的电脑屏幕，只是轻轻拍了拍她的肩膀，小声说了句“以后加油”就走了。

夏梦渔有些热泪盈眶。她低下头按了确认键，终于完成了她对父母最狠毒的报复。

填完志愿，全班同学都约着之后一起去聚会，却没有人邀请夏梦渔。

夏梦渔起身想走，却被范小乔叫住。

“给你一个东西。”范小乔走到夏梦渔身边，给了她一个黑色的袋子，“充哥临走前要我给你的，还特地嘱咐我，一定等到填完志愿以后再给你。”

“你放心，我没看！”范小乔保证，“我虽然挺好奇的，但毕竟这是你俩的信物嘛。”

“谢谢。”

“那我跟他们一起去唱 KTV 了哦。你别多想啊……”

“嗯，我想去也去不了，爸妈在学校外面等我呢。去吧。”

夏梦渔坐在角落里偷偷打开那个袋子，并没有人注意她，或者说大家用冷落的方式故意惩罚她。

又是那个熟悉的包装盒。

夏梦渔打开盒子，里面是那件红色的战袍。

Mocuishle……

我的挚爱，我的血肉。

My darling, my blood.

白色的刺绣上有鲜艳的血痕，这是那天徐子充留下的血吗？夏梦渔捧着那战袍，强忍着泪水。她双手颤抖着抚过战袍，却忽然感觉下面有什么硬硬的。她疑惑地把战袍掀开，只见下面藏着两块金灿灿的东西，除此之外还有一张字条。

一看那丑得要命的字，就知道是徐子充写的。

我这些年赚的钱全都在这里。

你也不要笑我俗气，但是金条比较好携带，你也好藏。它们没办法让你一生无忧，但能给你换来自由。

我的宝贝那么聪明，有了这点钱，肯定有办法给自己找到出路。

我想你心里肯定也有很多疑惑，我为什么会受伤，为什么会打全运会，为什么会输……

一言难尽，等我们再见面的时候，再慢慢告诉你。

西伯利亚那个拳手训练营是我最后的机会，我必须去，那里不能与外界联系，所以我们约好，四年之后在法国见。

所有的约定都有效，我对你说的每一句承诺都会遵守。

等我。

徐子充

夏梦渔面无表情地把这些东西收进书包里，抬头看了看，没有人注意她，便迅速起身走进了楼道尽头的洗手间里。她一遍又一遍地看着徐子充的字条，咬着牙，不让自己哭出声音来。

就算所有人都怪罪她，就算她给他发了那样的信息，就算她在全班同学面前指责他，他也没有怀疑过她。

他一直都信她。

过了好一会儿，她才走出洗手间。她没有手机，凭着自己的记忆写下了法国那个厨师学校的地址，然后把战袍包好。

班上的同学都差不多走了，夏梦渔一间间教室地去找，终于找到了徐桑填志愿的机房。徐桑还没弄完，见到夏梦渔，她赶紧跑出来。夏梦渔把袋子给她，然后让她把里面的东西寄到这个地址。

"一年之后再寄。"

"可能过段时间我爸妈会来找我朋友们的麻烦，我觉得你这段时间就出去旅游吧，省得操心，反正你家有钱，你也成年了。"

"你什么都别问，信我。我一年之后再联系你。"

夏梦渔走了，而那一次也是学校的同学们最后一次见到夏梦渔。

那个夏天发生了许多传奇的事情，而最传奇的便是高考状元夏梦渔被西北某个小城市的三流技校录取。

直到许多年后，这件事情都是他们这所高中最离奇又最叛逆的事情，没有之一。

洗澡水有些凉了，夏梦渔恍惚间回神，只觉得自己当年也是相当缺心眼。那时候觉得自己成熟，现在想想还是中二病晚期患者。后来的很多事实证明，很多时候一个好文凭还是很有用的，毕竟这是一个拼人设的世界。

夏梦渔从浴缸里爬起来，思来想去，觉得自己还是应该去找徐子充。但是找他之前，她需要想清楚，要怎么找，什么时候去找。

最重要的是，她需要找点勇气，比如说喝一杯。

夏梦渔去房间的迷你吧找酒，脑海里却一直闪现徐子充走进餐厅时的模样……

其实刚刚她就有冲动要冲过去跟徐子充相认，然而幻想中的人忽然出现在眼前的震撼，让她刹那间有些退缩。

徐子充的变化真的太大了，不再是她回忆里的那个少年。现在的他完全是个成熟的男人，气场大得她都觉得有些可怕。

而她自己的变化恐怕更大，这十年的时间，她去了很多地方，认识了很多人，也经历了很多的坎坷和悲伤，她也不是当初那个一心都是爱情的少女了。

沧海桑田，物是人非。

她不敢贸然跟徐子充相认，她怕心里那个美好的梦会碎裂。

夏梦渔找不到酒便换了身裙子，决定去楼上的酒吧喝一杯。作为一个立志成为“艳压群芳”的人，夏梦渔一出场就是整个酒吧的焦点。

这家酒店的路易十三酒吧在城中很有名，晚上有不少富二代会来这里。夏梦渔走到吧台前，刚刚坐下就有人来搭讪。

“美女，我可以给你买杯酒吗？”

“我已经有一杯了。”夏梦渔头也不回地说。

今天她没心情跟人废话，她只想好好思考一下她要拿徐子充怎么办。肯定要相认，可是怎么相认才最合适？

“那我可以给你买一座岛吗？”那人又说。

这句“财大气粗”的话终于吸引了夏梦渔的注意力。她笑了笑，撩了撩长发，扬起嘴角笑得妩媚又轻蔑。

“多谢，不过……岛我也有了。”

两人对视一眼，同时都是一愣。男人是被夏梦渔的那双灵动又妩媚的眼睛给吸引住了，而夏梦渔则是认出了他来。

哟呵，这不是徐子充的手下吗？

夏梦渔扬起嘴角，露出一个不怀好意的笑来。

“还是我给你买酒吧。”夏梦渔敲了敲她旁边的桌子，一边凝视着这位帅哥，一边对酒保说，“里索，给我们开一瓶轩尼诗XO。”

帅哥挑挑眉，刚才只见到这姑娘背影绝佳，没想到性格还挺直接，一上来就是一瓶。

“不怕我灌醉你吗？”帅哥问。

里索这时候已经把一瓶酒拿了上来。夏梦渔笑着给帅哥倒满酒，推到他面前：“你是灌不醉我的，想要弄倒我的人还没出生。”

“哦？”帅哥一口饮尽杯中的酒，“我这人就喜欢挑战高难度。”

一个小时以后，夏梦渔已经大概了解了她想知道的关于徐子充的事情，而帅哥也已经彻底喝趴昏迷不醒了。

夏梦渔在酒杯下压了小费，拜托酒保送他回房间，然后便飞快地回了自己的套房开始在网上搜索。虽然没有任何关于徐子充的信息，但是他的公司却是可以查到资料的。

第二天，夏梦渔顶着黑眼圈走进后厨，又被戈尔登一顿数落。

戈尔登这个人每天都能找到新的点骂大家。不过，兴许是因为知道徐子充这些年身边一个女人都没有，夏梦渔心情不错，所以今天她发挥得尤其好。

戈尔登见她创意无限，就让她独自去完成今天要做的生日蛋糕。

夏梦渔最擅长的就是做糕点，收到命令赶紧乐滋滋地去做，生怕戈尔登反悔。

一整天，夏梦渔都在做这个蛋糕，因为订蛋糕的人只有一个要求——完美。

戈尔登过来看了几次夏梦渔的进度，对各方面都非常满意，还难得地表扬了她，说她把他的创意落实得很彻底。

据说今天酒店的千金要给男朋友庆祝生日，搞得很隆重，所以后厨很忙，大家都做了很多菜。

每天大家最关注的就是自己的菜，食客们吃得怎么样，哪些被吃光了，哪些剩下来了。夏梦渔也一心关注着她的蛋糕有没有得到好的评价。虽然这个蛋糕个头不小，但她有信心，它一定会被吃光。

然而，十五分钟之后，这个蛋糕就被原封不动地退了回来。

这一下，连戈尔登都不淡定了。

遇到这种情况，一般主厨都会问一下情况，服务生只说客人觉得没兴趣。

夏梦渔向戈尔登请缨，表示她要出去问一问客人是怎么回事儿。戈尔登也同意，毕竟创意是他的，做出来人家一口都不吃，他也很丢人。

夏梦渔气势汹汹地推着蛋糕又走了出去，她倒是要看看是哪个客人这么没品位。

“露西娅！”夏梦渔问，“这蛋糕是哪一桌退回来的？一口都没吃。”

露西娅翻了个白眼道：“我觉得我们这家酒店的千金脑子里有屎。”

“嗯？”

“她是怎么想到送‘荷尔蒙先生’这么娘的生日礼物的？蛋糕？有毛病啊！‘荷尔蒙先生’看起来是会吃蛋糕这种甜腻腻的食物的人吗？”

夏梦渔一听“荷尔蒙先生”，全身的汗毛就竖起来了。

他是酒店千金的男朋友吗？

夏梦渔看过去，只见徐子充坐在那里，头也不抬地看着手里的文件，他旁边站着本酒店的千金，一个每次出现都能激怒夏梦渔的人。

好啊，十年前要挖她墙脚，挖了十年还不放弃。

夏梦渔本来还犹豫的，现在却是干脆果断地就推着蛋糕走了过去。

徐子充不发话，白妃儿都不敢坐在他对面。虽然是老同学，但是这次久别重逢，徐子充给她的感觉却和从前很不一样。

兴许原来徐子充也有些冷酷，但是跟现在比起来，当初的冷漠简直不值一提。

现在的徐子充，总给人一种非人的感觉，像是一柄毫无感情的冰冷的钢刀，还是那种杀过很多人的钢刀。如果不是脑子里总有他当初跟他那时候的女朋友在一起的画面，白妃儿可能根本都不敢靠近这个男人。

他是有另一面的，白妃儿深信不疑，只是需要她发掘出来而已。

“你为什么对我这么冷淡？那个蛋糕我叫人做了一整天，那么辛苦，你吃一口也好啊！”白妃儿可怜兮兮地说。

如果不是因为跟这边有合作，徐子充可能已经叫保镖把白妃儿扔出去了。

“我不过生日。”徐子充拿起酒杯，沉默地喝酒，一句话都不再跟白妃儿说。

这时，一个声音在对面响起——

“不过生日也不影响你吃蛋糕啊！”

徐子充的手一颤，差一点都没有拿稳手里的酒杯。

餐厅里众人的日光也被吸引过去。只见一个穿着厨师服，戴着厨师帽的女人大剌剌地坐到了徐先生对面。

这么大胆的举动简直让他的保镖和手下都倒吸一口凉气。这么多年，除非是商业会面，徐先生从来不允许任何女性跟他坐同一桌。

大家都以为徐先生会大发雷霆，命令她离去，可是接下来的发展谁都万万没有想到。

“我做了一天的蛋糕，赏脸吃一口呗。”只见女厨师切了一块蛋糕放在盘子里，递给了徐先生。

大家都觉得她要自取其辱的时候，却见到徐先生迟疑了一下，然后伸出手接过那个盘子，吃了一口。

这是什么离奇的发展？

“好吃吗？”

“嗯。”

“那就叫兄弟们一起吃，要全部吃光哦！”女厨师笑眯眯地说完就起身潇洒地离开，又回了后厨。

徐先生直勾勾地看着她的背影，顿了顿，才收回目光。他看一眼坐在旁边桌的保镖和助理，道：“没听到她说什么吗？”

大家都是一脸迷茫。

“吃光。”

徐先生说完这句话，就起身往后厨追过去。

大家面面相觑，虽然很迷茫，但还是走到桌边开始分蛋糕吃。他们也很想知道，这个蛋糕是有多好吃，能把徐先生都给吃服了。

第八章

久别重逢

即便是在跟随徐先生多年的保镖的心中，徐先生也同样是谜一样的存在。

沉默寡言，来历不明。

没有人知道徐先生的来路，只知道他是海归，在美国赚到了丰厚的身家，回国投资生意。年纪轻轻就这样有钱，手臂上的文身骇人，身上还有奇怪的伤疤，所有人都怀疑徐先生在美国做的不是什么合法的生意。

然而徐先生对下属虽然没有感情，但给的薪资却丰厚，而且他投资的眼光独到，大家心中敬佩他，都愿意忠心耿耿地跟随于他。

徐先生就是那种有一股不怒自威的气场的人，男人敬重他，女人渴望得到他的青睐。

平时徐先生不怎么爱说话，要说也都只说必要的话，喜欢切中要害，不喜废话，对自己和周围的人都是这个要求。绝大多数时候，大家都觉得徐先生身上缺少人的气息，情绪平静得像是幽深的湖泊，似乎已经丧失了一个正常人的喜怒哀乐。

对待商业对手，残忍镇定，即便打了胜仗，资产增长，也都不能在徐先生的脸上看到喜悦的神情。

好像没有什么能够让徐先生高兴。

所以，当徐先生推开椅子猛地站起来情绪激动地追出去时，他身边的每一个人都有一种见了鬼的心情。

这个小厨师跟徐先生有什么关系？

“说起来，你觉不觉得这个小厨师长得有点像那个？”徐先生的私人保镖和助理讨论着。

“还真的很像啊……”

“不会就是她吧？”

“谁？”一旁的白妃儿问。

众人不说话，徐先生非常不喜欢别人打探他的私事，所以他们肯定不会跟这位千金大小姐胡说八道。

大家切开蛋糕互相分了分，本来心里并没有多么期待，但是吃了一口之后都忍不住交口称赞：“哇，好吃啊！”

夏梦渔拉开厨房的门想走进去继续忙，可刚拉开一条缝，一只大大的手就将门又按了回去。耳边传来粗重的呼吸声，夏梦渔看着眼前的那只大手，目光移到他结实的胳膊上，那文身潘神丑陋狰狞，神情凶恶，一对扭曲的羊角之上悬挂着蓝色的恶魔之眼，气质邪恶，眼中仿佛有一片死寂的湖泊，毫无生命力，只有吸走所有生命力的黑。

夏梦渔感觉自己的心颤了颤，下意识地伸出手摸了摸那文身。他为什么要文这种让人感觉到痛苦的图案？

“跟我走。”他说。

夏梦渔还没有反应过来就被拉着进了电梯，徐子充刷卡直接按了顶层。电梯里，只剩他们两人，夏梦渔看着徐子充的背影，终于有些紧张起来。刚才是被白妃儿刺激到了，一时头脑发热不管不顾就冲了出去，其实心里还是有点虚的。

十年未见，徐子充的变化很大，早就褪去了少年感，成熟得像是另外一个人。谁知道他还喜不喜欢她，在不在乎她？

徐子充背对着夏梦渔站着，夏梦渔打量着他的背影。

他的背影比记忆里的更加宽厚结实，宽宽的肩膀、粗粗的胳膊、窄窄的腰，让人很想从背后紧紧抱住他。

夏梦渔低下头来，脸一红。真是的，这些年，她虽然没谈恋爱，但也算是什么样的男人都接触过，什么时候害羞过？什么时候慌过？什么时候兜不住过？

可现在，只不过是看一眼徐子充的背影，都有一种害臊到无地自容的感觉。真的是又找回了那种少女时代的感觉。

电梯门打开，徐子充走出去。夏梦渔犹豫了一下，也跟着他一起走了出去。

对着电梯门的那一间就是徐子充的套房，这一层只有专属卡才能进，夏梦渔虽然之前在这家酒店住了半年，但也是第一次来这一层。她好奇地四处打量着，装修风格还是挺统一的，跟她那一层区别也不是很大，除了房间比较少。

徐子充打开房间的门走进去，见到夏梦渔还在外面探头探脑的，似乎很好奇的样子。

大概是因为在厨房工作，所以夏梦渔没化妆，穿着厨师服，头发藏在厨师帽里。那张脸跟记忆里的一模一样，一双笑眼灵动又温柔，表情还是那么多，充满了好奇心，又充满了生命力。

兴许是因为在回忆里反反复复地描摹了太多遍，她的每一个小表情都是那样熟悉，他竟然有一种刚刚才见过她的错觉。

仿佛昨天还是那个夏天，她在地铁里假装生病给补习班的老师打电话。他那时候还戴着黑框眼镜，靠在门边看着她夸张的表情，忍不住被她逗得笑出来，却在她看过来的时候立刻收起笑容，故意假装淡定冷漠。

和夏梦渔在一起的日子，短暂却耀眼。

“进来。”徐子充说。

夏梦渔这才回神，她站在门口犹豫了一下，道：“徐先生，第一次见就把女人往房间里带啊？我看你这个操作行云流水的，很熟练嘛……”

还是那么牙尖嘴利。

“我们是第一次见面吗？”徐子充问。

“要我帮你回忆一下吗？”夏梦渔干笑两声，决定不惹徐子充，因为他现在看起来真的有一种超级不好惹的感觉。

她老老实实地走进徐子充的套房里，四处看了看，挑了挑眉道：“哟，徐先生现在混得不错呀，这里一晚上不便宜吧？”

徐子充不说话，只是背对着夏梦渔，倒了两杯酒，递了一杯给夏梦渔。

夏梦渔接过那杯威士忌，笑眯眯地说：“一进屋就给人灌酒？你这一套流程走得很熟络呀，之前带过多少女人进来过呀？”

“你不用这么紧张。”徐子充忽然说。

夏梦渔噎了噎，脸一红，侧过身低着头喝杯子里的酒，尴尬得恨不得钻墙里去。

她的确很紧张，所以才一直想说些俏皮话装作自己不在意的样子，哪里想到徐子充竟然就这么戳穿她了。

夏梦渔心跳如雷，又窘迫又紧张，一刹那忽然有种想逃跑的冲动。

她这辈子何曾这样窘迫过？

似是近乡情怯，夏梦渔放下酒杯，慌张地说：“我要先回厨房了，徐先生有时间我们再联系。”

夏梦渔转身要走，徐子充将杯子里的酒一饮而尽，大步走过去，伸出双手把夏梦渔堵在了他和门之间。

“叫我徐先生？”徐子充在夏梦渔身后说。

夏梦渔低着头不说话。

“故意惹我是吧？嗯？”

夏梦渔终于鼓起勇气，她转过身，涨红着脸，抬眼看向徐子充问：“别人不都叫你徐先生吗？怎么我就不能叫了？”

徐子充站直了身子，微微蹙眉，道：“你跟那些人是一样的吗？”

“不是一样的吗？”夏梦渔反问。

“不是。”

“你跟所有人都不一样。”徐子充说。

夏梦渔只觉得自己心里响起了一声若有似无的叹息，一刹那就觉得什么都可以原谅了。不是原谅徐子充，而是原谅这坎坷离奇的人生，原谅这么多波折。

两个人互相凝视着对方的眼睛，夏梦渔只觉得在这电光石火之间，他们用一个眼神就得到了和解。她知道这种看一眼便觉得惊心动魄的感觉，只有徐子充能给她。

从前怎样都无所谓，整个世界在这一刹那都变得不重要了，眼里、心里就只有眼前的这个人。

夏梦渔终于放松地笑了起来。

“那我不叫你徐先生叫你什么？”夏梦渔笑眯眯地问。

“无所谓。”徐子充说，“你高兴就好。”

夏梦渔琢磨了一下道：“我都不记得我原来都叫你什么来着了，时间太长了……我好像就是叫你名字吧？”

“嗯。”

“有时候叫你‘充哥’，有时候叫你‘哆包’……”夏梦渔摇摇头，“不行，这样叫，你那群手下还不得吓死，他们每天看你的眼神都跟看阎王似的。”

见夏梦渔絮絮叨叨的样子，徐子充又忍不住扬了扬嘴角。

很久没有人在他耳边这样叽叽喳喳的了，他的周围一直以来都太过于安静，死气沉沉，现在夏梦渔重新出现，便又像是有了点生机。

夏梦渔皱着眉道："要不然我在外人面前就还是叫你徐先生吧？私下我就随便叫，好不好？"

"可以。"

夏梦渔又笑起来，歪着头问："你不跟我说说你最近的情况吗？"

"你想知道什么？"

夏梦渔无所谓地耸耸肩，拿起自己刚刚放下的酒杯抿了一口，一边走一边说："你现在做什么的啊？"

"投资。"

夏梦渔点点头，拿起他放在桌子上的书看了一眼，又放下道："最近在读尼采啊？"

"嗯。"

"你在这里住了多久？"

"一周。"

"还准备继续住多久？"

"看你。"

夏梦渔的脚步一顿，回头看向徐子充不说话。

他这话是什么意思？

见夏梦渔杯子里的酒喝完，徐子充又给她倒了一杯。

"你就只有这些问题要问我吗？"徐子充问。

夏梦渔一愣，疑惑地问："那我该问什么？"

"你原来问我的问题可比现在有创意。"徐子充说。

夏梦渔皱着眉回忆了一下，问："我原来都问你什么问题了？"

"不记得了？"

"给个提示？"

徐子充拿着酒杯逼近夏梦渔，两人之间的距离近得可以感觉到彼此的呼吸。

他把酒杯递给夏梦渔，微笑道：“比如说……”

“嗯？”

“我每次睡觉前的时候想的是谁？”

夏梦渔也是没想到，自己竟然会掉进自己十年前挖的坑里。她噎了噎，接过酒杯一饮而尽，然后把杯子放在一旁的桌上，抬起头看向徐子充，眯着眼看着他，问：“那你到底想的是谁？”

夏梦渔也不知道到底是谁先亲的谁，反正两个人对视着不知道怎么就忽然亲到了一起去……就像是两只野兽在撕咬。如果不是嘴巴被堵住了，她简直恨不得嘶吼两声。

大概十八岁的女孩跟二十八岁的女人真的是不一样吧，夏梦渔怀疑是不是自己到了如狼似虎的年纪，所以怎么都觉得亲不够，简直就是恨不得整个人全都贴在徐子充身上，两只手紧紧地抱住了他……

十年的思念和纠缠，浑身就像是过电一样，一阵阵地震颤着。

夏梦渔被亲得呼吸困难，简直恨不得就要晕倒，她赶紧推开徐子充，气喘吁吁地说：“我们这样不好吧？”

徐子充挑挑眉，声音闷闷的：“哪里不好？”

“这么多年没见，咱们也不好好聊几句，也不叙叙旧啊？好歹说一说往事，解除一下误会，讲一讲这十年里发生了什么，再展望一下未来。一见面就这样又亲又抱的，多尴尬啊……”

别人都不会这样发展吧，怎么都要纠结个十天半个月，你解释我不听几天才能和好吧？

徐子充无奈地看着夏梦渔，眉头微蹙：“聊天就不尴尬吗？”

夏梦渔无言以对。

也是，还能比刚才那样硬聊尴尬吗？明明两个人都很想念对方，却还要假装礼貌地闲聊才是真的尴尬。

“信我。”徐子充凑过去，嗅着夏梦渔的味道，在她耳边轻轻地咬了一口，“这样也是叙旧。”

是啊，这样也是叙旧。

夏梦渔主动凑了过去，双手抱住徐子充的脖子。

言语有时候没有行动来得直接，我们的大脑并不比我们的身体更了解自己，所以就用行动叙旧，用我们的皮肤、汗水、呼吸来交换信息，告诉对方，这些年我有多思念你。

热情从未褪去，反而像是关了闸的水坝，越积越高，终于在这一刻全部倾泻而出。

“等一下。”夏梦渔忽然推开徐子充坐了起来。

徐子充双手撑着桌子，目光沉了沉。

“还等？”徐子充蹙眉，语气不善，“我已经等了十年，不止四五六七八九年了。”

夏梦渔噎了噎，她没想到当初的一句玩笑话徐子充还记得那么清楚，以后说话都要小心，这个男人不是一般的记仇，随便一句话都能记十年。

“等三十秒，让我看看你身上。”夏梦渔说。

刚才徐子充扯开衬衣的时候，夏梦渔隐约见到了徐子充身侧的伤口。

她拉开徐子充的衬衣，看了一眼他的侧腰……

夏梦渔整个人像是被浇了一盆凉水，只觉得血都凉了。她双手颤抖地把徐子充的衣服全都脱了下来。徐子充有些尴尬地撇过头，虽然并不想这样，但是又没法拒绝她。

徐子充的大臂上、肩膀上，还有身上满是大大小小的伤口，有的似乎是刀伤，而有的伤口看起来很奇怪，不像是人为的，而像是某种野兽造成的伤害。

见到夏梦渔震惊的表情，徐子充立刻把衬衣又套了回去。

“别瞎想。”

徐子充知道夏梦渔一向想象力丰富，只怕又要胡思乱想。

“怎么回事？”夏梦渔语气颤抖地问，“是你那次送我回家的时候受的伤吗？”

徐子充无奈地叹息，果不其然又乱想。

“不是，那道伤口在后背，这些是在西伯利亚训练营的时候受的伤。”徐子充耐心地解释。

“你大臂那个伤是怎么搞的？那里还有野兽吗？”

“嗯。”徐子充看一眼自己的胳膊，那道伤也算是他印象深刻的伤口了，他皱皱眉，“是被一只很难缠的狼咬的。”

夏梦渔的眼泪终于憋不住，唰地就掉下来了，简直就是号啕大哭。

“那是什么鬼地方啊？怎么还有狼啊……”夏梦渔哭得一抽一抽的，话都说不利索了，“你……你怎么会受这么多伤……太可怕了……一定很痛吧？”

徐子充忍不住想起夏梦渔第一次陪他去医院。那时候见到他缝针，夏梦渔也是哭得不成样子，就像是痛的人是她一样。

明明最舍不得她哭，偏偏她总是在为他掉眼泪。

夏梦渔扯着徐子充的衬衣擦着眼泪。他忍不住笑起来，夏梦渔还真的是一点都没变，笑起来、哭起来的时候都像是个小孩子。

“都是很多年以前的事情了，早就不疼了。那边的训练比较严格，没什么的。”

夏梦渔觉得徐子充总是这样，多苦的事情都云淡风轻地带过，从不炫耀自己的伤疤，不拿自己的痛苦来煽情。

从前她觉得徐子充这样很 Man，现在却觉得难过。那个什么训练营岂止是要求比较严格，简直就是要命。

“你怎么吃这么多苦啊……”夏梦渔抽抽噎噎，只觉得心都要碎了，“你怎么对你自己这么坏啊……”

夏梦渔想到这些就心痛内疚。她在法国上学，每天就做面包、喝咖啡；而那时，徐子充却在冰天雪地的西伯利亚受着非人的折磨。

夏梦渔抱着徐子充号啕大哭，哭得徐子充心里一点旖旎的想法都没有了。

他无奈地拍了拍她的背："你还是那么会破坏气氛。"

徐子充抱着夏梦渔坐在了沙发上，一面轻轻地吻着她的头发，一面轻抚着她的背。

夏梦渔靠着徐子充的胸口，似乎是把这十年的眼泪都流光了。

终于，她情绪平静下来，抽抽噎噎地问："你六年前为什么没有去法国找我？因为受伤了吗？"

徐子充笑了笑："不是，那是八年前的伤口，我只在西伯利亚训练营待了两年。"

"之后你去做什么了？"

"在美国打拳。"

"我一直都很关注拳击界的事情，怎么从没有听说过你在打拳？"夏梦渔惊讶地问。

因为徐子充的原因，夏梦渔也成了资深的拳击票友，这么多年一直都没有落下对拳击的喜欢，每年都会去看各种联盟的比赛，对现在拳坛的动向也知道得一清二楚。

一是，因为真的喜欢。

二是，她想说不定在哪里就能再碰到徐子充，无论是在拳台上还是在观众席上都好。就算他有了新的生活也没有关系，只要再看他一眼，见到他好好的，她就满足了。

然而，这么多年过去，她从没有听过徐子充的消息。

她倒是遇到过一次陈华清。那次，陈华清带着他太太去她的餐厅过纪念日，她问起徐子充，陈华清也说不知道。

"他没有在职业拳击比赛里再出现过，如果他出现我肯定会知道。"

听到陈华清这样说，夏梦渔几乎都已经放弃了希望，觉得自己大概是找不到徐子充了。如果他连最热爱的拳击都已经放弃，大概也一样下定决心放弃了她。

“你是在哪里打拳？我为什么从来没听说过？”

按照徐子充的实力，如果打拳他不可能会默默无闻。

徐子充似乎并不是很想继续这个话题，只是简短地回答：“美国有很多可以打拳的场所，并不是非要打职业联赛。”

“那六年前发生了什么，你是不想来找我，还是迫不得已？”

徐子充忽然沉默下来，没有直接回答。他的眼神暗了暗，气氛一时变得凝重。夏梦渔感觉到，提到这段往事的时候徐子充身上像是有重重叠叠的阴影，压得人喘不过气来。

她不想看到徐子充这么难受。

“算了算了，以前的事情怎么样都无所谓，你不想提我们就不提了。”夏梦渔笑眯眯地说，“我也不是非知道不可的，都不重要。”

徐子充目光深邃地看着夏梦渔，问：“你不怪我让你白等吗？”

“不怪啊。”

“为什么？”

“说得好像我除了等你就没做别的事情似的，我才不是活得那么贫瘠的女孩子呢，每天就小情小爱的。这些年我想做的事情、该做的事情都做了，一样都没落下，也就是过我自己的人生的时候顺便等了你一下而已，没什么的。嘿嘿……

“我记得你原来就说过，你说我这个人呢不想明天也不想过去，只活在现在。所以你应该知道，我不会为了从前纠结的。所以你也别纠结，都过去的事情了，还叽叽歪歪做什么，浪费时间。有那个时间恨来恨去，还不如好好珍惜在一起的时间。”

徐子充的神情终于稍稍柔和了一些。

“你还跟那时候一样。”徐子充说。

还是那样坦坦荡荡，磊落宽容又温柔坚定。

时光改变了很多事情，这么些年，他见过太多堕落。现实世界光怪陆离，每件事情都在诱惑着人，考验着人。

人心经不起考验，这便是他得到的结论。

可是夏梦渔还是那个她，一如十八岁的她那样，有一颗金子一般的心，让他对这人世还能再生出一丝期待。

“谁说我跟十八岁的时候一样的，我明明变了！”夏梦渔没好气地说。

“哪儿变了？”

“头发长了！胸也大了！”

徐子充扬扬眉，笑了起来：“哦？我又没感受过，不知道有没有变大。”

“明明感受过。”

“什么时候？”

“你不记得了，你感受过我活蹦乱跳的良心的。”

“那是十年前，现在没有感受过。”

夏梦渔看着徐子充，他的衬衣披在身上，扣子全都散开，结实的肉体若隐若现，简直就是要迷死她。

她抬起头深情满满地看着徐子充，轻轻抓着他的手，娇滴滴地说：“那你现在再感受一下呗……”

两人四目相接，火花四射，噼里啪啦得简直就要爆炸。然而就在徐子充想要有所行动的时候，夏梦渔的手机响了起来……

电话那头传来疯狂的骂声，是夏梦渔的老板在叫她滚回厨房去。

如果说十八岁和二十八岁有什么区别的话，那就是二十八岁的女人摆在第一位的永远是事业。

夏梦渔猛地从徐子充身上跳下来，抓起地上的帽子戴上，一边整理衣服一边往外跑。

“我得先回厨房找老戈报到，你等我下班啊。”夏梦渔拉开门，回头看一眼徐子充问，“说话啊？你晚上有空吧？”

“有。”

“行，那我们晚上十一点在路易十三见。”

“可以。”

“棒啊！”

夏梦渔开心地关上门走了。

徐子充衣衫不整地坐在沙发上，无奈地扶住额头，忍俊不禁地摇摇头。

还是那个兔子精，跑得比兔子还快。

晚上下了班，夏梦渔洗好澡就一边敷脸一边蹲在衣帽间里翻衣服。

作为一个浮夸又讲究的人，夏梦渔是那种一个人吃饭也要摆盘的类型，虽然这么多年都没有男朋友，但是衣服也都还是挺好看的，只是好看虽好看，现在想想还是不够性感，只兼顾了功能性，没有那么在乎特别的美感。

夏梦渔又翻了一套出来，虽然这套没有什么蕾丝、镂空，但是好在能突出她最想突出的。她本钱好，不需要那些虚的，这样就够了。

换好衣服，夏梦渔把头发打散，卷了个大波浪，涂了个烈焰红唇，还喷了个 Gucci guilty（古驰罪爱）香水。

弄好这一切，夏梦渔立刻对着镜子拍了一张照片发给路琛。路琛作为整个高新区最具有名媛气质的大佬，一向是夏梦渔的时尚参谋。

很快，路琛就回复了。

路琛：“【大拇指】，超级给力！”

路琛：“你现在浑身都散发着一股魅惑众生的气质！”

夏梦渔：“哈哈哈【得意】【得意】【得意】……”

夏梦渔：“我今天一定要把这事儿给办了，从明天开始你就再也不能嘲笑我了！”

路琛：“你都这样了，他还不干人事儿，那就是有问题了。去吧！”

夏梦渔：“等我好消息！”

路琛：“记得穿那双战靴啊！那双系带的，超高跟的，能戳死人的那双。”

夏梦渔：“稳着！”

今天是周六，路易十三热闹得很。

无论是男人还是女人，都在夜色里寻找着属于自己的猎物。这里有富人，有美人，人人都心怀鬼胎，渴望在这里寻找到自己想要的东西。

难得今天徐先生也下楼来，他似乎在等人，看了两次时间，喝了两杯酒。

酒吧里的女人蠢蠢欲动，纷纷往他的方向打量着。他有一种魔力，一种他在的地方，就是灯光中心的力量，无论多么低调都一样引人注目。

他有一种冷冽阴森的气质，隐隐地藏着一股狠劲儿。一个眼神就让人折服，有一种让人心甘情愿为他折服的气场。

然而，虽然有几个女人想要过去搭讪，但都被徐先生的保镖拦了下来，大家只能在他旁边晃来晃去，想要得到徐先生的注意或者垂青。

时间到了，夏梦渔却还没有出现，徐子充第三次看时间。这倒是很少见，保镖们互相交换了一个眼神，没想到徐先生也有着急的时候，他一向都是稳如泰山的。

这时，有几个生意上有来往的朋友见到徐子充，上来跟他打招呼。

徐子充端着酒杯，跟这几位生意伙伴闲聊几句打发时间。

“难得啊，平时可是约不出来的。”

“要不要给你介绍几个女人？”

徐子充摇摇头。

这时候，路易十三里忽然一阵骚动，也不知道是不是凑巧，音乐转换之间，那片刻的空白里，一个穿着真丝连衣裙的女人出现在了酒吧门口。

男人们和女人们的视线都被她吸引过去。

音乐又响起，似乎是为了故意切合这个瞬间似的。

音乐切换到席洛格林的那首《horny》……

男人们蠢蠢欲动，女人们则忍不住大翻白眼。

正在跟人聊天的徐子充，一瞥眼见到夏梦渔走进来，第一眼甚至都有些不敢相认。他忍不住目光亮了亮，然后转过头微微颔首抿了一口酒，挡住嘴角那抹难以察觉的笑意。

夏梦渔今天的打扮很有意思，有趣。

夏梦渔径直走到附近的吧台边坐下，她轻轻转动椅子，背靠着吧台，侧对着徐子充的方向，余光却一直注意着他的动向。两边的男人见到夏梦渔落座，都忍不住凑上前来。

有人递酒，有人递烟。

夏梦渔众星捧月一般在一群人中间，她双腿交叠，接过一个酒杯，然后目光在酒吧里扫视一圈，落在了正与人交谈的徐子充身上。

徐子充对几位生意上的朋友交代了几句，点点头，然后穿过人群径直走向夏梦渔。

见到徐先生走过来，有识趣的便自动退散了，有不识趣的，也被徐子充用眼神逼退了。

徐子充把酒杯放到桌上，对酒保勾勾手，然后低头看着夏梦渔，距离不远不近地说："我能给你买一杯酒吗？"

夏梦渔挑挑眉道："你不如给我买一座岛吧。"

"可以。"徐子充顿了顿道，"买一座小岛，面朝大海、春暖花开，洁白的床单上铺满了玫瑰花，怎么样？"

夏梦渔的脸猛地一红，抬眼瞪过去。这个徐子充，又拿十年前的话来埋汰她。

旁边的人远远地看着这间酒吧里最引人注目的两个人互相勾搭，都忍不住好奇地打量。这两个人之间有一种强烈的磁场，能把周围的所有人都隔绝开。

只觉得那边火花四射，两个人恨不得就要在酒吧里亲上了。

就在大家好奇着他们会有什么互动的时候，却见到徐先生忽然搂住了那美女，嘴角挂着一丝微笑，就这样在众目睽睽之下，把人给带走了。

这就带走了？这么容易？

果然帅哥带妞就是不费吹灰之力。而一直觊觎徐先生的美女们，则是情绪不一，原来徐先生还是喜欢女人的啊，只要喜欢女人，那大家就还有机会。

一进电梯，徐子充就侧过脸，微笑着看着夏梦渔。

“你笑什么？”她问。

“你这条裙子选得很有意思。”徐子充说。

“怎么有意思了？”夏梦渔抬了抬眉毛。

“就是很有意思。”

电梯门打开，徐子充走出去，一边走一边解开了袖子上的扣子，夏梦渔跟着徐子充进了屋。

门一关上，徐子充就把夏梦渔摁在了墙上，猛地亲了上去。

夏梦渔靠在墙上，抬起双手抱住徐子充的腰。

徐子充的大手一把搂住夏梦渔，又抬起一只手在她耳垂上重重捏了一下。

夏梦渔哼唧一声，抬眼瞪过去——好好的下那么重的手做什么？

从前喜欢捏她的脸，现在连耳垂也不放过了。

徐子充低头看着夏梦渔，目光炽热，嘴角挂着一丝不怀好意的微笑：“真棒啊……”

夏梦渔无语地翻了个白眼。

明明这么不要脸的行为，为什么徐子充做出来就这么性感？简直就让她大脑炸裂。

夏梦渔目光着迷地看着徐子充，咬着嘴唇，嗲声嗲气地说：“都二十八岁了，你来不来？”

徐子充忍不住笑了笑，狠狠抱住她……

“又在乱想什么呢？”

两人又吻到一起，这一回不似刚才急切激烈，却是轻轻地辗转反侧。

徐子充把夏梦渔抱进卧室里，直接扔在了床上，夏梦渔扭了扭身子想要挣脱，却被徐子充抓得紧紧的。

徐子充把夏梦渔拉起来，从背后抱住她，低声在她耳边道：“我怎么就是这么想揉你，恨不得狠狠地教训你。”

“还能为什么？不记得我跟你讲过的理论了吗？”夏梦渔扬起嘴角，得意地笑着，“当然是因为你爱我爱得受不了，大脑需要中和一下呗。”

徐子充笑了笑，是啊，爱她爱得受不了。

他又把夏梦渔往怀里扯了扯，按到自己身上，在她耳边问：“带护照了吗？”

“嗯？”夏梦渔正在云端呢，被问得莫名其妙，“带了啊，十八岁之后就一直护照不离身了，在房间里。”

“我叫人去拿，我们走。”

徐子充拿西装把夏梦渔一裹，把她拦腰一抱就准备往外走。

“等等！”

徐子充停下脚步，挑了挑眉。

“我们去哪儿？”夏梦渔一脸莫名其妙。

“坐我的私人飞机。”

“去哪儿？”

“巴厘岛。”

夏梦渔忽然有一种不知如何说起的感觉。

“就几个小时的飞机，很快的。不是答应过你吗？要面朝大海，春暖花开。我叫那边的酒店都准备好了，我们三个小时可以到。”

夏梦渔万万没有想到徐子充对十年前的玩笑话那么放在心上，还非给她实现了不可。她其实真的完全不介意这种形式，干吗非要搞得那么有仪式感？

“我明天早上要上班的。”夏梦渔无奈地说，“我不能去巴厘岛，要不然老戈得杀了我。明天我晚班，但是十点之前必须到厨房。我看，咱们还是抓紧时间，就别整那些花里胡哨的了。我都一把年纪了，又不是十八岁的小女孩。”

徐子充脸都黑了。这么多年过去，他依旧有一种不知道把夏梦渔如何是好的感觉，她总是不按照套路出牌。

工作就那么重要？徐子充本来想问的，但又觉得还是不要问这种自取其辱的问题比较好。

他把夏梦渔放下来道：“那就改天吧，你找时间请两天假我们再去，我现在打电话把行程取消了。”

这一回又轮到夏梦渔蒙了。

这样也能刹车？她都这样了，徐子充竟然还能等？

徐子充在那边打电话，夏梦渔气得把西装脱掉，把连衣裙往下扯了扯，穿着高跟鞋直接踩到床上，然后撑着手坐在白色的大床中间，直勾勾地看着徐子充的背影。

徐子充打完电话转过头看到的就是这样一幕。

真要命啊！徐子充眯着眼看着夏梦渔，捡起地上的西装丢过去把夏梦渔盖住。

夏梦渔瞪圆了眼睛看着徐子充，终于是忍无可忍，气急败坏地跳起来道：“徐子充，你是不是哪里有问题？”

徐子充一个凌厉的眼神看过去，语气威胁地说：“夏梦渔，你别招我。”

“就是要招你！”夏梦渔气得都要冒火了，指了指自己，“我都这样了，你还能刹住车，你这不是在侮辱我吗？”

徐子充一脸的无可奈何，走过去把夏梦渔搂在怀里安慰：“怎么会，我是很重视你，不想随随便便的，答应你的事情，我想尽量做到。”

夏梦渔不耐烦地推开徐子充：“我又不在乎！”

“我在乎……”

夏梦渔觉得跟徐子充讲道理是肯定讲不通的了。

徐子充拍拍她的脑袋道：“乖，把衣服穿好，我给你倒杯水。”

徐子充准备走开，却忽然被人从背后抱住了。

“海边的事情我们下次再补嘛，人生留点遗憾才比较美好啊……总是想等到最好的时机再做一件事情，那这件事往往就做不成了。

“现在就是最美好的时机。

“徐子充……”

徐子充低下头，看着抱着自己腰的夏梦渔，一瞬间无可奈何到心都要软了。

“真的吗？”徐子充无奈地问。

夏梦渔猛点头。

徐子充倒吸一口气，深呼吸才让自己稍稍镇定一点。

徐子充脱掉上衣，身上一丝赘肉都没有，肌肉的线条就像是雕刻上去的，手臂上的文身充满着暗黑邪恶的气质。

夏梦渔眼神迷离地看着他，他的身材真的是让人看一眼都受不了。

徐子充看着夏梦渔的眼睛，目光炽热又执着，深刻得仿佛下一秒他就能为她献出生命。

夏梦渔伸出手捧住徐子充的脸，问：“你为什么这么看着我？”

徐子充抓着夏梦渔的手，放在唇边温柔又郑重地亲吻。

“再也不会了……”徐子充说，“什么都不能再把我们分开。”

第九章

牧神潘恩和神殿仙女的故事

“渴了。”夏梦渔踢一脚徐子充，“给我去倒一杯水。”

徐子充笑了笑，大概也只有夏梦渔敢这样指挥他，他却被夏梦渔指挥得心情愉悦，很多年没有感受到夏梦渔的霸道，倒是有些怀念。

徐子充走下床，朦胧的灯光在他身上蒙上一层薄薄的光晕，他赤裸的躯体完美得简直就像是降临凡间的天神一般。

夏梦渔忍不住叹息，却在徐子充转过身的时候，注意到了他背上的文身。

那个文身……

徐子充给夏梦渔倒了水过来，却见到夏梦渔用一种奇怪的眼神看着他。

他问：“怎么了？”

夏梦渔接过水放到一边，得意扬扬地说：“好啊，我就知道你一直把我当女神。”

徐子充挑挑眉。

“你快转身给我看看你背后的文身。”夏梦渔说。

徐子充脸上竟然露出了不好意思的神色。

再次相逢，夏梦渔总觉得徐子充成熟了很多，这还是他第一次让夏梦渔把现在的他跟从前的他联系在一起。

那时候，他也是这样，不好意思的时候会微微侧过头去。

“看看嘛……”夏梦渔笑嘻嘻地说。

徐子充没办法，只能转过身，给夏梦渔看自己背后的文身。

夏梦渔仔细一看，果然徐子充背后文的就是她！

徐子充手上的文身充满了暗黑和邪恶的气质，可是他背后的文身的气质却截然相反。

那是一个弹竖琴的仙女，仙女的长相和夏梦渔一模一样，整个图腾温柔甜美，梦幻得不应该出现在“徐先生”身上。

“这个是我吧？”夏梦渔问。

“嗯……”

“你干吗把我文在你身上？”

徐子充沉默不语，这个问题他要怎么回答？

“未免也文得太像了一点吧，这一眼看过去就知道是我啊，简直就是栩栩如生。”

“嗯。”徐子充顿了顿，“那个师傅技术很好。”

夏梦渔笑起来，一脸的得意，故意打趣道：“好啊……你竟然不把我放在心上，却把我放在身上！”

夏梦渔一脸小人得志的表情，钩着徐子充的脖子道：“你为什么把我文成一个仙女啊？是不是我就是你的小仙女？”

“是。”

见徐子充答应得这么干脆，夏梦渔反倒是不满意了：“肯定还有别的原因，快说。”

徐子充拿夏梦渔没办法，脑袋埋在她的长发里，声音闷闷地说：“你听说过牧神潘恩的故事吗？”

“啥？”

“牧神潘恩和神殿仙女的故事。”

牧神潘恩很善于吹芦苇草，音乐凄婉动人仿佛有生命。可是他生得极其丑陋，害羞而自卑，在天界默默无闻。潘恩一直爱慕着奥林匹斯神殿中弹奏竖琴的仙女，深深为她痴狂。可是他知道自己容貌粗鄙，不敢表达他内心对仙女炽热的感情。所以他只能每日坐在一个被诅咒过的湖边演奏。传说，只要走进这个湖泊就会变作鱼，所以没有任何神或动物敢踏入。

潘恩就日日在湖边吹芦苇，希望他深爱的仙女会听到。

有一天，众神设宴。

黑森林里的多头百眼兽却突然蹿进大厅，众神皆无法制伏怪兽，纷纷逃离。正弹着竖琴的仙女吓坏了，呆立在那里，眼看怪兽冲向心爱的仙女，胆小而害羞的潘恩却猛地跳了出来，抱起仙女就跑。

怪兽紧紧追赶，潘恩知道自己根本跑不过怪兽，便义无反顾地踏进了那个受诅咒的湖泊。潘恩把仙女高高擎在手中，自己站在湖泊中。怪兽不敢踏入湖中，只好离去。

当怪兽离开，潘恩才小心翼翼地挪到岸边放下仙女。仙女十分感激想把潘恩拉上来，但是潘恩的下半身已经变成了鱼。

这就是牧神潘恩的故事。

将自己深藏在水里，想要保护那个羞怯脆弱的自我。

一方面他头顶羊角，面貌丑陋，是原始狂野的牧神；一方面他又是被诅咒的、阴郁的水中生物。就像那个湖泊，浸润在陈年的苦楚之中。

心中的情愫难以排遣，就像是一只深潭中的水鬼。而他人生最闪耀的时刻，便是举起他的仙女，做了一回她的英雄。

这就是徐子充文身的来历。

手臂上那暗黑恐怖的羊头鱼尾怪物是他，身后那梦幻的仙子是夏梦渔。他一直就想这样，希望用他的拳头，为夏梦渔创造一个未来，做她一生的英雄。

怀里的人，身子微微颤抖。徐子充把夏梦渔翻过来，见到她正在哭。

“哭什么？”徐子充无奈又心疼。

夏梦渔摇摇头，不说话，抽抽噎噎地擦干净眼泪。

认识徐子充的时候他就已经自称牧神潘恩了，谁曾想到竟然像是预言一般注解了他们的人生。

徐子充站在被诅咒的湖泊里，举起了她。他给了她自由，让她不被怪兽吞没，让她能够过自己的人生。然而他却来不及救自己，陷进了阴郁的湖水里，化身水鬼。他身上的每一道伤口，都是为了她留下的。

“你后悔吗？”夏梦渔问徐子充。

即便夏梦渔话没说完，徐子充也懂得她在想什么。

“怎么会呢？不要说傻话。”

“为什么？”

“因为潘恩后来从一个普通的神，变成了天上的星座。”

她让他变成了鱼尾怪物，被诅咒，但是他却无私地爱着她。

因为这份爱，给了潘恩对抗命运的勇气，敢与那不可战胜的怪兽作对，于是他的力量才被众神感受，成为天上的星座。

爱让自卑、怯懦的潘恩不朽。

夏梦渔心里又忧伤又感动，抱着徐子充说：“你这些年一定受了很多苦。”

徐子充并不在乎，面无表情地说：“没有。就算有也很正常，没有人规定谁不能受伤，受伤对男人来说不是坏事。而且只是伤口看起来吓人而已，我又不怕疼。”

夏梦渔噎了噎，果然，跟徐子充这种直男真的是不能煽情。煽不动！

夏梦渔轻轻靠在徐子充胸前，无声地叹息。

突然，她意识到一件事情。

“等等，你文这个文身，是因为这个神话对吧？”

“嗯。”

“你喜欢这个神话？”

“嗯。”

“可是，你高一的时候不就已经叫‘牧神潘恩’，用这个名号打拳了吗？”

“嗯。”

夏梦渔抬起头，眯着眼看着徐子充。

徐子充微微蹙眉，不知道兔子精脑子里又在想什么乱七八糟的事情。

“你肯定得心里有感触才喜欢这个神话啊。”

“是。”徐子充还是不知道夏梦渔到底想问什么。

“好哇，徐子充，你该不会从高一开始就暗恋我吧！”

徐子充一愣，又忍不住微微侧过头，有些尴尬地清了清嗓子。

兔子精的脑子还真的是转得快，没想到，他藏了多年的心事，竟然因为这个神话就暴露了。

“你说，你是不是从高一开始就暗恋我！回答我呀！”

“是。”徐子充只能无可奈何地承认了。

夏梦渔得意得要命，抑扬顿挫地说：“哇，真是棒啊！”

徐子充无奈地笑了起来。这句少年时代的口头禅，他也不知道多少年没说过了，早就遗忘，可现在反倒是成了夏梦渔的口头禅。也许在无尽的思念里，他们都忍不住活成了对方的样子。

“笑我是吧？”徐子充眼神威胁地看着夏梦渔，一把将她摁住。

“不敢不敢！”夏梦渔不敢招惹徐子充，身上还疼着呢。

徐子充这才翻了个身躺下，又把夏梦渔捞回怀里。

夏梦渔靠着徐子充，问：“你该不会高一的时候就知道那个神话，把我当仙女，把自己当潘神，所以给自己取了‘牧神潘恩’的名字吧？”

“嗯。”

“你肯定骗我！”夏梦渔哼唧了一声，“牧神潘恩长得丑才自卑啊，你自卑什么？你那么帅，身材又好，人又聪明，又有男人味，又强大，简直就是在闪闪发光。”

夏梦渔这张小嘴还真的是数十年如一日的甜，夸起人来毫不嘴软。徐子充轻笑一声，一脸无可奈何地看着她。

夏梦渔只怕不知道，当初的她多么耀眼，耀眼得让徐子充觉得他大概一辈子都不会跟这样的女孩子有任何关系。

学校里也有家世、长相都比夏梦渔好的女孩，但是没有一个像她这样，让人觉得遥不可及。

大家还懵懵懂懂的时候，她便已经知道自己要过什么样的生活。少年时代大家都在渴求着别人的认同时，她却已经可以去认同别人。

她小小年纪，就有一股让人觉得看见她便安稳的魔力。因为那时候徐子充就知道，这个女孩子内心坚定，充满了力量。

夏梦渔让他心生向往，让他也希望自己能够手握力量，忍不住想要变得更好，想要成为能配得上她的男人。

“你具体是从什么时候开始喜欢我的啊？”夏梦渔又问。

其实，徐子充那时候心里也懵懂，一开始也不明白那就是喜欢，当他发现自己总是在偷看夏梦渔，观察她的一举一动的时候，才意识到，那其实就是喜欢。

“真要说起来，可能是高一开学的那一天吧。”

夏梦渔噎了噎，开学第一天徐子充就喜欢她？开什么玩笑，开学第一天他们就不对付了好不好！

“这位同学，你是哪个班的？”夏梦渔笑眯眯地问。

男生个子高高的，逆着光转过头看向夏梦渔，有些晃眼。

“14 班。”

“我也是 14 班的，好巧啊！你知道去哪里领军训的衣服吗？”

“嗯。”

“哪里？”

“嗯？”

“去哪里领军训的衣服？”夏梦渔无奈地问。她觉得这小子怕是哪里有点傻。

“哦。那里……”

“谢谢啦！”

夏梦渔往那边走，走了两步又停下脚步，回过头看见那傻小子还站在那儿呢，便又走回去。

“嗯？”傻小子挑眉。

夏梦渔无奈地叹一口气，踮起脚，伸出手把他的校服领子给理顺了。刚才看到他衣领没理好，她就觉得超级碍眼。

皱着眉理好领子，她才拍拍他的肩道：“小伙子，可长点心。”

她转身又跑走了。徐子充站在原地半晌才回过神，他脸上有一丝可疑的红晕，听到铃声响起才回过神，往教室走去。

夏梦渔领好衣服回教室的时候，教室里只剩下一个空位，她一看，空位旁边的人不就是刚才那个傻大个儿吗？她冲着傻大个儿笑了笑，傻大个儿却冷冷地转过脸，不看她。

夏梦渔刚坐下，班主任就来了。

班主任交代了一下接下来一周的安排，然后说：“座位先暂时不排了，就按照你们现在坐的来吧，有没有人有特殊要求，想换座位的，可以跟我说，没意见我们就不调了。”

一般这种情况都是没有人会有意见的。毕竟刚开学，大家刚认识，不存在跟谁不对付，讨厌谁的情况，举手说要换位置，也挺伤同桌的心的。

可是万万没想到，傻大个儿举手了。

“你是……”班主任问，“徐子充吧？你有什么意见？”

“换座位。”

夏梦渔面无表情，但是想捏死徐子充的心都有了。

“为什么？”

“看不见，视力不好。”

夏梦渔忍不住瞪一眼过去，视力不好，你眼镜去哪儿了？

“好吧。”玲花瞟了一眼教室，“范小乔，你去跟徐子充换个座位。”

……

回想往事，夏梦渔忽然有了一种幡然醒悟的感觉。

“不是吧，你那时候就喜欢我？”夏梦渔惊讶地问，“你要从我旁边换走，该不是因为害羞了吧？”

“嗯。”

夏梦渔噎了噎，有一种无语凝噎之感。

“徐子充，你能追到我简直就是奇迹，简直就是老天爷眷顾！”

这样的人就该单身一辈子好吗！

徐子充笑了笑，吻了吻夏梦渔的头发。谁说不是呢？

夏梦渔不知怎的就这样眯着眼睛睡着了。

第二天醒过来，迷迷糊糊伸手摸了摸，确定自己还靠在徐子充身上，才心满意足地睁开眼，只见徐子充正戴着眼镜，靠在床头看书。

“你戴眼镜的样子，还挺让人怀念的。”她眯着眼睛笑。

徐子充笑了笑，放下书看向夏梦渔：“还不到六点，要不要再睡一会儿。”

夏梦渔摇摇头。

“休息好了？”徐子充又问。

“嗯。”

徐子充取下眼镜，一个翻身把夏梦渔压住：“那就好。”

……

夏梦渔想洗个澡，但是什么东西都在楼下，爬起来想穿衣服，但是哪里还有衣服给她穿？

见状，徐子充忍不住笑起来，拿了一件衬衣给夏梦渔穿上，又拿大衣把她一裹。

“我跟你一起下去。”

夏梦渔想象了一下自己的房间，昨天为了翻衣服，把房间弄得很乱，估计现在酒店的人也还没有过去收拾。她琢磨了一下，觉得她还是有女神的包袱。

“算了，别浪费时间，我们各自洗澡，然后在餐厅见吧。我觉得酒店的早餐自助还是可以的。”

虽然徐子充从来不去楼下吃早餐，但是夏梦渔想也不是不可以。

“好，那我让他们送你。”

“他们？”夏梦渔一脸莫名其妙，“谁？”

徐子充打了个电话，门口就有人推门进来，还不止一个，夏梦渔数了数，有四个。

她脸都黑了：“他们不会一晚上都在外面吧？”

“嗯。”

夏梦渔简直怀疑徐子充是不是现代人，他以为自己是皇帝啊，她这是侍寝吗？门口还蹲四个“太监”？

“你就是在资本帝国生活太久。”夏梦渔瞪一眼徐子充，小声说道，“资产阶级作风。”

徐子充笑而不语。

看向手下的时候，他收了笑容，又是那副“徐先生”的模样，要他们把夏梦渔安全送到楼下，再送去餐厅。

“你要多久？”徐子充问夏梦渔。

“一个小时吧。”

毕竟要卸个妆，洗个澡，敷个面膜，再化个妆。

“或者一个半小时吧。”

“嗯，八点半在餐厅见。

徐子充示意其中两个保镖送夏梦渔下去。

那两个保镖这才抬眼看向夏梦渔，其中一个便是前天在路易十三被夏梦渔灌醉的大眼帅哥。

“你……”大眼帅哥差点脱口而出，但是感觉到徐先生强大的气场，赶紧把话又憋了回去。

然而，还是被徐子充发现了。

“哦，认识？”徐子充问夏梦渔。

“嗯，前天在酒吧请我喝了酒，想把我灌醉，结果被我灌倒了。”夏梦渔得意扬扬地对徐子充说，简直就是在邀功。

大眼帅哥现在只想去死。

果然徐先生眼神凛冽地看了他一眼，然后说：“你们两个留下，换他们送夏小姐下去。”

见到大眼帅哥可怜兮兮的模样，夏梦渔还一脸幸灾乐祸。她现在可算是知道为什么古代那些宠妃都那么坏，因为就是很爽啊。

夏梦渔冲着大眼帅哥眨眨眼，然后才跟那两个保镖下了楼。

洗完澡，夏梦渔躺在沙发上敷面膜，然后把两个保镖叫进来问：“你们徐先生早饭一般在哪里吃，我怎么住了大半年，没碰到过他？”

“徐先生一般都在房间吃。”

“也是……”

徐子充这种小妖精不好老是抛头露面，省得被人觊觎。

“那你们徐先生一般每天都做些什么？”

“早上六点起来，七点去楼上游泳池……”

话还没说完，夏梦渔就猛地坐起来，面膜都从脸上掉下来了。

“他起来了就去游泳吗？”

保镖不知道夏梦渔为何这么激动，还是点点头。

“我也要去，快带我去！”

酒店的顶层是一个巨大的露天无边泳池，可以俯瞰整个城市。

一大早，顶层的游泳池人算不多，但还是有些零散的客人，有的在浅水区游泳，有的在晒太阳，有的则在泳池边走来走去，一直往深水区看。

深水区附近，站着两个人，一个大眼帅哥，另外一个是黑人保镖，两人都是一副严阵以待、生人勿近的模样，非常有压迫感。

然而更有压迫感的是深水区唯一的客人。他身上有许多伤疤，背后和手臂上都有大大的文身，尤其是手臂上的文身，一只可怕丑陋的羊头鱼尾怪物，还有一只黑色的恶魔之眼，散发着一股暗黑邪恶的气质。

大家猜不透这人的来历，只觉得是个绝对不能惹的狠角色，便都在浅水区游荡，不敢靠近深水区。

这位男客人一来，泳池就开始骚动着一股蠢蠢欲动的荷尔蒙，尤其是年轻的女客人，动作都开始变得刻意起来，眼神不断地往那边瞟。

有人问起来，就有女客人难掩激动地说，那是“徐先生”，一个神秘的投资人，每天早上都会来这里游泳，有不少客人就是来看他的。

徐先生刚才游了一圈正在休息，他靠在泳池边，双手随意地搭在泳池边缘，比他的文身更吸引人的是他那让人想入非非的肉体。

早晨的太阳温和，他麦色的皮肤上挂着水珠，阳光灼灼，似乎在他的肌肉线条上笼上了一层薄光，贲张着一股吸引力，叫人蠢蠢欲动，口干舌燥，吸引了整个泳池的视线。

夏梦渔在徐子充的两个保镖的护送下走进泳池的时候，眼前出现的就是这么一幕。

徐子充面色依旧阴沉，沉默地靠在泳池边，气势骇人却有着让人即便不敢靠近却又忍不住要靠近的吸引力。

夏梦渔眯着眼在游泳池边看了一圈，果不其然，除了角落里的一家三口之外，剩下的几乎都是年轻的女客人。

哼！就知道会这样！

刚刚一听保镖说徐子充每天早上都来楼上游泳，她就知道大事不妙。

徐子充那么招人喜欢，那些知道他行动规律的女客人还不都蠢蠢欲动吗？这种固定时间的行动，大家能不把握机会吗？

没办法，毕竟他男朋友那么优秀。

什么叫不怕贼偷就怕贼惦记，这个就是！

幸好她深谋远虑，知道要上来看一看，顺便宣誓一下主权，让这群小妖精断了这个念头，知道徐子充被她吃得死死的，谁都别想从她的虎口夺食。

夏梦渔先站在泳池外观察了一下。

只见女客们一个个争奇斗艳，有的伸着大长腿缓慢地给自己擦着防晒霜，弯腰的时候还特意憋气，生怕露出小肚子来；有的在靠椅上喝着香槟酒，一边喝一边缓缓地上上下下地摩挲着杯子，动作暧昧充满了暗示；还有的就在徐子充面前游来游去，然后撑着双手起来，踢踢水，那出水的架势大有国际超模的气势。

夏梦渔冷哼一声，这群小妖精，本宫还没死呢，就一个个想上位。

她眼神凌厉地看了一圈泳池，举起手让两个保镖停留在原地，然后昂首挺胸地走进了泳池……

夏梦渔挺着胸，扭着小腰，气势汹汹地走了进来，眼神自信又狂妄，简直就是气场全开，一副她就是世界中心的模样，这个泳池就是她的场子的模样。

她一进来就引起了大家的注意。

毕竟都是女人，大家对这种自带气场的女性是非常敏感的，这种小妖精，一看就知道是来搞事儿的！

客人们纷纷看向夏梦渔，只见她一脸杀气地走到了泳池边缘，简直就像是哪里来的超模，甚至有人小声问，她是不是什么网红或者小明星。

夏梦渔看一眼她的对手们，然后臭着一张脸抖落浴袍，微微扬起嘴角，神态嚣张地露出毫无赘肉的美好身材。

夏梦渔不是那种干巴巴的瘦，她的身材匀称，线条一看就是刻意运动雕琢过，腰细得盈盈一握，马甲线清晰可见，后背从肩膀到大腿是一条漂亮的曲线。

引来了一众嫉妒的眼神。

徐子充在夏梦渔刚刚走进泳池时就注意到了她，他的目光一直追随着她，见到她这副样子，他忍不住侧过头，不露痕迹地笑了笑。

兔子精……

女客们看到这位新来的小妖精出现，又看向徐先生，想知道他是什么反应。

然而此时徐先生已经收了笑，等到他回过头来的时候，又是一脸冷峻，一副生人勿近的神色，大家这才稍稍放了心，继续看那小妖精又有什么戏。

然而夏梦渔在成功吸引了全场的目光之后就遇到了一个巨大的难题。她也不能就在泳池边干站着啊，她得去找徐子充啊。可是就在她准备继续行动的时候，她却想起来一件事情。

刚刚只顾着吸引嫉妒的目光，忘记了她根本就不会游泳，而且有点怕水……这就很尴尬了。

夏梦渔幻想里，自己应该像是美人鱼一样跳进泳池里，再出水芙蓉一般千娇百媚地出现在徐子充面前。

可是现实很残酷，虽然这里是浅水区，她也一样不敢进去。然而大家的仇恨值已经被她拉得最高，她觉得，她不能输。

丢人就丢人吧！夏梦渔扶着泳池边的栏杆，小心翼翼地伸着脚尖试了试水，然后动作非常不优雅地爬下泳池。

下了水她试着走了两步，吓得又踉踉跄跄地退回来，紧紧地抓着栏杆不敢动。

有人“扑哧”一声笑出来了。

大家嘲讽地看向夏梦渔，刚才不是还一副女王驾到的架势吗？怎么连游泳都不会，下水的姿势那么丑。

大概是示威，刚才一直在抹腿的美人也站了起来，人家可真的像是一条美人鱼一般跳进了水里，姿势完美，衬得刚才小心翼翼爬下泳池的夏梦渔弱爆了。

真是阴沟里翻船！夏梦渔在心里暗骂，这里不是她的主场，还是赶紧上去吧，要不然一会儿呛了水更加丢人……

可就在夏梦渔准备爬起来的时候，却见到徐子充看了她一眼，摇摇头示意她不要起来。

夏梦渔疑惑地看着徐子充，却见到徐子充忽然蹿进水里，飞快地游了过来。

他的动作优雅敏捷，身材无可挑剔，什么叫如鱼得水、浪里白条？什么叫大白鲨？夏梦渔忍不住在心里感叹，徐子充果然就是想迷死她，从高中开始就一直想迷死她。

徐子充钻出水面，捋了捋头发上的水，晶莹的水花在阳光下闪动，简直就像是给他周身加了滤镜一般。

他的文身和伤疤都给他添加了一丝危险的气质，反倒是更加让人欲罢不能了……如果不是不敢挪开手，夏梦渔肯定要捂着自己的小心肝说几句俏皮话，调戏他几句，奈何她只能紧紧抓着栏杆不敢动。

“不会游泳？”徐子充问。

夏梦渔尴尬地点点头。

徐子充侧过脸憋住笑，然后低声说：“棒啊。”

夏梦渔一噎，这久违的嘲讽……

他说："我教你。"

夏梦渔点点头。

徐子充拍了拍夏梦渔的后背道："松手，扶着我。"

夏梦渔其实很怕水，但是看到徐子充便觉得有安全感，毫不犹豫地松开刚才紧紧攥着栏杆的手，侧过身抓住徐子充的胳膊。徐子充一伸手搂住夏梦渔的腰，让她贴着自己。

大家终于明白了，原来她搞的是示弱那一套。果然男人都喜欢这种需要保护的白莲花！

徐子充先教夏梦渔怎么浮在水里，细心地说着诀窍。

夏梦渔一直不敢沉下去，徐子充无奈地说："我在这里，怎么会让你有事？"

也对……夏梦渔毫无保留地相信徐子充，便鼓起勇气按照他说的几个关键步骤，钻进水里。果然，她浮起来了，然后按照窍门，收紧腹肌，一收腿，果然就站了起来。

"哇，我会了！"

"接下来我会松手，你自己试着浮起来。"

夏梦渔虽然有些紧张，但是抬起头看到徐子充心里便是安定的，又毫不犹豫地钻进了水里。

夏梦渔在水下吐着气，等到快憋不住了，便再次浮起来，也不过五分钟，就学会沉浮了。

"哇……"夏梦渔兴奋地说，"我会憋气了。"

"嗯。"徐子充温柔地揉了揉夏梦渔的脑袋，"真聪明。"

夏梦渔被徐子充夸奖，得意地笑起来，就像是被老师夸奖的小学生似的，开心得摇头晃脑的。

徐子充看着夏梦渔这个样子，嘴角忍不住微微扬起，露出一个温柔的笑容来。身后阳光灼灼，却比不上他的眼神熠熠生辉。

他看着她的眼神，是有光的。

大家这才知道，徐先生不仅会主动跟人说话，而且也是会笑的，之前大家都怀疑，徐先生是不是脸部缺少神经，不能笑。

两个人在那边说话，他们外面像是有一层罩子似的，把除了他们以外的世界隔绝开。

这画面落在别人眼里，只能是一声叹息。

这两个人之间的气场明眼人一看就懂，哪里还插得进去别的人？唉，这世上还真有真爱啊，没戏了……

夏梦渔学会了怎么让自己浮在水面上之后超级开心，得意地问徐子充："你说我是不是天才？一学就会。"

"是。"徐子充目光柔和地看着夏梦渔，"你一直都很聪明，都是好学生。"

夏梦渔更加得意了，这些年一直当厨子，都差点忘记自己当年的学神人设了。

"快，继续教我动作吧！"夏梦渔一脸期待地说，"我今天要在半小时之内学会游泳。"

徐子充看了一眼旁边的保镖，保镖做了个手势，告诉徐子充现在的时间。

徐子充考虑片刻道："明天再学，今天时间差不多了，你还要上班，我们先回去。"

"我才学了十分钟就不学了啊？好歹学个半小时吧，现在还早呢，我还有两个多小时才上班。"夏梦渔拉着徐子充，一脸祈求状，她刚刚才学会沉浮，舍不得那么快上岸。

"我还有事要办。"徐子充说。

徐子充难得拒绝夏梦渔的要求，夏梦渔还是很懂事的，知道他肯定是真的有重要的事情才会拒绝自己。

当然是工作更重要啊！

夏梦渔点点头："那明天再学好了。"

"乖。"

徐子充伸手抓住夏梦渔的腰轻轻松松地就把她举上了岸。周围的人见到这一幕，又忍不住叹息，唉，看起来胳膊好有力，被举起来的人是自己就好了。

两人上了岸，保镖递来大毛巾，徐子充来不及管自己，立刻把夏梦渔裹住，给她擦头发，擦身子。

刚才在水里大家看不太清楚，现在出了水，大家才好好地打量徐子充。只见他背对着大家站着，给夏梦渔擦着头发，神态专注。

唉，真是想不到，这样的男人，也有这么温柔的时刻。虽然知道自己没机会了，但是看看也是好的。

大家的目光还是忍不住被徐子充吸引，只是本来是想看徐子充性感的窄臀的，却不由自主地被他背后的文身吸引，因为大家感觉有什么地方是他们方才忽略的。

其实徐先生手臂上的文身比较骇人，所以也更能吸引女性的注意力，他后背的文身比起手臂的那个，一直显得不够有冲击力。然而，现在徐先生背对着大家，背后是文身，旁边是夏梦渔，大家才忽然觉得不对劲起来。

未免也太像了吧，尤其是这个角度，简直就是一模一样。

众人这才幡然醒悟，原来早就输在起跑线上了。

本来大家只是觉得有些失落，这一看，简直就是心灰意冷，甚至都有些愤怒了。敢情徐先生就是冲着人家来的，也常常在酒店见到这女孩子，两人现在才在公开场合携手出现，简直就是白白浪费她们的感情，早说啊！

早说就早放弃，找下一个目标了啊。诸位美女简直就是出离愤怒，白了一眼两个旁若无人秀恩爱的人，全都散了。

泳池边的人一下子就少了，那一家三口也离开去吃早餐了，这里一时间就只剩下徐子充和夏梦渔，以及几个保镖。徐子充看一眼保镖，对几个人做了个手势，他们四个便非常识趣地退到了外面，守住了泳池的出入口，不再让人进入。

而且那位大眼帅哥保镖走之前，还动作敏捷地在泳池边放了一样小东西……

夏梦渔擦着头发，正准备把浴袍穿起来回房间，却又被徐子充拉住：“要不再游一下吧，我教你。”

“你刚刚不是说有事情要办吗？”

“没关系，再学个二十分钟……四十分钟吧。”

徐子充又把夏梦渔拉进水里，夏梦渔有些莫名其妙，虽然不知道为什么徐子充改变主意了，但是能继续学游泳还是超级开心的。

然而学了几个动作，夏梦渔就觉得不对劲起来：“徐子充！”

……

夏梦渔洗完澡，吹干头发，换好衣服，再出来的时候，徐子充也已经西装革履地等在她的套房门口了。

徐子充走过来牵着夏梦渔往餐厅去。

夏梦渔脸一红，不知道为什么，牵个手都能让她不好意思起来。

保镖还跟在身后，夏梦渔小声问道：“为什么你总是保镖不离身啊？”

“安全。”

“谁还能伤害你啊？”

徐子充顿了顿，然后才说：“以防万一。”

夏梦渔没有继续问下去，想着是不是因为高中那次受伤让徐子充有了心理阴影，她想细问，但是旁边有人，也只能等到晚上再说了。

两人走到餐厅，一进来就吸引了大家的注意，尤其是今天值早班的露西娅，眼珠子都要掉下来了。

她对夏梦渔偷偷举了个大拇指，然后走到两人面前，职业化地微笑道：“您好，两位吗？这边请。”

夏梦渔无奈地看着露西娅，有必要这样礼貌吗？

露西娅给两人递上菜单，又问："咖啡还是茶？"

虽然平时夏梦渔也来餐厅吃早餐自助，但是露西娅一直都跟她很随意，不像今天这样，大概是有徐子充这个黑面神在这里，她不敢怠慢。

"咖啡。"夏梦渔不待徐子充开口就替他点了，"给我做个华夫吧，给他做个煎蛋卷就行了。"

夏梦渔把菜单交还给露西娅。

露西娅看向徐子充，似乎还不敢就这样走。

"没事儿，我替他点就好了。"夏梦渔笑眯眯地说。

徐子充对露西娅点了点头，露西娅这才心惊胆战又满心惊讶地走了。

哇，徐先生被夏梦渔吃得这么死啊。

夏梦渔高高兴兴地去自助区取餐，两个保镖就跟在她身后，等回到桌边，三个人手上就已端满盘子了，尤其是夏梦渔，跟杂技演员似的。

徐子充忍不住笑了笑。她还是这样，有时候似乎偶像包袱挺重，可面对喜欢的事情就容易一高兴忘了形，还是这么可爱。

夏梦渔吃得多，徐子充看到她吃东西就高兴，今天也难得地胃口很好。两人还是跟从前一样，吃饭的速度差不多。

吃完早餐差不多九点半，夏梦渔准备去后厨开始今天的工作。

徐子充拉住夏梦渔问："中午有空吃饭吗？"

"当然没有。"

"晚上呢？"

"当然也没有。"

徐子充无奈地叹息，小时候爱学习，长大了爱工作，倒真的是一点都没有变。

"那我就在餐厅等你。"

“别，我也没空出来，你等在外面也看不到我啊。”

“没事，这里离你近。”

夏梦渔忽然记起来，曾经徐子充跟她说过，他超级黏人的，没想到十年后这一点丝毫没有好转，反倒是越发黏人了……

“好吧，那我尽量抽空出来看你吧。”

夏梦渔起身往后厨走，走了几步又突然跑回来，在徐子充脸上亲了一下，才又一溜烟跑了。

徐子充忍不住回忆起他们从前的日子。那时候兔子精也总是这样，走出去几步才想起他来，跑回来亲他一口又逃走。

他摸了摸嘴唇，扬起嘴角笑了笑。

一直花痴徐先生的服务生们，心情非常复杂。“荷尔蒙先生”温柔起来，竟然比满脸杀气的时候更迷人。

第十章 没有你的十年

中午两点厨房结束工作，离下午工作开始还有两个小时，夏梦渔昨天晚上睡得少，上午又很辛苦，想回房间休息。奈何徐子充就是个黏人精，非要跟着她一起回去不可，所以徐子充就把工作搬到她的套间去做了。

夏梦渔换好睡衣，调好闹钟，准备好真丝眼罩，正准备照常拉上卧室的门，但是在看到徐子充在书桌前专心致志的侧影时，才想起现在不是她一个人了。

还记得刚到巴黎的时候，人生地不熟，虽然她法语考试考得不错，但是到了本地依旧觉得跟当地人难以沟通。

一下飞机她就被抢走了钱包，然后找到领事馆帮忙，那几天简直就是焦头烂额。

从前在国内向往在巴黎的生活，可真的到了巴黎，却发现并不是每件事情都像她想象的那样美好。

精美的建筑、异国的风情背后，是相似的人性。生活在别处，可哪里的生活都是一样的，都有自己的难堪和琐屑。

那一年她十八岁，因为高考志愿的事情，跟爸爸妈妈几乎是断绝了关系，无论是父母还是她，都已把这辈子最难听的话说尽了。她在这里没有家人、没有朋友，也无法回头。也不是没有彷徨无助的时候，也不是没有自我怀疑的时候，也不是没有孤独无助想要放弃的时候，但是每次她一想到徐子充，心里就充满了力量。

那个人用他的人生换取了她的自由，她怎么可以放弃？

就是从到巴黎的时候开始，夏梦渔的睡眠便一直不好，特别容易惊醒，睡觉的时候一点光都不能有。所以每次午睡，她都会拉上所有窗帘，关上每一扇门，还要戴上眼罩才能入睡。

可是现在看到徐子充在旁边坐着，她就觉得很安心，没有关门，也没有戴眼罩，就这样开着门，一边看着他一边钻进了被子里。

徐子充戴着眼镜，看着文件，一份份地签字。夏梦渔就这样看着他，不知不觉就睡着了，直到徐子充叫她，她才醒过来。

“你让我一个小时后叫你的。”

夏梦渔迷迷糊糊地睁开眼，伸了个懒腰坐起来，问徐子充：“你一直在工作吗？”

“嗯。”

“一会儿都没睡吗？”

“不困。”

她没记错的话，昨天徐子充应该睡得比她晚，而今天她起来的时候，他就已经在看书了，估摸着也就睡了四个小时而已。

“你这人，稍微爱惜一下自己的身体好不好，又不是十七八岁的小孩子，都快三十岁的人了，注意休养生息。”

“你晚上在厨房工作的时候，我回房间休息一会儿。”

“就在我这儿睡呗。”夏梦渔说。

徐子充有些犹豫的样子，道：“还是回去吧。”

不知道为什么，夏梦渔觉得徐子充怪怪的，但是又说不清楚是哪里怪。

“你嫌我这儿小啊？”

“怎么会。”

“那就是嫌我这儿不安全？”

“不是。”

“那为什么不睡我这儿？”

“这里有你的味道，我睡不好。”

徐子充凑过来抱着夏梦渔，闭着眼嗅着她的发香道：“闻到你的味道我就受不了。”

夏梦渔噎了噎，虽然徐子充这话很甜蜜，但女人的第六感告诉她，这并不是真实原因。

眼见徐子充又要动手动脚了，夏梦渔赶紧推开他：“这光天化日的你稍微克制一下，我一会儿还要工作呢。”

徐子充拿夏梦渔毫无办法：“好，那我送你去厨房然后就回房间，我们晚上见。”

夏梦渔点点头，起身去衣帽间换衣服，没想到徐子充也跟了过来。

“我换衣服你也要跟着啊？”

“嗯。”

“你是我养的宠物狗吗？”

“如果是你，我可以是。”

夏梦渔万万没想到，徐子充可以不要脸到这个地步。

他靠在回廊边缘，抱着双臂微笑着看着她，一副绝对不会走的样子。

“刚刚就想问你。”徐子充说。

“嗯？”夏梦渔翻着衣服。

“你一个人生活，平时穿的睡衣也都是这样的吗？”

“对啊！”夏梦渔得意地给徐子充展示自己的睡袍、睡裙，眼睛亮亮地问，“好看吗？”

徐子充无奈地点点头："好看。"

夏梦渔笑意更浓，嘚瑟地换着衣服。她的睡袍有正红色真丝的、绿丝绸鸵鸟毛的、粉色的，风格都很欧美，一件比一件浮夸。

虽然夏梦渔一直一个人生活，但是她坚信，一个人怎么对待自己，怎么跟自己相处才是最重要的，所以越是在别人看不到的时候，她反而越在意品质。

徐子充走过去，拿起一条黑色睡裙，吊带深V，右边大腿处还开了衩。

他眯着眼道："今天晚上就穿这一条吧。"

他又翻了翻，拿出一条后背开到尾骨的睡裙道："明天穿这一条。"接着又翻到了一条绑带的，"后天穿这一条。"

夏梦渔忍不住在心里翻个白眼，道："徐子充，你当这是在我们餐厅点菜呢？"

"嗯。不可以吗？"

"可以……"

徐子充继续翻夏梦渔的衣柜，忽然翻到了一个精致的盒子。

夏梦渔也看到徐子充碰到那盒子，噎了噎，有些紧张和害羞，却并没有说话。

徐子充打开那盒子，见到里面放着一件红色的衣服，上面用白色的丝线绣着一个高卢语的单词——

MoCuishle.

是当年他送给她的战袍。十年过去，这件衣服却像是新的一般，可见主人对它有多爱惜。丝绸的光泽依然温润光滑，徐子充的手抚上去，甚至有一刹那的颤抖。

夏梦渔有些不好意思地低下头。她就是从这件战袍开始喜欢买各种各样真丝的睡袍的。

见徐子充一直看着那件战袍发呆，她赶紧凑过去，拿起盒子的盖子想要盖上。

徐子充一把抓住夏梦渔的手，似笑非笑地看着她：“你还记得答应过我的事情吧？”

“哈？”

徐子充挑挑眉道：“穿给我看。”

“我……我……你……这不合适吧……”

“哪里不合适？”

“多么纯洁的回忆啊，咱们就不试了，玷污了我们单纯的青春啊。”

“哦？”徐子充挑挑眉，“我们的青春单纯吗？难道不是送你的时候就约好要穿的吗？”他邪笑着看着她，“我们的青春应该是一样的吧？”

夏梦渔无言以对。

“那今天也不合适啊！”

徐子充笑起来，盖上盒子，微笑道：“我不急，我等你找个特殊的日子穿给我看，我很期待。”

夏梦渔觉得自己又被绕进去了。

“哎呀，我要去厨房了。”她赶紧换好衣服，火急火燎地往外走。

徐子充笑了笑，跟在她身后出了门，几个保镖也赶紧跟上。

说实话，夏梦渔完全不习惯身后随时跟着保镖的生活状态，她偷偷瞟一眼徐子充，觉得这个问题只怕两个人还得慢慢磨。

晚上，夏梦渔在厨房忙完差不多九点了。路琛知道她着急去找男朋友，所以自己揽下了收尾的工作，让她先走。

夏梦渔在保镖的护送下回房间换衣服。

“你们跟老板多久了？”夏梦渔问他们。

“我四年。”

“我五年。”

“你们徐先生二十四小时都有保镖跟着吗？”

“是，有三组人轮班。”

夏梦渔琢磨着，又问：“这几年遇到过危险吗？”

“还好，不算有什么危险的事情。”

“嗯，比我们当雇佣兵的时候好多了，每天很轻松。”

夏梦渔觉得在保镖这儿估计也问不出什么来了，但是这事儿肯定不简单。徐子充绝对不是什么㞞人，一点小事儿吓不到他，他也不是她这种作风浮夸的人。他从小就只做必要的事情，所以安排保镖，绝对不是为了摆架子而已，她得好好问问。

夏梦渔回到房间换上了徐子充今天点名要她穿的黑色睡裙，在外面又套了一条连衣裙，然后才跟着保镖一起上了楼。

“徐先生在里面休息，他休息的时候向来不允许人打扰。”门口的保镖说。

夏梦渔忍不住翻了个白眼：“我是一般人吗？”

“可是徐先生一向不让人在他睡觉的时候靠近的。”

这个徐子充，读书的时候就是睡神，现在还是，睡个觉还不让人靠近。

“我们约好的，放心，我不会吵着他的。”

守在门口的两个保镖对视了一眼，尤其是大眼帅哥，知道夏梦渔对于徐先生来说多么重要，便对同僚点了点头，两人便让开让夏梦渔进去。

门又关上，房间里黑漆漆的。徐子充睡觉的习惯倒是跟她一模一样。

她轻手轻脚地穿过会客室、书房，走到了徐子充的卧室里。

卧室里静悄悄的，能听到徐子充轻轻的呼吸声。夏梦渔打开床头的灯，微笑着看着徐子充睡着的样子，只觉得仿佛回到了学生时代，他那时候也是这样睡在她旁边的。

夏梦渔舍不得叫醒徐子充，她坐到床上，想要睡在他身边。

可这时徐子充却忽然睁开了眼，他的眼神像是一只饿狼，残酷冷漠。

“徐……”夏梦渔的话还没有说完，整个人就忽然被压在了徐子充身下，徐子充跨坐在她身上，两只手紧紧地掐着她的脖子。

夏梦渔挣扎着打碎了房间的台灯，警报响起，保镖冲进来拉开徐子充，她这才能够呼吸。

徐子充的眼神深处藏着一股幽暗的火，不像是一个人，而像是一只无情的野兽。

他彻底清醒过来，看到坐在床头、脖子上是深深掐痕的夏梦渔，这才痛苦地意识到自己刚才做了什么……

保镖把夏梦渔扶到一旁的沙发上坐下，她这才恢复了正常的呼吸。

徐子充冲到夏梦渔身旁想要查看她的伤势，她下意识地往后一缩，似是害怕他又来伤害她。

死亡的阴影还没有消散，夏梦渔想到徐子充方才的眼神就一阵后怕，有一瞬间，她真的怀疑自己可能会被徐子充掐死。

可是当夏梦渔看到徐子充苍白的脸、颤抖的双手时，她才又猛地回过神来。

这不是别人，是徐子充。她相信，这世上没有人比他更不愿意看到她受伤害。

夏梦渔知道自己刚才躲闪的举动，一定让徐子充更加难过和内疚，忙笑了笑道："我没事儿，你没事儿吧？刚刚都吓到我了。"

她伸手想去碰徐子充，可这一回却是徐子充往后躲开了。

可是夏梦渔和徐子充不一样，她不会因为徐子充往后缩就收回手，反倒是强行一把抓住了他的手，紧紧握住就是不放开。

"我真的没事儿。"夏梦渔又看一眼几个保镖，对他们说，"我们现在没事儿了，你们能先出去守着吗？"

保镖们看向徐先生，徐先生没有发话，一副失魂落魄的样子，并没有给他们任何指示。

"听我的，都出去。"夏梦渔又说。

保镖们交换了一下眼神，觉得夏小姐应该拿得住场面，便都一言不发地退了出去。

房间里只剩下夏梦渔和徐子充。

“我没事儿了，你看我不是好好跟你说话吗？”

徐子充终于抬起头看向夏梦渔，神情苦涩。他痛苦地说：“我刚刚差一点杀了你。”

“我知道。”

“你应该怕我，而不是安慰我。”

说完全不怕是假的，但她知道，没有一段关系是毫无困难的，哪里有那么多人那么幸运，能够一生平淡温馨、不经历任何考验？

“我知道你不是出于本意这样做的，没关系。”

见到徐子充还是沉默不语，痛苦又自责，夏梦渔便又笑起来，笑得又甜又灿烂。

“我不是说过要大爱无疆的吗？这么点事情怎么会介意？”

“你要再叽叽歪歪的，我可生气了啊。”

徐子充欲言又止，夏梦渔满不在乎地说：“哎呀，瞧你的样子，你不用着急对我解释，你可以准备好了再告诉我。”

徐子充不知道能对夏梦渔说什么，她让自己连对不起这种话都说不出口。她太好了，让抱歉显得太轻了。有那么一刹那，他甚至怀疑，自己到底凭什么能拥有这么好的她……

徐子充起身拿了一件外套给夏梦渔套上：“我们先去医院。”

“真的没关系。”虽然脖子还隐隐作痛，但是夏梦渔不希望弄出这么大动静。

“去医院。”

夏梦渔没有办法，只能找了条丝巾裹住脖子去了附近医院的急诊室。

急诊室的值班医生是一位年纪不大的女医生，一见到这个架势就有些紧张起来，这大晚上的，一个女孩子身后跟着几个黑社会一样的男人，怎么看都觉得不符合常理。

急诊室里人不多，夏梦渔有些犹豫地取下了脖子上系着的丝巾。

一看到夏梦渔脖子上的伤痕，女医生的神情便明显一滞。她飞快地看了一眼沉默地守在夏梦渔身边的徐子充。这个男人浑身散发着一股危险的气息，看起来不是很好惹。

女医生也不敢多说什么，给夏梦渔开了单子让她去做检查。

替夏梦渔做了详细检查之后，女医生看了一眼一直亦步亦趋地跟在夏梦渔身后的男人和这个男人身后的保镖，语气严肃地道："能让我跟病人单独待一会儿吗？诊室里不方便有其他人在，这样很影响我治疗的。"

夏梦渔对徐子充点点头，徐子充这才有些不放心地离开："我就在门口，有事叫我。"

等徐子充出去了，夏梦渔才一脸担忧地问："我是有什么问题吗？"

"没有什么大问题。"

夏梦渔松一口气，可女医生却还是一脸严峻的样子，问夏梦渔："姑娘，你需要我的帮助吗？"

"哈？"

女医生皱着眉，非常担忧地说："如果你需要帮助一定要告诉我，我可以帮你安排一个病房，通知保安不让任何人接近你，然后替你跟警方或者妇联联系。"

夏梦渔恍然大悟，医生肯定是误会了，她忙解释："不是您想的那样，意外而已。"

可是值班女医生似乎不大相信她，看了一眼急诊室外等候的徐子充和他的保镖，又拉上帘子，小声道："你是不是受到了什么人身威胁？这样的伤口怎么会是意外呢？"

夏梦渔心情复杂，一方面感谢女医生的善意和勇敢，一方面又很无奈。自己脖子上是可怕的掐痕，徐子充又长了一副不良人的样子，身后还跟着几个彪形大汉，她的确就像是一个无力反抗的弱女子。

"真的是意外，谢谢医生。"

夏梦渔赶紧用丝巾围住脖子，匆匆走出诊室，赶紧拉着徐子充一起离开了。

上了车，夏梦渔才语气轻松地说：“就说没事吧，瞧你瞎紧张。”

徐子充不说话。

夏梦渔知道徐子充肯定还在自责，忙拉着他的手道：“哎呀，你又不是故意的，咱们能不要为这种事情不开心吗？”

“刚刚女医生跟你说的话，我听见了。”徐子充说。

夏梦渔噎了噎，这就有些尴尬了，干笑两声道：“你听力未免也太好了吧。”

“嗯。”

“我不是不想跟她解释，我是觉得一时半会儿解释不清楚，而且萍水相逢，不知道从何说起……”

“夏梦渔……”徐子充打断夏梦渔，深沉地看着她，“是我伤害了你，为什么却还是你在安慰我？”

夏梦渔一愣，一脸迷茫地看着徐子充，当然是因为他看起来比她还难过啊。她当然要安慰他啊……

“对啊，是你掐了我，我都不别扭，你别扭个什么劲儿？”

“因为这不是一件小事，你的态度太随意了。”

“那你要我怎样？”

“骂我、打我、怪我、惩罚我，都可以。”

夏梦渔叹一口气：“可是我舍不得啊……你不说我也知道，你这些年肯定受了很多难以言说的苦，一个正常人不会无缘无故地对这个世界这么防备。我怎么还忍心怪你。”

“脖子上的伤过两个星期就好了，我知道你是爱我的，所以它不会给我造成任何阴影。可是你呢？我担心的是你心上的伤。我不怕受伤，我怕你难过。”

车子里安静得能听到两人的呼吸声，坐在前排的司机和保镖都沉默不语。

“停车。”徐子充说。

车子停下，两个保镖和司机下车走远。

徐子充沉默了很久，夏梦渔也不催促他，只是往他的身边挪了挪，小心翼翼地碰了碰他的手，见他不躲开，便轻轻地握住了。

徐子充扯了扯领带，解开一颗扣子，似乎这样才能稍微顺畅地呼吸。

“这是我在西伯利亚训练营落下的毛病。”徐子充终于开了口。

他低着头，让夏梦渔看不清他的眼神，可是夏梦渔还是能感受到他声音里那压抑的痛苦和悲哀。

“那里很可怕吗？”

“嗯，训练很残酷，每天都有人死。”

“什么训练竟然还会死人？”夏梦渔惊讶地问。

“那里给美国黑市拳输送最强的拳手。黑市拳就是以最快、最狠击毙对手为目标，所以训练营里，只需要一种拳手。”

“什么拳手？”

“能忍受绝望的拳手。”

夏梦渔听得心惊胆战，甚至不愿意相信，这世上真的有那么可怕的地方。她从前以为，这种地方只存在于电影小说里。可是转念一想，又觉得自己这种想法才是在自欺欺人……

其实我们人人都知道这世上有很多黑暗无光的地方，只是我们不愿意深想，我们知道每分每秒都有人被绑架、叛卖、杀害。可是只要没有发生在我们身边，我们便能够装作那些事情只是传说，并不存在。

因为承认了这些，对于我们这些平凡人来说实在是太沉重了。

所以这是人生取巧的方法，假装不存在血腥黑暗，相信这世界是一座巨大的花园，我们才好心安理得地生活，让自己不用为了自己的幸运太过于内疚。

可现在，夏梦渔只怪自己没有早一点问徐子充，自以为是地给他空间，却让他独自一个人跟那些阴暗的回忆搏斗。

“那里既然那么危险，你怎么不早点放弃回来？有什么比活着更重要的？”

她又不要他功成名就，她只要他还是他就好了。

“在那里没有放弃这一说。”徐子充又道。

“不让人退出吗？”

“嗯，因为他们相信如果有退路就不能激发出一个人的潜能来，所以你只有两个选择：要么在训练里被野兽、同伴、教练杀死，要么就活下来。

“在训练中当然会有人死掉，只要有三分之一的人能活下来就够了。

“自然界一向如此，适应的活下来，不适应的被淘汰。

“做任何事最重要的就是要有积极性。没有最高的积极性，就不能成为最棒的，什么是最高的积极性？求生。

“外面那些格斗太可笑了。拳手有规则、裁判和教练的保护，实在不行还可以自己放弃，这样的拳手怎么可能全身心地投入格斗和训练之中？

“荒野上的猎豹今天不知道明天是否会有猎物。如果没有，它就会挨饿，甚至死掉。只有这样，才能使它拥有最高的警觉和精力。拳手也是一样，必须随时让他们处于死亡的威胁下，这样他们才能发挥出最大的潜力。

“当然，他们中有人会精神崩溃，有人会力所不及，但总有人能活下来，活下来的，外面的世界就没有什么能够打败你。

“不要轻视人的潜能。人能在遍布恶狼和毒蛇的环境中生存下来，地震中的人能合力推开巨石，为什么？因为在近乎令人绝望的环境里人能爆发出无限的潜能。我们恰好能做到这些。”

训练营里，每天都有同伴死去。真正有能力的拳手不会来这种地方，来这里的都是已经走投无路的人，有拳手，有练习格斗的，有习武者，有街头打手。

这里被这些穷途末路者当作最后的希望，可到了这里才感受到更深的绝望。

所有能够与外界联系的工具都被收走，每天都要进行超越人类体能限度的高强度训练。训练营的周围有电网、地雷，还有荷枪实弹的警卫巡逻，让你无路可逃。

在完全密闭的环境里徒手跟饥饿的狼狗搏斗。死去或者重伤难以医治就会被草草埋掉，反正来到这里的人都是对于外面的世界毫无意义的人，没有人会费尽心思寻找他们。

人们总以为人性光辉能击碎黑暗，可事实上，人性在绝望之中毫无用处，它只会加速地击垮你。因为野兽只会感觉到疼痛，不会感觉到痛苦。

当你拥有了人性，就开始拥有痛苦，日日夜夜都要被痛苦折磨。而绝望就会趁着你意志力薄弱的时候吞噬你，击垮你，毁灭你。

有的人死了，有的人为了活下去放弃了人性，彻底化身为一只毫无感情的野兽。

徐子充也有很多片刻想要放弃那残余的人性，在那个全是疯子的世界，似乎只有彻底疯狂才能侥幸存活。

每当这个时候，他都会看一眼藏在枕头下的那张寸照。照片上的女孩子扎着马尾辫，有一双可爱的笑眼，明明是故意堆着假笑，却还是透着一股机灵可爱劲儿，像是个逗趣的小朋友。

古灵精怪，充满活力，坚定又温柔。

像是从石头缝里透出的一道光，那道光让徐子充不至于迷失在绝望里。想到此生还要与她相见，他就不能让自己变得面目全非。

虽然他已经不全然是他自己，但他还是希望能够为她保留一部分残存的自我。

“你要变成什么样的人？”

十八岁的徐子充问夏梦渔。

她的眼神很亮，笑眯眯地说：“我啊……我要变成我自己啊。”

成为那个自己，因为命运就是无数人做的无数个选择交织在一起造成的那个结果。

她说她要做那个能把握住自己命运的人，做那个敢去做选择，也敢去接受结果的人。

“徐子充，你知道这世上有什么比不被了解更痛苦的吗？”

“是连你自己都不了解你自己。”

她还在未来等着他，她的人生在一点点展开，她正在成为她想要变成的人。

他怎么可以还在这里，就早早地迷失了自我？

在冰冷空气稀薄的西伯利亚，夏梦渔依旧是那个能照耀进徐子充生命夹缝里的人。所以，当拳手们文身的时候，徐子充选择把夏梦渔文在自己的背后。

在训练营的第二年，他有了自己的新名字，他不再是徐子充，不再是牧神潘恩，而是“渔夫”摩伽罗。

徐子允是这批拳手里天赋最好的，可这并没有让教练对他更宽容，反倒是更加残忍。教练会把他跟老虎关进同一只笼子里，要求三十分钟之内不被重伤。会毫无预兆地放野兽进他的屋子，只为了提高他的警觉，让他对任何风吹草动都能最快速地做出反应。

那些犯了错要受到惩罚的拳手，有两个选择：一个是被关进黑熊的笼子里一个小时，一个是袭击“摩伽罗”。

一开始，那些走投无路的人总选择对徐子充下手，在深夜溜进他的屋子里，想要趁他睡着杀了他。没有谁会对徐子充手下留情，因为即便现在是同伴，以后不知道是否又会在世界各地的黑市拳击台上碰见，这样的对手早点死也好。

徐子充就是在这样的环境里锻炼出了极其敏锐的反应能力，风吹草动都能惊醒他。

“说起来还要感谢我的父亲。”徐子充的眼神暗了暗，扬起嘴角，露出一抹嘲讽的笑来，“小时候他总是在深夜醉醺醺地回家，心情不好就抽皮带打人。后来我就锻炼出来，一听到锁扣响动就马上惊醒的能力，然后赶紧藏起来，这样就能躲过一劫。”

夏梦渔想起高中的时候，即便徐子充睡得沉沉的，只要她弄出一点小动作他就会马上惊醒。那时候她就觉得奇怪，为什么他的反应那么快？为什么每次他醒来的时候，跟别人不一样，不是一脸混沌，而是一脸机警森严？

“没想到，小时候培养出的逃避父亲的能力，后来救了我许多次。”

徐子充的声音很平静，可是听在夏梦渔耳里，却像是一声声惊雷，平地炸响，在她心里轰炸出一个又一个的窟窿。

到了后来，没有人选择去袭击徐子充，大家宁可跟黑熊待在一个笼子里。

两年之后，训练营里活下来的拳手被送到世界各地的黑市拳击台。西伯利亚训练营的拳手，无论去哪里，都是让人闻风丧胆的存在。

徐子充作为最优秀的拳手去了美国。在那里，他先要替训练营打两年拳，五五分成。虽然职业拳击赛的奖金已经非常丰厚，让人咂舌，但是跟黑市拳比起来，却还是逊色许多。

就像是冰山一角，那光天化日之下的总是小部分，越是隐藏在冰冷海水下的越是庞大恐怖。尤其是在美国，全世界奖金最高昂的黑市拳就在这里。

暗网设下的赌局，金额高得令人咂舌。

在这里，没有规则，没有裁判，也无处可以逃离，只有一个五面都是笼子的巨大拳击台。这里没有别的出路，对手只想要最快地将你击毙。

人们心底的残暴在这里尽情地发泄，无论是观众还是拳手，都是血腥残酷的疯子，只想要看到残忍的血腥，想要赢得赌局。

虽然赚取了常人难以想象的高额奖金，可是来到这里的拳手们大多不得善终。就像是红了眼的赌徒一样，输的想要翻盘，赢得红了眼的觉得自己肯定能赢到最后。还有的，不是想要赚钱，只是单纯地享受着杀戮的快乐，只有极少部分的人能够及时收手离开，得到善终。绝大多数的拳手，最后都永远地倒在了拳击台上。

在这里，徐子充重新成了拳王，“渔夫”摩伽罗成了一个让所有拳手闻风丧胆的名字。

冷静阴森，一击毙命。

他极其善于观察，对对手细微的情绪变化非常敏感，所以在拳台上总是能提前判断出对手的下一步动向。他又极其善于隐藏，所以在拳击台上没有对手能琢磨出他的动向，每一次都仿佛在跟陌生的对手打拳。

两年后，“渔夫”摩伽罗在黑市拳击台上留下了不败的神话，却在留下这个神话之后忽然隐退。

也有人劝徐子充继续打下去，前两年的奖金五五分成，那些钱已经够任何人奢侈地生活一辈子，可没有人会对金钱和权力感到满足，欲望是无止境的。

有人劝他就再打一年，这一年的全部奖金都是他自己的，可是他丝毫不受诱惑，毫不犹豫地拒绝了。

训练营本来就只跟徐子充有两年的五五分成约定，他这时候离开对他们来说并不是坏事，反倒是让新鲜输入的拳手有机会出头，所以他们自然就没有再挽留徐子充。不过训练营的幕后老板，却依旧对徐子充的急流勇退感到可惜，还特意与他约谈了一次。

“我要去找人。”徐子充说，“她已经等了我四年。”

“妻子？”老板点点头，赞许地说，“家人永远是最重要的，不照顾家人的男人，根本就算不上是男人。”

最后竟因为这一点，徐子充跟训练营的幕后老板成了朋友，直到现在，两人都保持着良好的关系。

四年过去，他终于可以去法国找夏梦渔了。

“可你为什么没有来找我？”夏梦渔疑惑地问，“我在法国等了五年，都没有等到你。”

第十一章

我们结婚吧

这个世界很大，大到一不小心人就失散了，老同学和老朋友们不刻意寻找联系方式，恐怕一辈子都不会相遇；这个世界又很小，小到没有人不会留下自己的痕迹，只要真心想找，总能找得到。所以徐子充来到法国，几乎没花费多大力气就找到了夏梦渔。

那时候夏梦渔已经先后从法国的两所厨师学校毕业，正在一家餐厅里帮厨。

徐子充找到夏梦渔的时候，正是春天。那是一个阳光明媚的早晨，夏梦渔正开着小三轮神采飞扬地在菜市场里穿行，然后停在一个水果摊旁，专心致志地一颗一颗地挑选着蓝莓。她一边挑还一边碎碎念，神情灵动，似乎还是十八岁的那个她。

夏梦渔从前的那头短发现在已经及腰，她嫌头发妨碍她挑蓝莓，便解下手腕上的皮筋，把头发绑了起来，只是两鬓的头发落在脸颊边，露出她可爱的耳垂来。

徐子充就站在对面的摊位，不远不近地看着她，像是还在梦中。

他走到不远处的花摊买了一束花，想要送给夏梦渔，可是当他转过身准备去找她的时候，却见到她已经开着她的小三轮风驰电掣地走了。

徐子充忍俊不禁，这么多年过去，她还是那个样子，像是一只跳脱的兔子，说溜就溜，一个不注意人就不见了。

兔子精。

可他却并不着急，仍拿着花顺着这清晨的市集慢慢往前走，夏梦渔停下来他就停下来，夏梦渔往前走他也往前走。她停留过的摊位他都看一看，她吃过的东西他也都尝一尝。他就这样慢慢走，就像是回到了高中的时候。

那时候，他偶尔不练拳的时候也会跟着她一起回家，也是保持着这样的距离，看她看的风景，吃她爱吃的东西。

直到这一刻，他才明白当初自己到底为何会爱上夏梦渔。大概那时候他最向往变成的就是夏梦渔这样的人，快乐而自由。无论生活里有多痛苦和烦恼，好像看到她，他就能开心起来。

夏梦渔对于他来说，就像是一座小岛，远离凡间，是与世隔绝的天堂岛。

他就这样跟着夏梦渔一直走，好多次想要上前，却不知被什么绊住了脚步。他本以为一见到夏梦渔，自己就会急切地奔向她，这一幕他已反反复复地期待了无数遍，可是当夏梦渔就在他面前的时候，他却又近乡情怯。

直到夏梦渔从集市回到了餐厅，他手里的花也没有送出去。

他笑自己的胆怯，就这样直接跟到了夏梦渔帮厨的餐厅，一边看书，一边等着厨房营业。

在美国那两年，他一直在为将来去法国的生活做准备，所以日常的法语交流问题并不大。他翻着菜单，点了一道看起来会是夏梦渔喜欢的菜式。

当菜被端上来，看到上面的蓝莓时，他就知道，这道菜肯定是夏梦渔做的。

吃过午饭，他看着桌上的那束花，想要请服务员叫这道菜的主厨出来，说他想要亲自感谢主厨做出这道让人心情愉快的菜来。

可是服务生还没来得及离开，就见到后厨的门被推开，一个穿着厨师服的中国女孩子气势汹汹地冲了出来，扯掉白帽子，冲到角落边的一张桌子旁，跟一位身材极其高大的客人吵了起来。

那是一个看起来便很难缠的欧洲男人，说菜里有头发。夏梦渔指着自己的头发，说她是亚洲人，是黑色头发，怎么可能掉一根黄头发进去？

明明她个子那么小，对方那么高大，她的气势却一点都不输人。

那个男人见说不过夏梦渔就要打人，虽然是客人不对，毕竟餐饮业是服务行业，总不能真的打客人，大家拦着，推推攘攘之间，夏梦渔被撞了一下。

那个男人最后还是没有给钱，气势汹汹地离开了餐厅。夏梦渔被大家扶着回了后厨，一脸委屈和不甘心。

徐子充丢下餐钱，跟着那个男人就走了出去……

夏梦渔对那一天的印象很深，那个客人个子高高大大的，站起来跟一座山似的，当时她被狠狠推了一下，腿都磕青了。

后来，服务生又进来说有一桌的男客人吃了她的菜，说想感谢她做了这么让人心情愉悦的菜式，但是人不知怎的走了，只在桌上留了一束花。

是一束红色的玫瑰花。她向来就不爱什么百合、雏菊那种清新的花，就偏爱红玫瑰，颜色越是浓烈就越得她欢心。她本来糟糕的心情，在那一刹那就彻底被治愈了。但是她从没有想过，那束花会是徐子充送给她的。

“你为什么没有再出现？”夏梦渔担忧地问，“是那个男人把你弄伤了？”

“怎么可能。”

夏梦渔噎了噎，也对，他可是徐子充，来一头熊都不一定可以伤害他。

“那你后来为什么没来找我？”

“因为我差一点把那个人打死。”

如果不是几个荷枪实弹的警察忽然出现，将徐子充团团围住，他大概真的把那个男人给杀了。虽然这件事托几个朋友解决了，并没有影响他的生活，他却感到一阵后怕。不是怕杀了人，而是怕那一刻的自己。因为他发现自己竟然很喜欢这样的感觉。

他喜欢鲜血飞溅在脸上，喜欢对手的尊严被他碾碎跪地求饶，喜欢那种别人的生命掌握在他手中的感觉。

他恨不得一点点地碾碎那个男人的骨头，想要看到对方再血肉模糊一些。

那个男人求饶的时候，他完全不为所动。对方满脸的血腥无法打动他，对方悲惨的哭号只让他更兴奋，别人的痛苦不能唤起他一丝一毫的怜悯。他毫无同情之心，即便对方罪不至死，他脑子里却只有一个念头，就是如何更加残酷地杀死对方。

他感觉到一种久违了的兴奋，仿佛是回到了拳击台上。在那里没有规则，没有裁判，没有地方可以逃走，只能靠你的拳头，用最残酷血腥的方式取得胜利。

要么赢，要么死。

他一直以为自己讨厌那里的一切，可现在发现，自己竟然很怀念。

法国警察用枪口对准他，却没有人敢开枪，因为他浑身散发着一股让人不寒而栗的气质。像是死神，像是魔鬼，像是丛林里最老练的野兽。他是狡猾冰冷的猎人，别人都是等待被猎杀的食物。

他举起双手站起来，脸上和白衬衣上都染上了地上那个法国男人的鲜血。飞溅的血像是某种阴森诡异的花纹，让他脸上那淡淡浅浅的笑容，显得残酷又邪恶。

好一会儿没有人敢上前，大家都被他脸上的神情给震慑住，直到他冷漠地、嘲讽地向他们伸出自己的双手，才有警察敢上前铐住他。

坐上警车，他从后车窗里看向那个被他揍得奄奄一息的人，终于意识到为什么在他离开美国时，他从前的老板会对他说那样的话——

“你要知道我们这样的人，是不可能过正常的人生的。”

如今，他离开那个地下世界，来到阳光之下，来到正常人的世界，却发现他的内心早已扭曲不堪。无论他怎么假装成一个绅士，穿着西服套装，戴着万国表，内心深处那个暴力、狂妄、好斗、残酷的他都存在于那里，从不曾消失过。

所以第二天，当徐子充被朋友带离警局之后，他去看了最后一眼夏梦渔。

夏梦渔似乎刚刚结束采购，三轮车里堆满了新鲜的蔬菜，她在集市出口的街头小摊买了一份可丽饼。她靠着她的小三轮，面对着阳光，张开嘴大大地咬了一口，嘴巴里塞得鼓鼓囊囊的，然后满足地眯起眼，笑了起来。那个笑容像是一道光，又像是一道刺。他转身走进了人群里，再没有回头。

夏梦渔听完徐子充说完，沉默了半晌。她之前想过很多徐子充不找她的原因，比如说出车祸了啊，失忆了啊，被黑暗组织的邪恶势力控制了啊，得了绝症不想拖累她啊……但是万万没想到，竟然是这样最无稽又最让人无法怪罪的原因。

这个原因让她恨不得狠狠捶徐子充一顿，又恨不得好好抱抱他，吻吻他。最后，她还是选择了后者，忽然紧紧地抱住了徐子充。

“你这个傻瓜。”夏梦渔有些哽咽，“我见你身边有那么多保镖，还以为你是有什么仇家才不愿意找我呢……没想到是这个烂原因，你真的是要气死我了。”

徐子充顿了顿道：“我的保镖不是保护我，是保护别人的。”

夏梦渔无言以对，不过这样一想，也忽然明白为什么今天她出事的时候保镖反应那么快了。

大概也不是第一次出现这样的事情。她还是第一次听说，有人请保镖是为了保护别人的。

“你是害怕你控制不住自己的情绪，会又伤害到别人吗？”

“嗯。”

“如果不是又遇到我，你是不是打算一辈子都不找我？”

“嗯。”

“偷偷看一眼就不准备再看了吗？”

“嗯。”

因为徐子充知道，如果他再看到夏梦渔，他一定会忍不住走向她。因为她是他灵魂最深的渴望，是他无法与之搏斗的人。也只有她，能让他缴械投降。

一生中，他做得最艰难的选择，就是在那一天转身离去……

小时候夏梦渔总是问徐子充信不信命运，他总说不信，可是年纪大了才知道年轻的时候太猖狂，不知道命运的强大，才会说什么人定胜天的话。

命运强大到人力无法扭转，你可以不服，但是你永远无法改变。

命运吊诡，从不按照常理出牌，你越是要硬碰硬，就越是会头破血流，让你和你爱的人满身伤痕。

所以第一次，徐子充放弃了纠缠，决定把一切交给命运。那一天，在巴黎的一个红酒市场，他转身离去，决定放手让夏梦渔自由，不把他沉重的一生加载在她鲜活、快乐、自由的生命里。

对于她来说，他的存在是枷锁，甚至是一生难以摆脱的噩梦。他不知道什么时候就无法控制住自己。她是阳光的颜色，他却似浓墨重彩的黑。

他只希望夏梦渔能够自由自在地生活，不要再有阴影，不要跟他的黑暗搏斗。

小时候，他总觉得爱就是占有。他那时候并不理解夏梦渔说的什么“大爱无疆”，他只知道爱一个人就要跟她在一起，就要跟她一起拥有未来。可这一刻，他才隐隐约约明白了夏梦渔那时候所说的爱。

大概女孩子就是比男孩子早熟吧，有的道理，男孩子总要很久之后才能懂。

现在他懂了。他只希望夏梦渔拥有纯白无瑕的人生，拥有没有阴影的快乐，拥有璀璨的一生。他希望夏梦渔幸福，即便这幸福再与他无关，他也不在乎。

“你听过童话故事没有？”夏梦渔忽然问。

徐子充早就习惯夏梦渔跳脱的思维方式，对于她忽然转换话题也不觉得有多奇怪。

“没有。”徐子充干脆果断地回答，都不需要思考。

童话、《摇篮曲》，甚至母亲温柔的拥抱和亲吻，这些东西在徐子充的童年里都不曾存在过。父亲狂躁暴虐，母亲冷漠麻木，这就是他对家的全部印象。

以至于母亲后来生病，对于她，他也只有责任，很难从心底唤出什么深切的爱来。

夏梦渔噎了噎，又问：“那总看过吧？”

“嗯？”徐子充挑挑眉问，“什么故事？”

“算了算了，这个不重要，以后我给咱们孩子讲故事的时候你在旁边听着好了。”

徐子充一愣，侧过头笑了笑道：“你倒是想得挺远。”

“对啊，我高中的时候就想好以后要怎么跟你过一生了，在哪里办婚礼，生几个孩子，早上起来给你做便当让你带饭，晚上等你回家一起吃火锅……”

明明夏梦渔描述的是那么稀松平常的景象，却让徐子充很是向往。如果没有那些年的蹉跎，没有那么多意外，是不是他们已经过上了平凡夫妻的生活？

“哎呀，你不要用那么悲伤的眼神看着我！”夏梦渔伸出手挡住徐子充的眼睛，“你再这样看我，我要被你看哭了。”

夏梦渔真后悔，从前只知道徐子充是个心里藏事儿藏得很多的人，却没有发觉他暴力凶狠的另一面，却又多愁善感、敏感脆弱，像是火星遇到了海王星……

早知道就好了。早知道他是这样的人，她就再多爱他一些，让他更安心一点。想到这里，夏梦渔就觉得一阵内疚。

她用手遮住徐子充的眼睛，继续说道：“在你心里，这是《剪刀手爱德华》的故事，在我心里这是《美女与野兽》的故事。”

徐子充觉得他不能拥抱她，拥抱就是伤害，所以这是一个关于放弃的故事。可是，她觉得这是一个关于救赎的故事。

徐子充不说话，任夏梦渔蒙住他的眼睛。

“其实，刚刚听到你说那时候你选择转身离开，我是有些生气的……真的很气，因为我觉得你不相信我。我觉得我没有那么脆弱，一点人性的阴暗面都无法承受。如果你可以因为这个原因离开我，那你以后得有多少原因要离开我？是不是遇到什么你无法解决的难题，你觉得会伤害我的事情，我们就要分手一次？”

“我不是这个意思……”

“你先别说话！”夏梦渔没好气地打断徐子充。

徐子充只能立刻闭上了嘴。也只有夏梦渔敢这样对他大声说话，而且他还说闭嘴就闭嘴。

夏梦渔继续说道：“我本来是很气的，可是我一转念，站在你的角度思考了一下，也就又不生气了。因为我明白了，其实你不是因为不相信我才离开我，你是不相信你自己才离开我。

“徐子充，你这个人的自卑心未免也太重了点吧？不对，应该是说偶像包袱也太重了一点吧！徐子充，你内心深处，总不相信我会爱那个真实的你，所以你非要自己完美、强大了才肯走到我面前。我不知道你是把我想得太好了，还是把自己想得太卑微了。说简单点，就是作！”

这世界上可能也只有夏梦渔敢说徐子充作。

徐子充无奈，可是刚才夏梦渔让他不要说话，他也不敢开口。

夏梦渔其实也是刚刚才真正地意识到，徐子充其实不是什么完美的人。从前她就算有感觉，却还是被他强壮的外表所迷惑，跟别人一样，觉得徐子充无坚不摧，觉得他是一个铁血男子汉，总是保护她，没有脆弱的时候。

现在她才知道，徐子充真的就是他身上的那个文身，是那个怯懦自卑的牧神潘恩，敢于对抗怪物，却羞于表现自己渴望被爱的灵魂。

然而，这并没有让夏梦渔少爱他一点，她喜欢徐子充有弱点，因为人就是因为有些弱点才变得可爱。

徐子充的拳头可以保护她不受伤害，可以打败最强悍的对手，可以跟饿狼搏斗，可是他的内心却有缺憾，有不坚强、不自信、不勇敢。

但是，没关系，他的那一部分缺憾，她来守护就好了啊。

“徐子充，你要记住，我就是爱你啊，连你的缺点也爱，阴暗面也爱。有什么困难就去克服，有什么病就去治。分开很容易的，在一起很难。你以为别的情侣就没有这些问题了吗？只要还活着，就会有各种各样的阻碍去翻越。我不怕这些，我唯一怕的是你放弃。我不要一个完美的人，我要一个真实的人。所以，你在我面前，只要做你自己就好了。”

徐子充还是不说话，夏梦渔急了，没好气地说：“我表白了半天，你好歹给个反应啊。你就是要气死我是吧？”

徐子充无奈地说：“刚才不是你不让我说话的吗？”

夏梦渔噎了噎，他怎么这么听话？

她嘟囔着："那你现在可以说了。"

"我可以先把你的手拿下来吗？"

"可以。"

徐子充把夏梦渔遮住他眼睛的手拿下来，放在唇边吻了吻。他的眼神不再那样哀伤，而是温柔炽热。

"美女与野兽？嗯？"徐子充扬起嘴角，笑了笑。

"我是美女啊！"夏梦渔理直气壮地说。

"我是野兽吗？"

"你是啊。"夏梦渔毫不犹豫地回答，"还是站在食物链最顶端的那种野兽，超性感的！"

徐子充又笑起来，夏梦渔总是这样毫无痕迹地把话题往不正经的方向带去。

"徐子充。"夏梦渔又忽然严肃起来。

"嗯？"徐子充的脸上还有淡淡的笑意。

"你记住，无论你需要多少爱，我都会给你的。你心里如果有个大窟窿，没关系，我来填补。只要我还活着，我就不会停止爱你。就算你变成了一只野兽，住在荆棘花园里，我也愿意在你的城堡里陪着你。"

徐子充的眼神暗了暗，他看向前方，轻声问："如果我的城堡与世隔绝呢？如果跟我在一起，需要你放弃外面那个美好的世界呢？"

夏梦渔一愣，琢磨着徐子充的话，然后一脸迷茫地看着徐子充问："外面的世界美好吗？

"大自然的确很美好，可是人类社会根本就跟美好没什么关系吧？一看你就知道你高中的时候没好好学历史吧，虽然历史是文科的，但还是很重要的好不好。咱们纵观一下整个人类历史就会发现，我们的世界就是一个大的屠宰场，人类的历史其实就是战争史、饥荒史、疾病史、屠杀史啊，哪一点跟美好沾边了？"

徐子充本来沉重的心情，又被夏梦渔这番插科打诨给破坏了。不得不说，虽然夏梦渔的这番话听起来逗趣，却挺有道理的。

夏梦渔翻了一个大大的白眼，道：“美好的不是世界，美好的是我好不好！所以你乍一看，就觉得我的世界很美好，事实上，只要是有我在的地方，就都是美好的，因为我美好啊，因为我就是超级无敌可爱乖巧的小仙女啊！”

徐子充终于没有忍住，被夏梦渔逗笑了。他无可奈何地摇摇头，夏梦渔可真是他的宝贝。

“我说的话有问题吗？”夏梦渔不高兴地问，“你摇什么头！”

“没有问题。”徐子充赶紧说道。

“那你觉得我是超级无敌可爱乖巧的小仙女吗？”

“是。”

夏梦渔高兴起来，冲着徐子充伸出手道：“那你的小仙女要亲亲抱抱举高高。”

看着夏梦渔灿烂的笑容，徐子充一脸的动容。他忽然将夏梦渔按在怀里，抱得紧紧的。

“有时候，我真觉得自己不配拥有这么好的你。”

夏梦渔拍拍徐子充的背：“配不配都已经是你的了，就别想那些没用的，偷着乐吧。”

徐子充忍不住闷笑起来，夏梦渔就是有一种让他快乐起来的魔力，让理智谨慎的他，总有一种沉溺感，像是做了一场海王星的梦，不愿意醒来。

“好。”

他就这样暗自高兴，做一个被命运眷顾的人。

夏梦渔感觉到徐子充的放松，轻轻地拍着他的背。没办法，无论过去多少年，他都还是她的那个小哆包……

“夏梦渔。”徐子充忽然非常严肃地叫了一声她的名字。

夏梦渔眉头一皱，总觉得徐子充忽然叫她，肯定有什么问题。小哆包又有什么不高兴的事情了吗？

徐子充叫了她一声之后，又沉默下来。

“怎么了？说话啊！”夏梦渔有些着急。

“夏梦渔。”

“嗯？”

“我们结婚吧。”

夏梦渔的身体僵了僵。

“哈？”她需要确定一下自己有没有听错，该不是高兴坏了，所以耳朵出现了幻听吧？

“你再说一遍？”

“我们结婚吧。”徐子充的语气严肃认真，完全没有在开玩笑的意思。

夏梦渔有些蒙了。这也太心血来潮了一点吧？她掐指一算，他们两个人昨天才久别重逢的吧？刚刚开始回顾一下这错过的十年，好多话都还没说完呢，他就跟她求婚了吗？这个进展会不会太快了一点？

“哦……”

“跟我结婚。”徐子充又重复了一遍，“嫁给我。”

夏梦渔的脑子是蒙的，她纯粹靠着直觉，下意识地回答：“那……好啊……”

这一回轮到徐子充浑身僵硬了，他大概也是没有想到夏梦渔这么轻而易举地就答应了他的求婚。

徐子充松开夏梦渔，握住她的双肩凝视着她，目光炽热又激动。

“真的？”他的声音都有些颤抖。

夏梦渔的表情还是蒙的。

“我可以娶你了吗？”徐子充反反复复地确认，“你要嫁给我吗？做我的妻子？”

夏梦渔似乎终于从震惊中回过神来，意识到发生了什么——刚刚徐子充跟她求婚了，她也答应了。

所以，她真的要嫁给徐子充了。结婚，迈入人生的新阶段。天啊，徐子充是真的在跟她求婚。

意识到这一点之后，夏梦渔忽然眯起眼，笑了起来：“好的呀！我要嫁给你！”

“好呀好呀好呀！”夏梦渔像是一个小孩子一样，一边灿烂地笑，一边猛点头。

徐子充也忍不住被夏梦渔的样子逗得笑了起来。两个人看着对方，一个笑得温柔含蓄，一个笑得灿烂张扬。他们就像是全世界最傻的两个傻瓜，除了快乐，别的都来不及感受。

“你明天可以请假吗？”徐子充忽然说，“我想带你去美国一趟。”

夏梦渔摸了摸自己的脖子，估摸着自己现在受伤了应该可以请假吧？给老戈看看自己的诊断结果，估计他会大发慈悲的。虽然老戈在厨房里是个魔鬼，但在生活中还是挺善解人意的。

夏梦渔点点头：“应该没问题的。”

“一周可以吗？”

贪得无厌！夏梦渔眉头一皱，掐指一算道：“一周不行，太久了。加上调休，顶多四天，而且休了这四天之后，我这个月就一天休息都没有了。”

徐子充心中无奈，他想要带着夏梦渔去做好多事情，却只有四天时间。

夏梦渔热爱工作这一点其实也是徐子充爱她的地方，可是有时候他又希望夏梦渔能少点雄心壮志，能像一个小女人一样，每天黏着他，吵着要他陪，每天围着他转。但是看到夏梦渔这个样子，他就知道这样的画面大概也只能留存在他的想象里了。

“那就四天。我们现在回去收拾东西，出发去美国。”他说。

“是去结婚吗？”

“不是，”徐子充斩钉截铁地否认，“结婚怎么可以这么仓促，我们先去拿订婚戒指。”

夏梦渔琢磨了一下徐子充的话，疑惑地问：“我们不是才遇到吗，你怎么连订婚戒指都准备好了？”

徐子充摇下车窗，一边探头对等候在外的保镖点点头，一边面无表情地说：“我向来会为各种各样的情况做准备。”

“所以，你早就准备好订婚戒指了，即便你已经有打算一辈子都不找我。”

“对。”

夏梦渔无言以对了，只觉得她对徐子充这个人的认知好像又深刻了一点。

虽然只不过去四天而已，但夏梦渔还是收拾了满满一箱子的东西。没办法，她就是一天可以换三套衣服的人。

徐子充过来找她的时候，她还在往箱子里塞东西。

见到夏梦渔在收拾衣服，徐子充一把抓住她的手：“拿这些做什么，带几件内衣就可以了，别的都去买新的就好。”

夏梦渔无语地看着徐子充，不知道应该从哪里开始吐槽他才好。

“你们有钱人都是这样的吗？”夏梦渔忍不住嫌弃地说，“钱的确是该花的时候就要花，但是没必要花的时候，也不必为了那个排场浪费啊。”

她继续挑着衣服往里放。

徐子充又拦住她：“不是为了排场，是我想给你买。我赢了第一场比赛的时候，他们都叫我出去好好挥霍一番，可是那时候我什么都不想做。我就在想，你在我身边就好了，我可以带你买东西，买所有女孩子喜欢的东西，买最好的，让所有人都羡慕你。我只想做这一件事情，可这件事，我等了这么多年，都没能做。”

夏梦渔从前不觉得，现在才发现，徐子充也有一点直男病。她看着徐子充这个样子，听他说得那么可怜，心软下来，只好无奈地把自己刚刚收拾好的衣服又扔了回去。

“行，让你带我逛街好不好？我就跟那些偶像剧里的女主角似的，这个和那个不要，其余的全都包起来那样，可不可以？”

“可以。”徐子充满意地说。

夏梦渔无奈地笑起来，人家想当一回昏君，她不得好好配合他的演出，也好好地当一回奸妃。

徐子充对保镖点点头，拉着夏梦渔就往外走，虽然他看起来还是那副冷若冰霜的样子，但是不自觉加快的脚步暴露了他内心的狂热与激动。

夏梦渔忍不住在徐子充身后笑起来。现在的徐子充，又像是一个大男孩了。

保镖见两人离去，也赶紧合上夏梦渔的箱子，拎起来就跟着他们一起离开酒店。

到了机场，那边加急办理的签证也送了过来，让夏梦渔再次感受到了资本主义的不公平待遇。之前她去美国，因为是单身美貌的无业女青年，签证折腾了好久。

哪像现在，几小时就办好了。

上了飞机就有服务这班私人飞机的空乘给两人送来点心和香槟酒，夏梦渔虽然还算是小有资产，但私人飞机是真的买不起，这也是她人生中第一次享受这种服务。

平时只觉得旅行的路上既浪费时间又辛苦，每次到一个新地方就风尘仆仆，现在上了这豪华的私人飞机才觉得旅行的路上一点都不辛苦啊。有钱的话，做什么都不辛苦！所以还是要好好赚钱，回去必须好好工作！

这一趟飞行的时间比较久，徐子充便让夏梦渔先在飞机上睡一觉。

说实话，昨天就没好好睡，今天白天工作了一天，晚上还闹了一出惊悚剧，又听徐子充说起从前的事听得心力交瘁，此刻夏梦渔真的是感觉身体被掏空，只想倒头睡觉。

但是一想到徐子充，她又有些不安起来。

“你呢？”

徐子充以为夏梦渔是在担心他睡着了又会有应激反应，温柔地笑了笑道：“你放心，我不睡，看着你就好。”

“那怎么可以，你也很累了，一起睡吧。”

“没关系，我原来在训练营的时候，七十二小时不休息也试过，不要紧的。”

夏梦渔听到这种话就有气，道：“你能不能爱惜点自己的身体啊，七十二小时不睡觉你还好意思拿出来吹嘘，又不是小孩子了能熬夜，都一把年纪了，你赶紧给我睡觉。”

徐子充摇头，态度很坚决。

夏梦渔知道，徐子充是害怕他睡着了伤害她。

“今天早上我起来的时候，看到你在床边看书……”夏梦渔犹豫地问，“你该不会一晚上都没有睡，一直在看书吧？”

徐子充不回答，但是看他的表情，她就知道差不离。

“那是不是以后我在你旁边，你就都不睡觉了？”

“我可以在你上班的时候休息。”

夏梦渔相当无奈，徐子充睡觉的这个问题他们迟早都是要解决的。

她拉了一把徐子充，强行把他按在自己的位置上，然后直接躺在了他身上，把毯子往两人身上一搭。

“一起睡。”夏梦渔斩钉截铁地说。

徐子充无奈地拍了拍夏梦渔的背：“好，我抱着你睡。”

“你先闭眼，你睡着了我再睡。”夏梦渔还是不肯放弃。

徐子充轻轻地叹息：“我知道你怎么想的，可是有的事情，不是我爱你就能解决的。我们慢慢来好吗？我可以继续看医生，慢慢处理我的问题，但是你不要拿你自己冒险。”

“我知道，医生要看，问题也要处理，但是我相信你。”夏梦渔说，“我相信你的本能是保护我，不是伤害我。”

“现在又不是你睡着了我逼近你，是你抱着我睡，我就躺在你怀里，你怎么会伤害我？我相信你不会松手的，你的手要用来保护我，没有多余的手再去伤害谁了……”

夏梦渔亲了亲徐子充的脸颊，又亲了亲他的额头、他的鼻子、他的下巴、他的嘴唇。她柔声道：“闭上眼吧，好好休息。”

徐子充终于是拗不过她，闭上了眼。

夏梦渔就继续一边轻轻地、密密地吻着他，一边柔声地跟他说着一些无关紧要的事情，直到耳边传来均匀的呼吸声。

是徐子充睡着了。

一旁的保镖见到这一幕也是相当惊讶，果然还是夏小姐有办法。

夏梦渔对他们点点头，几个人便都走开，各自休息。空乘也关上灯，离开了机舱。

夏梦渔动了动，想找个舒服的位置。忽然，她感觉身下的人也随着她的动作动了动，可是他并没有醒来，只是收了收胳膊，下意识地把她抱得更紧了。她这才放下心来，搂着徐子充的脖子，靠着他的胸膛也闭上了眼。

在一万米的高空，徐子充睡了这十年来的第一场好觉。

第十二章 巨型婚戒

徐子充醒来的时候，整个机舱安静而黑暗。

在这一万米的高空之上，除了这架飞机之外什么都没有，就连一向紧张的保镖们也难得地放松下来，睡得沉沉的。

徐子充意识模糊之间感觉胸口趴着一个小小的人儿，她的身体柔软而温暖，呼吸浅浅的、轻轻的，像是一只毛茸茸的小动物。

是夏梦渔。

半梦半醒之间，徐子充隐约有一种失而复得的心情，刹那间竟是百感交集。他清醒过来，低头看了看怀里的人。昏暗的环境里，夏梦渔显得小小的，就像是一个小女孩。他不敢乱动，慢慢伸出手，替她拉了拉薄毯……

睡梦之中，夏梦渔忽然蹬了蹬腿，整个人不安地轻微挣扎起来，紧皱着眉头，神情痛苦，似乎在做噩梦。

徐子充轻轻拍了拍她，小声地唤着她的名字："夏梦渔，宝贝……"

夏梦渔终于迷迷糊糊地睁开眼，她神色茫然，似乎还在梦魇的余味里。

“做噩梦了？”

“嗯。”

夏梦渔翻过身，蜷缩成一团。徐子充从身后抱住她，轻轻地吻着她的头发，温柔地抚慰着她：“梦见什么了？”

“梦见高三的事情了。”

梦里，夏梦渔又回到了高考的那段日子，每天像是一个囚徒，没有自由，明明生活在这个世界，却觉得这世上的阳光、音乐、鲜花都与她无关。

天色总是沉沉的，一切都是灰色的。父母看管她仿佛看管一个犯人，她毫无做人的尊严可言。

“真奇怪，这还是我第一次梦见原来的事情。”

夏梦渔平时并不是个爱回忆过去的人，也不爱沉湎于伤痛之中，她总是向前看，从不回头。

她轻叹一口气，声音沙哑地说：“今天怎么搞的，好奇怪。明明是最开心的时候，却梦见了最不开心的日子。”

徐子充沉默了一会儿，然后小心翼翼地问：“你恨他们吗？”

机舱里黑漆漆的，夏梦渔茫然地看着窗外，半晌没有说话。

过了好一会儿，她才开口，声音轻轻的，可语气却很重。

“那时候是真的恨，恨得就像是被铁丝缝住了眼皮，我的世界什么都看不到，除了对他们的仇恨。我脑子里只有一个念头，就是我要报复他们，我要让他们比我还要痛苦。

“出了分数之后，他们很高兴，我是状元，多争气啊！可是看到他们拿我的成绩出去炫耀，把我当成他们的成功，我就更恨。

“我趁着他们心情不错，就要他们带着我去法国旅游，他们一高兴也就答应了。可惜他们不懂签证这些东西，我去申请的签证，他们的是旅游签，我的是留学签。

“我把我需要的东西，都以旅游的名义拽在手里，然后等着那一天。

“录取通知书下来的日子，就是我们去法国的前一天。你肯定没办法想象我爸妈那时候的表情，太精彩了。

“我爸爸直接气晕了过去，被救护车送到医院。我妈妈就一直哭，一边哭一边扯着我打。我就让她打，不是因为我内疚，是因为我很享受她痛苦的模样。

“他们想要我复读，但是我手上有护照，有机票，有钱，他们就只能眼睁睁地看着我走。”

明明应该是很解气的事情，明明完成了对他们最好的报复，可是夏梦渔却发现，自己说出这段回忆的时候，没有一丝一毫的快乐可言。

“你后悔了吗？”徐子充问。

夏梦渔苦笑起来，道：“有一点吧，不敢细想。现在想想还是不值得，我以为毁灭自己能报复他们，其实说穿了他们又能有多在乎我？后来，我也打听过他们的消息，我走了之后一年，我妈就拼了命又生了个儿子。说穿了，我的爱与恨都只跟我自己有关，真的是浪费感情。所以我现在不恨他们了。”

“为什么？”

“因为一个女孩子要是恨自己的父母，那她的人生就太可怜了。”

两个人没有再说话，就这样静静地相拥。

说起来，他们的重逢太过于仓促，真的有太多的话没有来得及说，有时候很想把这十年所有的爱与恐惧都告诉对方，可有时候，又觉得这样沉默着也很好。

因为有你懂得我的沉默。

“你和他们还有联系吗？”夏梦渔忽然问。

“谁？”

“我们的同学啊、老师啊……还有你的家人。”

“没有。”

“为什么不联系？”

徐子充顿了顿道：“我本来就不是一个对人对事感情很深的人。至于我母亲，我跟她早就恩断义绝了。”

夏梦渔一愣，问：“她还活着吗？”

“也许活着，也许死了。”

两人都沉默了片刻，徐子充才问：“你会觉得我残忍吗？对一个得了尿毒症的母亲都这么绝情，这么多年不闻不问，当年也不管她的死活，就这样走了。”

“你肯定有你的原因，这世上哪里来的无缘无故的残酷。”夏梦渔顿了顿，轻声问，“徐子充，你想告诉我原因吗？你跟你妈妈……”

“我现在不想说这些不开心的事情。”徐子充吻了吻夏梦渔的头发，“那些我都不想回忆，现在对于我来说最重要的，就是跟你一起好好生活。”

连西伯利亚训练营和在美国打拳那样残酷的回忆，徐子充都可以从容地讲述出来，可是提及他的童年、他的父母，他却总是讳莫如深，不肯细说。

想到这里，夏梦渔就觉得心揪成了一团。

她不恨父母了，是因为她觉得一个人要是恨自己的父母，那她的人生就太可怜了。她决心放过自己，所以不再恨。

这样想想，她的徐子充，真的太可怜了。

徐子充试着转移话题，又问：“你呢，跟他们联系过吗？”

“没有。”

“为什么？”

“不想回头。”

沉默了一会儿，徐子充轻叹一声道：“那便不回头吧。”

飞机到了美国，一下飞机夏梦渔就欢呼雀跃起来，似乎一瞬间就忘记了方才的不开心，拿出手机把自己列的清单给徐子充看。

“这些就是我们这几天要吃的餐厅！”

徐子充无奈地看着夏梦渔笑起来，揉了揉她的脑袋道：“好，你想去哪里我都带你去。”

“好的呀！”夏梦渔兴高采烈的样子，就像是她从未曾长大过，仿佛是人间四月天，一时雨，一时晴，可无论怎样，都可爱美好。

“不过去吃饭之前，我们得先去看订婚戒指。”

夏梦渔差一点就忘记，这一回他们过来是取戒指的，小鸡啄米一般地点头。

现在是早上六点，离珠宝店开始营业还有一段时间，不过大概因为徐子充是 VIP，竟然早早地就有经理等在门口。

整个店铺就只有他们两位客人，夏梦渔倒也不怵，大大方方地走进去，畅快地逛了一圈。

“你给我的戒指在哪里？”夏梦渔低头看着玻璃展示柜里的珠宝，好奇地问，“在这里吗？”

“嗯，是大师的得意之作，所以我答应让他们放在展柜里。”

“你别告诉我，我来猜！”

夏梦渔目光炯炯地顺着展柜一个个地看过去。根据她对徐子充的了解，虽然徐子充是一个比较含蓄沉默的人，但是从小就爱装酷，所以戒指肯定不会很朴素，三克拉往上走吧。

夏梦渔专看大的钻石。她看到一枚粉钻，设计得很梦幻，感觉戴上就是小仙女了。

“这个对不对？”

徐子充摇摇头。

夏梦渔面露失望。

见到她这副样子，徐子充笑了笑，对一直亦步亦趋跟在身后的经理指了指粉钻。

经理立刻叫人把那枚粉钻的戒指取出来。

夏梦渔目瞪口呆地看着徐子充，问道：“哥，该不是我猜的戒指你都要买吧？”

“嗯。”

“你留点钱养老好不好？”

“我有钱养老。我喜欢给你买，只要是你喜欢的东西，我都会给你买下来，你忘记来之前你答应过我的吗？让我实现这个愿望的。”

夏梦渔无言以对，她以为就是买几件衣服，顶多买个包包，没想到竟然是买钻石。

“可是我没有说我喜欢它啊。”

“你猜是它就说明你希望是它，自然是喜欢的。”

夏梦渔噎了噎，差点忘记徐子充当年也是学霸，逻辑满分。

“那我不猜了。”

“那我就随便买了。”

“我猜。”

夏梦渔无可奈何地只能继续找她的订婚戒指，转了一圈，目光又落在一枚黄钻上。这枚黄钻设计得仿佛是一个小皇冠，充满了霸气。

“这个？”

徐子充笑了笑，对身后的经理点点头。

看经理那副开心的样子，夏梦渔就知道自己又猜错了。她觉得心很累，觉得再继续猜下去，她怕是要把徐子充搞破产，那可真的就成祸国殃民的奸妃了。

她无可奈何地抬起头来，目光忽然落在不远处的一个展柜上。那个展柜里单独放着一枚巨大的红宝石戒指，刚才进来没仔细看，她还以为那是一条项链。

她忽然有一种很不好的预感。

“该不是那个麻将吧？”夏梦渔问。

徐子充满意地笑起来：“猜对了。”

夏梦渔的表情相当复杂，这直男的审美，真的是没救了。

珠宝店的经理小心翼翼地打开展柜，然后戴上店员递过来的白色手套，把那枚戒指拿了出来，一副紧张又激动的模样。

夏梦渔看着珠宝店经理那庄重又神圣的动作，心情从没有这么复杂过——不就是一颗石头嘛，为什么全世界的人都要为这东西疯狂，又不能吃……

然而，理智却告诉夏梦渔，这应该是非常浪漫的一幕，她应该像一个普通女孩子一样，感到被幸运之神眷顾，兴奋一点才对。可偏偏，她的品位又让她高兴不起来，因为她真的觉得这枚戒指丑到爆炸，虽然红宝石很大颗，旁边镶嵌着的密密麻麻的小钻也很耀眼，但是组合起来就是很丑啊。戒指就应该是戒指的模样，搞那么一颗大得跟麻将似的钻石，就像是一个人的脑袋长得过大了一样。凡事过犹不及，手只有那么大，硬要塞那么多钻，就会显得很臃肿。

“这枚戒指你什么时候买的？”夏梦渔假装漫不经心地问徐子充。

“来美国的第一年。”

难怪了……估摸着那时候徐子充刚刚有钱，平时也不接触这些，所以只知道买贵的。

不过，她想到高中的时候徐子充给她留的金条，一下子也就释然了，这件事情早早地就有预兆了。

徐子充就是那种实在人。

夏梦渔把心里那成吨的想要吐槽的话又憋了回去。绝对不能说，不能打击徐子充送礼物的积极性……

两个人想要过一辈子，有的时候是真的不能够太坦诚的。

“哇！”见到经理把戒指拿到自己面前，夏梦渔双手合十，夸张地说，

“好大的钻戒啊！”

她本来想说好美啊，然后好好夸夸这枚戒指，但实在是夸不出口，只能夸它大了。

“这真的是我这辈子见过最大的红宝石了！旁边的碎钻也好多，你看这颗钻石打磨得多好！”

夏梦渔已经尽力在夸这枚戒指了，自己毕竟是别人的女朋友，让徐子充开心也是她应尽的义务。夸完戒指，夏梦渔又扯出一个笑容，对徐子充说：“你快给我戴上吧。”

徐子充微笑着接过经理递过来的戒指替夏梦渔戴上。夏梦渔只觉得手上一沉，这要是在漫画里，她就被这戒指压得摔倒了……

这么沉的戒指，真的是只有贵妇戴，因为平时不用干活，权当是锻炼身体了。

“谢谢你，我很喜欢。”夏梦渔皮笑肉不笑地说。

徐子充谢过经理，牵着夏梦渔的手又重新回到了车上。

上了车，夏梦渔还是一直在看她手上的戒指，简直就是无法移开目光。

真的是好俗气的戒指啊！

这旁边镶的钻石，跟不要钱似的，猛往上面塞，全然不顾什么比例啊，结构啊……现在的直男到底对她们这些小仙女的审美有什么误会？

“那么喜欢这枚戒指吗？”徐子充打趣地问夏梦渔。

夏梦渔干笑了两声：“呵呵，对啊，喜欢，喜欢得不得了。”

“嗯，那天天戴着。”

夏梦渔真的是要笑不出来了。天天戴着？她可能走路重心都不稳了好吗？

突然，耳边传来徐子充的闷笑，夏梦渔转过头去，见到徐子充一副忍俊不禁的样子，憋着一脸的坏。

“你笑什么？”

徐子充眼里都是笑意，温柔地看着夏梦渔，道："你不喜欢这枚戒指没关系，不用勉强自己戴。"

"我喜欢啊！"夏梦渔高声说道。

夏梦渔心里打鼓，自己的演技有那么差吗？

她赶紧补充道："我真的很喜欢，你别多心，你送的东西我怎么会不喜欢呢？"

"没关系的，我真的不介意。"徐子充牵着夏梦渔的手，"你喜不喜欢我难道看不出来吗？这种小事，你不需要对我撒谎。"

夏梦渔噎了噎，小心翼翼地问："你真的不介意？"

"真的不介意。"

夏梦渔仿佛被赦免了一样，松了一口气道："哎呀，主要是这枚戒指真的太大了，我戴着它做什么都不方便，你看我平时还要在厨房里忙，戴一枚这么大的钻戒，还怎么做菜啊，刀子都使不顺了……"

徐子充抓住夏梦渔的手，把那枚戒指取下来放进盒子里，交给前面的保镖收好，然后把那枚黄色钻戒给夏梦渔戴上，问："这个可以吗？"

夏梦渔猛点头："可以可以！"

这个好多了，设计得多么的简洁优雅，还不碍事！

"那你之前买的那枚戒指怎么办？"

夏梦渔还是觉得有些不好意思，毕竟是徐子充给自己精心准备的礼物，还收藏了那么多年。

"我改成别的首饰再送你。"

"好的呀！"夏梦渔终于高兴起来，只觉得自己摆脱了一个可怕的麻烦，轻松愉悦地问徐子充，"那我们接下来去哪里？"

"饿了没有？"

"有点饿了。"

夏梦渔看了看时间，还这么早，餐厅都还没有开门呢。她忽然灵机一动，问徐子充："你是不是还没有吃过我做的饭？"

“没有。”徐子充毫不犹豫地回答。

“那正好，今天给你做。你能借到厨房吗，我给你做早餐吧！”

徐子充挑挑眉，似笑非笑的样子，然后探了探身，对前面的司机说：“回山庄。”

车子开到了著名的富人区，在这里，徐子充也有房产。这二十四小时里，夏梦渔算是彻底感受到了中产阶级跟资产阶级的差距。

“你到底多有钱啊？”夏梦渔忍不住问，“投资就那么挣钱吗？”

“还可以。”徐子充面无表情地回答。

夏梦渔翻了个白眼，有钱就有钱，什么还可以。

庄园很精致，说实话，徐子充对房子的品位真的是比挑戒指好多了。

两人走进山庄，夏梦渔按照自己的习惯，每去一个房子，第一件事情就是去看厨房。本来她只是觉得徐子充挑房子的品位好，可是看到厨房的一刹那，她觉得自己简直就是重新又爱上了徐子充一遍！

这个厨房简直就是每个厨师和家庭主妇梦想的厨房，就连身为厨师的她，自己家里的厨房都没有这个厨房设备齐全。

阳光从落地窗洒进来，照在巨大的流理台上。两边依次陈列着专业级别的烤箱和炉具，各种各样大小、种类的锅具，中西餐需要的全都有，可以说只要是她能想到的锅这里就没有找不到的。刀具也是德国的专业厨师刀，她拿出来一看，打磨得非常锋利。

她又打开橱柜，里面是各种香料，再看看架子上的面粉和干货，也都齐整得恨不得可以马上去开餐馆。

夏梦渔觉得自己就像是一只被扔进了米缸的老鼠，简直不能更满足了。她目瞪口呆地转过头看向徐子充：“你这个厨房可以去开厨房博物馆了，你知道吗？”

“我也不懂厨房的事情，你喜欢就好。”

“你怎么知道买这些的？”夏梦渔拿起厨师刀激动地说，“这个是大师作品啊！”

徐子充笑笑不说话。他不知道什么厨具好，所以就直接让人买最贵的就好，现在看见夏梦渔这么高兴，便知道自己没有买错。

“徐子充，你简直就是我的灵魂伴侣！”夏梦渔激动地说，“这是我见过的最完美的厨房了！”

“你喜欢就好。”

当时重装这个房子的时候，他只有一个要求，那就是要有一个大厨房。其实，他平时并不在家里吃饭，也不下厨，根本就用不着厨房。但是他大概是潜意识里还幻想着能够和夏梦渔厮守终身，所以那时候他就按照夏梦渔梦想的那样，给她造了一个有大大落地窗和流理台的厨房。

要有阳光，要有落地窗，要有一扇通向花园的门，要有原材料的味道，要有面粉和奶制品的香气。

每次回到家，经过这个厨房，他仿佛都能看到夏梦渔在里面忙碌的样子。而这一刻，夏梦渔就站在他的厨房里，仿佛是梦想照进了现实。

徐子充看向夏梦渔，只见夏梦渔手里抱着锅，盘腿坐在流理台上发呆，一动不动，一言不发，像是忽然入定了一般。

徐子充疑惑地皱皱眉，是有什么不对吗？

“你怎么了？”徐子充问。

夏梦渔茫然地摇摇头，一副灵魂出窍的模样，呆呆地问：“徐子充，你说……我现在是在天堂吗？我一定是在天堂吧，这里简直就是厨师的天堂啊……”

徐子充心里也是相当无奈。

都说钻石是女人最好的朋友，可是方才在珠宝店里夏梦渔倒是相当冷静，即便是看到那颗巨大的红宝石，她都平静无比，甚至还面露嫌弃，反倒是看到了一口好锅，整个人激动得像是个小孩子一样。

“你高兴就好。”徐子充微笑着说。

“高兴啊！”夏梦渔跳下流理台，激动地对徐子充说，“看到这个厨房，我恨不得马上卖身给你，只要你让我天天在里面做饭。”

徐子充忍俊不禁：“说什么傻话呢，你不是马上就要嫁给我了吗？”

“对哦！”

夏梦渔激动得恨不得在流理台上打滚。

这时候，保镖们已经把行李放到楼上，然后全都在徐子充的示意下离开。夏梦渔没注意到这些，自顾自打开巨大的双开门冰箱，查看里面有什么材料可以给她发挥的。

可是冰箱里面只有牛奶和鸡蛋，除此之外什么新鲜食材都没有……

一看就知道徐子充平时是不做饭的。

“这么好的厨房不用，简直就是暴殄天物。”

夏梦渔把牛奶和鸡蛋拿出来，又从柜子上拿下面粉和糖粉。看样子，今天早上就只能做个松饼了。

“就没点蔬菜和肉吗？”夏梦渔抱怨。

“我要他们去买了，一个小时之后送过来。”

“棒啊！”夏梦渔笑眯眯地说。

夏梦渔一边在流理台上拆面粉、打鸡蛋，一边嘟囔：“那我先做个松饼给你垫垫肚子，等材料买回来了我再发挥啊？我跟你说，我做的松饼天下第一！”

徐子充不说话，只是沉默地走到夏梦渔身后抱住了她。

“哎，要不要我列个清单给他们？他们知道买什么吗？”

“不用。”徐子充的声音有些异样，语气低沉地说，“他们知道买什么。”

夏梦渔正准备发挥厨艺，然而身后的徐子充的手却不安分起来。

“徐子充……”

“嗯？”

“你干吗呢？”

徐子充闷笑了一声，大手在夏梦渔身上游移，暧昧缠绵的吻密密匝匝地落在她的皮肤上。

“你做你的饭，不用管我。”徐子充说。

夏梦渔正在拆面前的那袋面粉，手里还拿着剪刀，被徐子充弄得不能好好做事，无奈地说：“哎呀，你别弄我，手里拿着剪刀呢，危险。”

听到夏梦渔这样说，徐子充果然立刻松了手。

夏梦渔以为徐子充消停了，可是她拆完面粉，才刚刚把剪刀放回去，身后的人就又凑了上来。

真是没完没了的……

等他们整理好下楼去的时候，刚才出去买东西的人都回来了。

那被他们弄得满室狼藉的厨房也已经被管家整理好，夏梦渔看徐子充一眼，害羞地低下了头来，只能装作若无其事地走进厨房，看他们刚才带回来的食材。

这时的徐子充整个人都洋溢着一种愉悦心情，坐在一旁一边喝咖啡，一边看今天早晨的报告。

食材都到了，夏梦渔便在旁边开始做早餐。

只是在拆面粉的时候，脸一红，偷偷看了一眼徐子充，刚巧徐子充也在看她。

徐子充扬了扬嘴角，然后面带笑容地继续看他手上的报告。

这一幕落在助理和秘书的眼里，两个男人皱着眉对视一眼，互相挑了挑眉，交换着暧昧的眼神。

徐先生怎么忽然变得这么温柔了？而且动不动就笑，简直像是变了一个人，跟了他五六年，这五六年笑的次数加起来乘以十，都没有这几天笑的次数多。

夏梦渔做好了早餐，便招呼屋子里的人一起吃。

下属们看向徐先生，似乎在等徐先生的指令。

照理说他们应该直接拒绝的，毕竟有上下级关系，不大适合一起吃饭。但是刚刚夏梦渔做早餐的时候，那个香味就已经让大家受不了了，所以他们还真的是特别想留下来吃一顿。

“你们看他做什么？是我要你们吃的。不管他，来坐啊……”夏梦渔把食物一盘盘摆上桌，对还傻站着的几个人说，“我做的是十人份的，吃不完的，都来吃吧。”

大家还是不敢坐，因为徐先生是个不爱热闹的人，不喜欢跟人一起吃饭，就连商务会面都极少安排饭局，肯定是不想跟大家一起吃饭的。而且大家虽然知道徐先生很宠爱夏小姐，但是毕竟他们跟夏小姐相处也没几天，大家还没有摸清楚徐先生对夏小姐的包容到了什么程度。

是不是夏小姐说什么就是什么，不用等徐先生指示？

“愣着做什么？”徐子充的声音冰冷，“听不见夏小姐的话吗？”

大家吓得一个激灵，赶紧全都坐下——果然还是夏小姐说了算啊……

等到大家都吃完了这顿早午餐，一个个都是酒足饭饱的神情，对夏梦渔的手艺赞不绝口。

没什么比做了一顿让大家感到快乐的饭更让夏梦渔感到满足的了。

她起身准备收拾碗筷，被徐子充拦住。

“不用，你休息一会儿，交给女佣收拾就可以了。”徐子充看了看时间，“我约的时间差不多了，人应该都到了。”

“什么时间？什么人？”

徐子充笑笑不说话，直接带着夏梦渔驱车去了市区。

一个小时以后，夏梦渔站到了一家世界知名的婚纱店门口。

如果一个女孩梦想过婚礼，那她就一定梦想过穿上这位婚纱设计师的婚纱。

“早知道我早上不吃那么多了！”

这家的婚纱绝对不会去适应新娘，需要新娘自己去适应婚纱，所以胖一点都不可以的。

“设计师快到了，你可以跟她聊聊你的想法，我就不陪你进去了。不是有说法说新郎看到婚纱很不吉利的吗？”

夏梦渔皱皱眉问：“你什么时候变成这么迷信的人了？”

“认识你之后。”

夏梦渔噎了噎，她很迷信也是真的。

“那我自己一个人挑吗？”

“当然有人陪你。”

“谁？”

“进去你就知道了。”

夏梦渔只能一个人硬着头皮、一步三回头地走进了婚纱店，然后在接待的店员引领之下上了二楼的包间。

这个包间很大，有一个高台可以试婚纱，还有三面落地镜，旁边已经挂了几十件婚纱。

一旁的沙发上，坐了一个腿长到逆天的美女，正一边百无聊赖地刷手机，一边喝着香槟酒，只不过她低着头看不清她的样子。

夏梦渔皱皱眉，这谁啊，打扮得这么浮夸，跟她的风格好像。

听到脚步声，那个女人也抬起头来。

两个女人对视一眼，屋子里有三秒左右的沉默，然后就听见这两个女人同时兴奋地尖叫了起来——

“啊啊啊，夏梦渔！”

“徐桑！”

第十三章

我的挚爱，我的血肉

徐桑穿着一件黑色皮衣，下面是一条到大腿根的短裤，跟十七八岁的时候一样，还是那个不露腿不罢休的姑娘，脚上蹬着一双黑色短靴，脖子上还挂着一个相机。

一见到夏梦渔，徐桑就跳了起来：“夏梦渔，你变化也太大了吧！”

“徐桑，你变化也好大，你现在怎么帅成这样！”

徐桑整个人的气质都跟从前大不相同，虽然依然是一张艳丽的脸，但是气质干练潇洒，从前她整个人都娇滴滴的，而现在简直就是从灵魂里透出一股帅气来。

“你才是变化大！我刚才差一点就认不出来你了好吗！哈哈，幸好你的眼睛长得有特点，那么亮，这么多年就只有你。”徐桑说。

两人看着对方，忽然又开始激动地尖叫起来，抓着对方的手直蹦跶。明明两个都是快三十岁的人了，可是一见面却还是像少女时期那样旁若无人地又跳又叫，直到店员又推着香槟和点心盘进来，两个人才赶紧严肃面孔，假装成淑女的模样坐好，却还是忍不住在私下里要对彼此挤眉弄眼。

等到店员离开，夏梦渔和徐桑才又聊了起来。

“徐子充这个人真是的……”夏梦渔埋怨，“他怎么也不提前跟我说一声，把你约在婚纱店里见面做什么？害得我们都没办法好好聊天。”

“徐子充？”徐桑的眼珠子都要掉下来了，惊讶地问，“你未婚夫是徐子充？”

“你不知道吗？”

徐桑猛摇头：“你们太神奇了吧，这都十年了竟然还在一起啊。唉，我之前还以为你老公是哪个土豪呢？哇，我堂哥这些年发达了啊……不愧是我们的学神和学霸，人生都开了挂。”

“你都不知道是徐子充找的你，你怎么就跑来了？”

提到这个，徐桑就忍不住翻了个白眼，道：“真是一言难尽，我那时候正在家里修照片呢，结果不知道哪里来的几个黑衣人，跟演美国大片似的出现在我家门口，然后说要请我去一趟美国拍照。”

夏梦渔立刻跟徐桑一起翻白眼，这个徐子充怎么还是这么爱装酷，在老同学面前也不收敛点。

“哎，等等……”夏梦渔惊讶地问，“拍照，拍什么照？你现在是专业摄影师了吗？”刚刚看到徐桑脖子上挂的相机，她就觉得纳闷儿呢。

“对啊！”

“哇，这么厉害啊。看看你拍的照片！”

徐桑立刻把手机里的作品集翻给夏梦渔看，一边翻一边解释：“我现在专门拍人物，只不过人文这一块在国内不大行，不怎么挣钱，所以我现在拍时尚比较多，嘿嘿，没办法，养活自己嘛。不过有机会我想花个几年时间把中国走一遍，去拍拍平凡人的生活。”

夏梦渔虽然不懂摄影，但是她觉得自己的品位还是很好的，她真的发自内心地觉得徐桑的照片拍得特别好。每一张照片都充满了一种快乐的生命力，即便拍的是街边卖鱼的小贩，都是快乐向上的，就像是她这个人，有一种不管不顾的乐观。

夏梦渔又翻到徐桑拍的时尚大片，看得她都惊呆了。

“这都是一线女明星啊！”

徐桑面露得意：“你放心，你和堂哥结婚那天我给你跟拍，我保证一定把你拍得比明星还好看。”

夏梦渔心中感慨又唏嘘，当初徐桑就在摄影上显出与众不同来，只是那时候就连她也没想到徐桑现在真的成了摄影师。

“你现在是不是特别厉害的摄影师？”夏梦渔问。

“嘿嘿，还行吧。”徐桑撩了撩头发，“也就是国内的时尚摄影师里的前三吧。”

“哇，好棒呀！”夏梦渔笑眯眯地问，“那你这么厉害，怎么徐子充一邀你来美国拍照你就来了？”

“我本来是不想来的，我都是要提前预约的好吗！但是你知道那些人怎么做的吗？”徐桑摇着头，沉痛地说，“实在是太过分了，让我无法拒绝。”

“怎么做了？”

“给了我一箱现金！嘿嘿，我这个人富贵可以淫的，就马上跟来了呗。没想到竟然见到了你！哎呀，实在是太高兴了。”

夏梦渔忍俊不禁，问道：“你家还差这点钱啊？”

记忆里，徐桑一直都是个大小姐，家里就没缺过钱，哪是能被钱打动的女孩子。

“差啊！现在情况不一样了，我一个人要养一个家的。”徐桑语气稍微有些沉重地说，“我爸妈早些年破产了，我现在全靠自己。唉，真的也不知道是为谁辛苦的，忙了一辈子，最后是一场空。”

徐桑跟夏梦渔说起她这些年的事情。

高考结束后，徐桑就去了英国留学，跟她那群狐朋狗友一样在英国瞎混了两年，没好好读书，连英文都说不顺溜，就每天敞开了玩儿，准备混个学历，回家嫁个门当户对的富二代，然后就这样过一辈子也挺好。

没想到徐桑的父母因为经营不善再加上投资失利破产了。不过瘦死的骆驼比马大，她家还是比普通人家过得稍微好一点，但是原来那些有钱的朋友自然是不带着徐桑玩了，嫁个富二代也是不可能的了。

为了养活自己，徐桑只能硬着头皮出来工作，没想到因为这么多年买奢侈品培养的敏锐的时尚嗅觉，再加上她拍人物的天赋，阴差阳错地让她成了一个时尚摄影师。

这些年从无到有，慢慢地她就在业内有了些名气，后来被时尚杂志的主编赏识，渐渐崭露头角，开始给各家时尚杂志拍封面，也有很多明星向她邀照片，可以说，这两年徐桑在业内也是炙手可热的摄影师了。

“我爸妈破产的那段时间，我其实特别迷茫，甚至想过要不就嫁给那个追了我很久的老男人算了。但是，我总想起高中的时候我们说的话。”

“我说什么了？”夏梦渔高中的时候扯淡扯得太多，已经不大记得自己都说过什么了。

“你说，人不一定非要活得跟别人一样啊，要活成自己想活的样子。你还说，我最后一定会变成一个特别闪耀的人。

“那时候我就想，夏梦渔肯定在努力变成她想成为的人，肯定变得特别好。要是有一天我们在街上遇到，我会是什么反应？是大大方方地上前给你一个拥抱，还是会羞愧得转身就走？我不想再见到你的时候觉得无颜以对，所以我一定要变成更好的人。”

“停停停！”夏梦渔拦住徐桑，“你别说了，再说我要哭了。”

徐桑也看向夏梦渔，两人对视一眼，发现对方都是一副眼眶红红的样子，到底没忍住，同时“扑哧”一声笑了出来。

还记得十年前的夏天，她们一起躺在楼顶的天台上看星星。那时候，她们最大的烦恼也不过是喜欢的人不喜欢自己，最大的窘境也不过是在人前丢了面子，最在乎的事情不过是其他人怎么看待自己。

不施粉黛，穿着邋里邋遢的校服。她们的眼角还没有岁月的痕迹，她们的梦想还未破灭，她们的爱情还未被辜负，她们还相信长大以后的人生会美好又宽阔。

她们的快乐和伤痛都那样简单甚至肤浅。

快意恩仇、敢爱敢恨。

十年后，她们终于见识了外面的世界，了解了真实的生活，经历了疼痛和心碎。

她们都曾在长夜里哭泣，都曾在冰冷的街头徘徊，都曾一个人饮酒醉，都曾流着眼泪吃饭，都曾怀疑过去的自己终于不可挽回地消失了。

可是此时此刻，当她们重新相遇，她们才发现内心深处的那个少女，从没有离开过她们。

那一颗炽热赤诚的少女心，不曾消失，而是永远地为对方而保存着。

两人抹了把泪，都笑彼此的傻里傻气。

“行了，咱们不矫情了。”夏梦渔凑到徐桑跟前小声说，“你知道我在我工作的酒店里碰见谁了吗？”

“谁？”

“白妃儿。”

一说起八卦，女孩子的灵魂就会瞬间燃烧起来。果不其然，徐桑的眼睛都亮了。

“嗷嗷，我知道她！她也去英国留学了的，后来她爸的生意好像发展得不错。那个七星级酒店，她爸也参与了投资。”说着，徐桑就翻了个白眼，“超级受不了她，在外面总是以酒店千金自居，根本不是好吗！就是因为她爸大腿抱得好，占了一点股份而已。哎呀，她这个人超级奇葩，简直说不完。”

没有什么比凑在一起说别人的坏话更能增进女孩子之间的感情的，两人聊白妃儿聊得简直不能停。

夏梦渔和徐桑两人就坐在沙发上从白妃儿聊起，一直聊到各路老同学，后来聊得开心了，干脆连鞋子都脱了，一边喝着婚纱店提供的香槟，一边继续吹牛说八卦。

直到店员忍不住进来提醒两人，问她们还挑不挑婚纱了，两人才回过神来。

“挑啊！”徐桑把杯子里的香槟一饮而尽，站起来拍拍手，“一定要挑一件最隆重的！”

两人从婚纱店里出来的时候，徐子充派来的车子已经等在门口了，然而她们却没有见到徐子充的人。

夏梦渔问保镖，保镖只是说徐先生在别处等着她。

本来夏梦渔还想跟徐桑一起吃饭的，但是面前停着两辆车子，徐子充很明显就没打算让她和徐桑继续叙旧，是要她俩分道扬镳的意思。

“行了，咱们这聊了一下午也就够了，我也不好总是占着你。咱们明天再约？”徐桑也是很识趣的。

“好啊，明天中午我们三个一起吃个饭。”

“哇，好期待啊，不知道我堂哥现在什么样儿……”

夏梦渔噎了噎，估摸着现在的徐子充会给徐桑“惊喜”的，而且是那种一言难尽的惊喜。不过，她啥都没有说，决定还是留给徐桑自己体会吧。

两人分别上了车，夏梦渔这才问前面的保镖今天徐子充到底去哪里了，为什么不直接过来找她？

“徐先生去练拳了，他一会儿直接去餐厅跟您会合。”

“练拳？”夏梦渔眼睛都亮了，急吼吼地问，“他现在还打拳吗？”

“虽然徐先生现在不打比赛，但每周都还是会抽时间练习的。这边和国内，都有徐先生开的拳馆。”

夏梦渔恍然大悟，灵机一动：“你先送我回山庄一趟。”

“可是徐先生已经约了餐厅七点的位置……”

“他说了算还是我说了算？”夏梦渔一皱眉，“赶紧的，我回去拿个东西，然后你直接送我去你们徐先生的拳馆，快快快。”

拳馆的五个陪练都被徐子充给练趴下了，虽然许多都是退役的职业拳手，但全都一个回合也坚持不了，几乎是被秒杀的。

徐子充看了看时间，大家上了一轮也不过才三分钟而已。

离开拳击台之后最痛苦的事情就是找不到旗鼓相当的对手，没什么意思，还不如自己一个人踢沙包。

助理这时候拿着电话走过来，对徐子充小声说道：“夏小姐说她直接来拳馆找您。”

徐子充先是微微蹙眉，然后似乎忽然明白过来，眉头展开，无奈地摇摇头，面无表情地抬起一只手让几个陪练离开。

大家觉得有些奇怪，助理又问：“徐先生，需要叫新的陪练过来吗？”

“不用。”

徐子充一边解开手上的绷带一边往器械区走，一旁的保镖便立刻快步上前，准备帮徐先生放杠铃片，可这时候，拳馆的灯忽然都熄灭了。

大家的神经紧张起来，几个保镖的手迅速移到身后准备拔枪，却听到徐先生的一声轻笑。

几个人面面相觑，疑惑地看向徐先生。

“你们在外面等我。”

“是。”

虽然情况异常，但是徐先生下达的指示大家不敢有异议，便都立刻离开了拳馆。

拳馆里此刻只有徐子充一人，他坐在器械区，慢慢地解着手上的绑带，微微扬起嘴角，似乎是想到什么非常有趣的事情似的，终于是忍不住摇摇头，咧开嘴角愉快地笑起来。

兔子精……

忽然，拳馆的灯光又亮了起来，只不过这一回只有拳击台上的灯光是亮着的。

只听见黑暗里传来一个气急败坏的声音，似乎在打电话，对电话那头的人小声喊道：“你怎么现在就把灯开了？”

“会不会做事儿？”

“我说的是十五分钟，什么时候说五分钟了！”

“哎呀，行了行了，别叽叽歪歪，开了就开了吧……”

“五分钟之后记着通知你们徐先生啊，这回不要搞错了知道吗！”

“谁要你现在通知他了？五分钟之后通知，他赶过来不就差不多十分钟了吗？”

“气死我了，你说你这人这么傻，徐子充是怎么容忍你的！”

“行行行，别说了，快点啊！”

徐子充坐在黑暗的器械区里，憋着笑注视着夏梦渔的一举一动。

夏梦渔站在拳台边，翻了个大大的白眼挂断了电话，然后把手机放在口袋里，打量着面前的拳台，皱着眉头，似乎有些烦恼的样子。

她双手撑着台子尝试着跳了一下，跳不上去。

“……”夏梦渔搓了搓手，往后退了几步，一个助跑，双手撑着台面，还是没跳上去。

她无可奈何，下意识地往两边看了看，意识到这里只有自己，便撑着台面，抬起腿，用最狼狈的姿势往上爬，好不容易才爬上去，然后一个打滚终于是上了拳击台。

“搞这么高做什么，讨厌。”夏梦渔一边自言自语地嘟囔着，一边站了起来。

徐子充刚起身准备走过去的时候，却见到夏梦渔脱掉了身上的大衣，露出里面的战袍来……

他脚步一顿，又坐了下来，然后饶有趣味地看着夏梦渔。

夏梦渔拿着手机打开自拍模式，查看了一下自己的发型，补了一下口红，整理了一下发型，然后把东西放进大衣口袋里，将大衣扔到地上，踢了两脚踢到角落，便解开战袍，露出里面的内衣来。

徐子充挑挑眉，微微有些惊讶，然后扬起嘴角，满意地笑了起来。

夏梦渔撩了撩头发，敞着战袍，摆了一个性感撩人的姿势。

徐子充再次起身，准备走过去，却见到夏梦渔又把战袍系上。他停下脚步疑惑地继续观察，见到夏梦渔又躺到了地上，撩了撩头发，微微扯开领口，冲着大门的方向侧躺着。

徐子充差点没笑出声，但还是憋住了，决定先不过去，看看夏梦渔还能给他什么惊喜。

果不其然，夏梦渔又坐了起来，换了一个趴在地上的姿势，跷着小腿，摇晃着她的红底高跟鞋，一手撑着下巴，一手玩着卷曲的长发，咬着嘴唇，继续看着门口。

然而这个姿势她也没有保持几秒钟便又站了起来，解开战袍，一路小跑跑到旁边拿起一副拳套，又踉踉跄跄地跑回来，把拳套戴在手上。她甩了甩头发把落在脸上的发丝甩到后面去，然后一只手比画着拳击的姿势，一只手放在嘴边，轻轻咬了咬拳套，换着各种性感的神情。

徐子充觉得夏梦渔可真是他的宝贝。这一回，他终于没有忍得住，轻声笑了出来。

这一声笑吓得夏梦渔一个激灵，惊恐地看向声音传来的地方。只见到黑黢黢的器械区那边走过来一个人，竟然是徐子充……

夏梦渔惊讶地瞪圆了眼睛，下巴都要掉了，一向伶牙俐齿的她这一回连话都说不清楚了："你你你……你怎么在这里？"

"我一直都在这里。"

夏梦渔指了指门口，又指了指徐子充道："你不是跟着保镖一起出去了吗？大眼仔是这么跟我报告的啊！"

"我让保镖走了，我知道你要来，所以在这里等你。"

夏梦渔仿佛被雷劈了一般，一瞬间只觉得大脑一片空白，内心几乎是崩溃的。

“你……在这里多久了？”她目光空洞地问。

“一直在。”

“从我进来你就一直在吗？”

“嗯。”

“那你全都看到了。”

“嗯。”徐子充忍住笑意，却忍不住打趣，“棒啊。”

夏梦渔没有想到会在这种情况下听到这声久违的“棒啊”，简直就是无地自容到恨不得即刻吊死在这拳台上。她臊得用拳套捂着脸就要跑去拿自己的大衣，可这时候徐子充已经一个翻身上了拳台，一把拦住了她。

“你去哪儿？”徐子充憋着笑问。

“你别看我。”夏梦渔蹲在地上捂着脸，带着哭腔道，“丢死人了……”

徐子充一脸的笑意：“谁说丢人了，胡说八道，明明很可爱。”

夏梦渔气急败坏地捶了徐子充一下，徐子充只是笑着受了，脸上的笑意更浓，不知道多么愉快的样子。

“还笑！你这人怎么这么坏呢！”夏梦渔气急败坏地说，“你就在旁边看戏是吧？把我当猴子呢。”

“怎么会是猴子呢？”徐子充抱住夏梦渔，在她耳边轻声说，“明明是一只小野猫。”

只可惜夏梦渔此刻完全没有打情骂俏的心情，她脑子里全是自己刚才做作地摆姿势的画面，扔掉手上的拳套就要走。

太丢人了，实在是没办法面对徐子充。

“我们还是不要再见面了。”

夏梦渔涨红了脸就要走，弯腰想要捡大衣，却被徐子充抓住腰一把捞了回来。

“去哪儿？”徐子充“啪”的一下打在夏梦渔的屁股上，“胡说八道什么，不准说这种话。”

“你就知道欺负我……”夏梦渔委屈得简直要哭。

徐子充抱着她，忍着笑道：“我还没有开始欺负你呢，现在开始好不好？”

徐子充凑过来要亲夏梦渔，却被夏梦渔推开。

“不要。”夏梦渔赌气地说。

“你穿成这样跑到拳馆来，不就是为了给我这个礼物吗？”徐子充把手臂收紧，又凑过去，“乖，不闹。”

夏梦渔感觉到徐子充已经来劲儿了，可是她现在完全没那个想法了。

“我都说了不要了！”

徐子充无奈地看着夏梦渔，忽然很后悔。刚才真不该逗她的，把兔子精逗生气了，后果很严重。

“我们宝贝怎么都可爱，不丢人，喜欢都来不及。”徐子充继续哄着夏梦渔，“这样不是更特别吗？乖……”

“哎呀，这跟我想的不一样！”夏梦渔急吼吼地说，“不应该是这样的。”

“那应该是怎样？”

“应该你以为我有危险，然后冲到拳馆来，看到我穿着你送我的战袍，用性感撩人的姿势站在拳台中央等你！然后我对你说：‘宝贝，喜欢我送你的惊喜吗？’应该是这样才对！”

徐子充侧过头，暗自闷笑了两声，不敢笑出声，怕笑出声来他的小甜甜又要继续找他的麻烦。

他正色，又看向夏梦渔，无奈地问：“那我从门口走进来，我们重新来一遍好不好？”

“不好！你觉得我是小孩子吗？还重来一遍，亏你想得出，表演痕迹那么重能入戏吗？”

徐子充又忍不住笑出来。

夏梦渔一拳捶上去道："不准笑！"

"那你想怎样我都配合你好不好？"徐子充继续哄着夏梦渔。

夏梦渔忽然有一种很心累的感觉，她也不知道自己现在想怎么样……

为什么不老老实实地去餐厅吃饭，要搞什么惊喜？是饭不好吃还是街上的风景不好看，来这个拳馆是做什么？

夏梦渔看着徐子充这副样子，只能长叹一口气道："唉，随便你想怎么样就怎么样吧。"

他高兴就好。

"宝贝，你实在是太漂亮了。"徐子充用沙哑的声音说。

夏梦渔挑挑眉，今天到这里才终于有了点成就感。

"真的吗？"

"嗯。"

"喜欢吗？"

"喜欢。"

徐子充憋得眼睛都红了，浑身燥热，抓着夏梦渔双腿的两只大手掌就像是两块烙铁一般发烫，烫得夏梦渔都要烧起来了。

夏梦渔咬了咬嘴唇，一只手依旧抓着围绳，一只手捧着徐子充的脸，凑到徐子充的耳边，轻轻地吹着气："叫我的名字。"

"夏梦渔。"

"还有呢？"

"我的兔子精……"

徐子充的声音越来越低沉沙哑。

"我的小宝贝。"

"MoCuishle."

我的挚爱，我的血肉。

一辆黑色的轿车停在了全城最热门的餐厅门口。

夏梦渔还在车子里补着粉和口红，一边补一边抱怨徐子充：“我都说了会赶不上吧，都已经迟到半小时了……”

“放心，会给我们留座的。”徐子充面带微笑地看着夏梦渔对着镜子嘟着嘴补妆，只觉得她这个样子可爱得让人受不了，又把她扯到怀里揉了一顿。

等到徐子充放开夏梦渔，她刚刚补的口红就白补了。

“你看你，别人在外面等着呢。”夏梦渔红着脸嘟囔。

徐子充摇下车窗，对等候在车旁的门童微微点头示意，掏出钱包给了一张小费以示歉意，然后摇上车窗，继续微笑着看着夏梦渔补妆。

夏梦渔终于又补好了口红，拨弄了一下头发，转过头问徐子充：“好看吗？”

“好看。”

“美不美？”

“美。”

“嘿嘿……”夏梦渔这才满意，抖了抖肩，把身上那造型夸张的皮毛大氅往下抖了抖，露出半边的香肩来，然后才对徐子充眨了眨眼，“我们现在可以下车了。”

徐子充无奈地侧头笑了笑，然后低着头，迈出腿走下车子。

还在餐厅外等候座位的客人，都纷纷往那辆黑色轿车的方向看过去。

只见一个高大英俊的亚洲男人迈着大长腿走下车，天气有些凉了，他上身却还是只穿着一件简单的白衬衣，头发也很短，整个人气质刚硬，跟一般的亚洲男人不大一样。

他的衬衣袖子卷起，露出手臂上可怕的文身来，左手戴着一块低调但是价值不菲的手表，手很大。往上看去，便看到一双锐利沉静的眼，散发着一股危险和神秘的气质，让周遭的人不禁连议论的声音都变小了。

这位神秘的东方男人刚下车就向车里伸出手。

只见一条修长白嫩的胳膊伸了出来，那只手上涂着红色的指甲油，中指上还戴着一枚闪耀的黄色钻戒。

紧接着一条修长又结实的腿跨出了车门，从车里走下来一个东方美人，她穿着短到大腿根的裙子，外面套着一件夸张的皮毛大氅，姿态高傲却不惹人厌恶，只觉得她的模样气质和那不可一世的神态相得益彰。

东方美人挽着那位神秘的先生，嘴角挂着一丝浅笑，有一种一切尽在掌握之中的强势，简直就是自信到嚣张的地步。

而旁边那位先生，也不知道为何，一个人的时候气场可怕到吓人，可当这位美人下车之后，他却似乎忽然变成了陪衬。

大概是因为他本来坚硬无比的气场在见到这位美人的时候便一下子温柔了起来。

等到两人进了餐厅，外面的人才松了一口气，开始议论起刚才的那一幕，讨论这两位亮眼的人是来自亚洲哪个国家。

夏梦渔已经期待这家餐厅很久了，在国内听说了这家餐厅就一直想来尝尝。

所以见到服务员开始上菜的时候，夏梦渔立刻就把外面浮夸的大氅脱了，举起刀叉，两眼放光地看着上菜的盘子，简直就像是小孩子在等糖果。

“哇！”

夏梦渔见到那块牛排，简直兴奋得手舞足蹈，举着刀叉摇头晃脑的样子让人忍俊不禁。

徐子充低头笑了笑，怎么这么可爱。

夏梦渔赶紧切了一块牛排塞进嘴里，肉汁在嘴里迸发，美得她眯起了眼。

“这个牛排未免也太好吃了吧，不愧是要排一个月队的牛排！”夏梦渔一脸满足，“这真的是我今天最好的时光，太开心了！”

她心满意足地感叹着，却发现对面的人有些不对劲。

“你觉得不好吃吗？”夏梦渔问徐子充。

徐子充面无表情地说：“还可以吧。”

“岂止是还可以？”夏梦渔笑眯眯地说，“你这个人怎么这么不容易满足，这样很容易不开心的。”

“我很满足。”徐子充眉毛都不抬一下，垂着头切着盘子里的牛排，“是你不满足吧。”

“嗯？”夏梦渔一脸莫名其妙，她明明都觉得这是她今天最快乐的时光了啊，她怎么就不满足了？

“这是你今天最好的时光是吧？”徐子充问。

夏梦渔被问得一愣，下意识地点了点头。

有什么问题吗？

徐子充终于抬起眼看向夏梦渔，他用餐巾擦了擦嘴，冷笑了一声，目光锐利得让夏梦渔觉得浑身发麻。

“你给我等着，今天晚上别想睡，我让你知道什么是最好的时光。”

夏梦渔简直就是目瞪口呆，万万没想到徐子充竟然因为她一句话就生气了，而且生气的点竟然在这里。好好的一个霸道总裁，竟然跟一块牛排过不去。

“牛排的醋你也吃啊？”夏梦渔不可置信地问。

“嗯。”徐子充毫不犹豫地说。

“这两件事能一样吗？”

“能。”

夏梦渔觉得徐子充又有变回当年那个小哆包的趋势了。

“你知道我不是那个意思，你超级棒的！”

夏梦渔决定好好哄一下徐子充，毕竟男人的自尊心是不可以随便伤害的。

于是，夏梦渔一脸谄媚地笑着对徐子充道：“这个牛排是吃东西的时光里最满足的，不包括我们在拳馆里的时光，那不一样的，因为跟你在一起的每分每秒都是我人生最棒的时光！你千万不要因为我刚才那句话影响你的自信。”

夏梦渔只觉得徐子充的表情非但没有缓和，反而更加难看了。

徐子充冷笑一声，继续切着牛排。

夏梦渔觉得徐子充没小时候好哄了，真的是年纪越大性格越奇怪。

“有多棒？”徐子充问。

夏梦渔噎了噎道：“就是……超级棒啊。”

“是吧？”徐子充问。

“是……是的啊！”

“那晚上等你表现了。”

徐子充一边说，一边用一种野兽看着猎物的眼神盯着夏梦渔，然后咬牙切齿地吃掉了叉子上的那块牛排。

夏梦渔头皮发麻，干笑两声：“好……好的呀……”

一回到山庄，夏梦渔连鞋子都来不及脱就被徐子充扛了起来，径直就往楼上走。

“哎呀，你放我下来！我接电话！”夏梦渔的手机响了，但是被徐子充扛在肩膀上又不好翻包。

包里的手机还在一直响，夏梦渔接起电话，想要打发了电话那边的人。

来电人是路琛。

“给你十秒钟，我正忙呢！”夏梦渔对电话那头的路琛说。

那边说了句什么，只听见夏梦渔忽然尖叫了一声，整个人一僵，猛地直起了身子。

“真的假的？”夏梦渔一溜烟地爬下床就开始打开衣柜要拿箱子。

她急吼吼地对电话那头的路琛说：“我马上回国，明天就到！这个位置肯定是我的，谁都别想跟我抢！”

夏梦渔飞快地挂了电话，开始往行李箱里扔东西，一边扔一边对徐子充说："我得马上回国，不能再度假了！"

"出什么事情了吗？"徐子充皱眉，能让夏梦渔激动的事情可不多，"有什么我可以帮你的？"

"大好事儿！"夏梦渔神情激动，脸上因为兴奋而微微发红，"路琛跟我说老戈合约到期要回国，离开前他会选一个主厨帮他打理中国的那家餐厅。那可是国内唯一的米其林三星餐厅啊！如果我能把握住这个机会，我就是在米其林三星餐厅当过主厨的厨师了，就是上了一个全新的台阶！"

夏梦渔说起工作的事情整个人都神采奕奕的，她在屋子里跑来跑去地收拾行李。

徐子充看到她这个样子，长叹一口气，揉了揉眉心，忽然生出一种无力感。

还没有在美国待满四天，两个人就回国了。

因为还有半个月戈尔登就要离开，他很快就会选出自己的替代人，夏梦渔非常想要赢得这次机会，所以这半个月，几乎每天从早到晚她都待在餐厅里，其余的时间也一直在研究新菜式，想要得到戈尔登的肯定。

每个人都憋着一股劲儿。这半年，大家在戈尔登手下学习，忍气吞声，可不是为了在这一刻被踢出局的。对于任何一个厨师来说，能成为一个三星餐厅的主厨，即便是在戈尔登的名号之下，也依旧是千载难逢的机会。

夏梦渔这半个月几乎每天回来都是倒头便睡，有一两次甚至累得澡都来不及洗就睡着了。徐子充想叫醒她洗漱都叫不醒。

每天早晨夏梦渔醒过来的时候，都是在徐子充的怀里。

有时候徐子充已经醒了，正戴着眼镜在看书。

有时候他还睡着，睡着的时候从来都是紧紧抱着她，她稍微一动他便会收紧怀抱。

这段日子，他们就像是这世上最普通的小夫妻一般，白天各自工作，晚上一起睡觉，早上一起起床。

有时候来不及说话也不需要多解释，一个眼神就能懂。

过了半个月，夏梦渔终于如愿以偿地成了戈尔登的接班人。对于这个结果，夏梦渔和徐子充两人都算不上多惊喜。

夏梦渔是因为这半年多一直都很拼，所以觉得这个位置是自己应得的，得到了也谈不上兴奋，反而觉得责任重不敢有一丝一毫的怠慢。

徐子充并不惊喜，是因为他从来就相信夏梦渔的能力，从学生生涯开始，她就是那种想要的东西会努力争取一定会得到的人，他从来就喜欢她这份专注和目标明确。

她都得不到这个位置，还有谁配得到？

徐子充本以为夏梦渔成为主厨之后，工作会比前段时间轻松一点，没想到新官上任三把火的她变得更忙了。

现在戈尔登不在，整个餐厅的事情都由夏梦渔负责。

主厨不仅仅是要做饭而已，还要管理餐厅的宣传、运营、采购。再加上之前因为戈尔登离开，厨房里有人不愿意在夏梦渔这位女主厨手下工作，还有之前她的竞争对手也愤而离去，所以她要招募可靠的人，于是整整一个月，几乎就没有停下来休息过，每天工作的时间比徐子充还要长。

徐子充为了让两人多点时间见面，便只能稀释了自己的工作安排，尽量找机会多相处。

之前早上的时间两人还能够腻歪一下，现在除了晚上回来睡觉，徐子充基本上难得见到夏梦渔的人，就连每天下午厨房休息的时间，她也安排了各种会议、采访、拍摄。

夏梦渔连轴转了一整个月，直到徐子充看不下去，担心她再这样下去会把自己熬出病来，她才不得不休息了半天。

休息的这个上午，徐子充带着夏梦渔在花园餐厅里吃早饭。

空气很好，阳光灼灼，秋日的气候清爽，很适合这样闲闲散散地发呆。

徐子充看着坐在对面吃得急吼吼的夏梦渔，忍不住像个长辈似的唠叨了她几句。

“工作那么重要吗？我不反对你工作，因为做饭是你热爱的事情，但你也没有必要这么拼命，太辛苦了。我看你每天工作的内容，很多都是和做饭无关的，那些事情安排别人做就好。如果你需要，我可以把我的助理派给你，他很得力，能帮帮你。”

“那不行！”夏梦渔斩钉截铁地拒绝，“要真的找助理我自己也会找啊。现在我刚刚接手老戈的工作，第一次经营这样的星级餐厅，不可以大意了。本来经营餐厅就不仅仅是做饭这件事情而已，运营、采购、管理也都是一个主厨应该做好的工作，这些都是我的责任。”

徐子充知道夏梦渔在工作上很好强，所以也不多劝，只能随她去。

夏梦渔也知道徐子充是关心她，安慰他道：“你放心，我体质很好的，也不是一辈子都做这个强度的工作，等过了这段时间，新来的厨师都跟我的节奏、方式适应了，我就不会像现在这么忙了。我真的很看重这份工作，能让我提升一个大台阶，我现在年纪又不大，还没到躺着享受人生的时候呢。而且你那么棒，我总不能跟你差太远吧？”

徐子充一愣，没想到夏梦渔拼命工作的原因竟然在这里。

他无奈地说：“我们是恋人，马上就是夫妻了，你跟我比什么？”

“我没跟你比啊，我也没拿那些外界的标准衡量我们的关系。可是看到你那么棒，让我更想进步了啊，我想变成更优秀的人啊！”夏梦渔低头笑了笑，有些不好意思地说，“可能你不知道，一直以来你在我心里都是一个大英雄。所以，我也想成为你的骄傲啊……”

阳光落在夏梦渔的脸上，明明她的年纪也不小了，却因为说出这样的话觉得有些羞耻，不好意思地红了脸。

他是她的大英雄，所以她希望能成为他的荣耀。

徐子充微微抬了抬眉毛，似乎有些惊讶，然后他侧过头轻笑了一声，心里泛起一股无奈的甜蜜来。

“傻。”徐子充说。

“哈？”夏梦渔一呆，表情有些无辜，“我怎么傻了？”

好不容易走心地表个白，怎么就被骂傻了？夏梦渔嘟着嘴，哼唧了一声，她有小情绪了。

徐子充伸出手捏了捏夏梦渔的脸，温柔又无奈地说：“你已经是我的骄傲了，一直都是。”

从那个夏天开始，与她有关的每一个回忆便都在徐子充的记忆里闪着光。他还记得那时候夏梦渔是学生代表，她站在主席台中央，万众瞩目，那么耀眼。

她落落大方的姿态与众不同；她说话的语气别人模仿不来；她的用词艰涩却又准确有力；她脸上的微笑就算别人明知不是出自真心，却还是让人心生欢喜。

她只是站在那里，就让人感到充满力量。

正是因为对她心生向往，所以让他拥有了一股前所未有的力量，那是要努力靠近她的力量。

“你就是我的荣耀，一直都是。所以，做你喜欢做的事情就够了。”徐子充说。

夏梦渔皱着眉思索了一下，然后说：“我好像……真的就是特别喜欢工作。”

徐子充轻笑一声：“那你就好好工作，你高兴就好。”

“我高兴啊！”

“棒啊。”

夏梦渔吃得快，吃完了就拿出本子来，盘腿坐在椅子上，开始专心致志地画着什么。徐子充问起来，她就回答说是在设计新菜式。

阳光洒在她身上，似乎在她周围笼罩了一层薄光。

徐子充喝着咖啡，看着夏梦渔认真工作的样子，不禁觉得有一个热爱工作的女朋友也没什么不好。

因为她认真工作的样子，简直让他心醉神迷。

助理在这时候把婚礼的清单递给了徐子充。徐子充看了一眼，又看向夏梦渔问："我们的婚礼你有没有什么想法？"

"没有。"

因为知道夏梦渔工作忙，所以婚礼的事情基本上都是徐子充在操心，现在大致的流程也定下来了，只要夏梦渔看一眼就行。

"你不检查一下，万一有什么不合你心意呢？"

夏梦渔继续专心地在本子上写写画画，神态认真，漫不经心地说："我信你，你只要不要弄得太夸张就行了。"

徐子充沉默了两秒，然后说："嗯，我会尽量控制规模，不会弄太大。"

"好的呀！"

"那你就真的全部交给我安排吗？"徐子充再次向她确认，"不会后悔吧？"

夏梦渔以为徐子充的意思是作为新娘没参与婚礼筹备会很遗憾，她满不在乎地说："放心吧，不后悔。"

"嗯，那就都由我来定了。"

"没问题，都交给你了。"夏梦渔毫不犹豫地说，"我都无所谓的，你提前一周通知我一下结婚的时间，我到时候出现一下子就行了。"

徐子充微笑着喝了一口威士忌，语气平静地说："可以。"

这对新人觉得没什么，可旁边的保镖和助理都听得一脸汗颜，还从没有见过这么不把婚礼当回事儿的新娘子。

婚礼时候就出现一下这样的话都说得出口，是有多不在乎这个婚礼？也不知道到时候看到徐先生整的那些个大场面夏小姐会是什么表情……

“那我们在美国办吧，我是美国国籍。”徐子充说。

“可以啊。”夏梦渔继续画着图案，表情严肃地说，“不过婚礼办完我要回国继续工作，我这才接手没多久，我不能离开太久。”

“我没有意见，你抽一周时间就够了。”

“一周不行。”夏梦渔抬起头，掐着手算了算，“满打满算我可以给你五天时间，周日晚上飞美国，休息一天，周二晚上办婚前宴会，周三结婚，周四蜜月，周五回国，周六继续工作。”

保镖和助理对夏小姐工作狂的认识更加深刻了，一天蜜月？

看来夏小姐对“蜜月”这个词是有什么误会。

徐子充也有些无奈，道：“这么赶那就在国内办，我本来是想去美国办可以自在些，但是你跑来跑去很辛苦。”

“那更好啊！”夏梦渔一边画着图一边说，“嘻嘻，在国内办的话，那我就只用请一天假了！”

大家都用一种看珍稀动物的眼神看着她，只有她自己毫无察觉，还开开心心地设计着她的“新菜”。

“我们还是去美国办吧。”徐子充无奈地说。

“嗯嗯，你要提前去安排吧？”

“嗯，大概提前半个月过去。”

“好的，那我到时候安排好假期自己飞过去。”

夏梦渔心里得意，继续在本子上画着图案，白色的绘本上，那个巨大的蛋糕渐渐有了雏形……

徐子充这时候拿过宴请名单来看，因为如果去国外就要提前安排好大家的机票和住宿，人员都要提前定下来。

“你的名单什么时候给我？”徐子充问夏梦渔。

“随便吧，我到时候看看。”夏梦渔终于从绘本上抬起头来，琢磨道，“厨房的人不能请，他们要工作，我回来给大家带点礼物就好了……我就把我的生意伙伴、助理、公司的高层请了就行……我也没什么亲戚朋友要请的，早没联系了。”

“公司？”徐子充挑挑眉问，“你有什么公司？”

“哦，我有几家餐厅，还有个连锁烘焙店。”

“叫什么名字？”

夏梦渔把餐厅和烘焙店的名字说了出来。

旁边的几个保镖都是一愣，甚至是面面相觑，他们前几天才在这家店买过面包，生意特别火……

之前以为夏小姐只是个小厨师，这样看来，原来身家丰厚啊！

徐子充笑了笑问：“这么棒啊，要不要我帮你拓展一下生意，我可以投资入股的。”

夏梦渔想了想，觉得这个主意还不错，最近她是觉得可以拓展一下店面了。

于是夏梦渔从包里拿出一张名片给徐子充的助理，然后对徐子充说：“你先去跟我的助理谈吧，我现在没空，你们约谈一下，他那边把具体的合作意向整理给我之后，我看过了，我们再安排时间详谈。”

夏梦渔这副公事公办的语气让徐子充忍俊不禁。身旁的助理有些尴尬地看向徐先生，这还是第一次有人叫徐先生跟助理谈的，多少人排着队等徐先生见面。

徐子充撇过头轻笑了一声，然后对助理抬了抬手，示意他接下名片。

他的兔子精，真的是个宝。

夏梦渔画好了蛋糕的雏形，终于收起了绘本，安心地喝咖啡。

“设计完新菜式不给我看看吗？”

夏梦渔笑眯眯地摇摇头。

“保密。”

“对我也要保密吗？”

“就是因为对你才要保密啊。”

徐子充笑而不语，也喝了一口咖啡。

夏梦渔看一眼徐子充，又看一眼保镖欲言又止的模样。徐子充察觉到夏梦渔的不对劲，便让几个保镖站到了远处。

“有什么想说的吗？”徐子充问。

“那个……”夏梦渔试探着问，“毕竟结婚是终身大事，你……要准备请你的亲人吗？比如说……你妈妈……”

从读书的时候开始，夏梦渔就发现徐子充不爱提自己家里的事情，有时候说起也不过一两句随意带过，很少表达自己的情绪。那时候她也抵触那些太走心的话题，不敢跟他聊，所以直到现在才敢问。

“不需要。”徐子充回答得很干脆，“我早就和我母亲断绝关系了。”

夏梦渔没想到竟然会得到这样的答案，一时失语，不知道该说什么才好。

“怎……怎么回事啊？”夏梦渔还是问道。

以后就是夫妻了，她不希望徐子充还有什么痛苦是不能跟她分担的，虽然她并不擅长跟人走心，也一向害怕别人跟她掏心掏肺，但是徐子充的心，她渴望能够靠近。他的全部，包括他的残酷和脆弱，她都想要去接受、去爱。

“其实也没什么可说的。”徐子充似乎不想聊这个话题。

“我想知道。”夏梦渔说。

徐子充放下咖啡杯，垂着眼，语气漠然：“其实说起来也很简单，当初因为我拒绝参加比赛，所以被那群人教训了一顿。但是，我还是不想打全运会，那边就去找了我妈。”

“你妈妈逼你参加全运会吗？”

“嗯。”徐子充微微蹙眉，倒没有多伤心，只是提起来有些心烦，“我从小到大跟我妈的感情都不深，但我不喜欢欠别人的，我的命是她给的，她也毕竟照顾我长大，所以出于责任感一直照顾她。但是，她搞以死相逼这一套，我很反感，所以我答应了参加比赛，但是之后我就不欠她任何东西，我们断绝了母子关系。”

“她同意了吗？”

“我没有给她机会拒绝。”徐子充回答道。

徐子充有一个暴虐的父亲，一个冷漠的母亲，大概正因为如此，才养成了他早熟沉静的性情。就像是夏梦渔当年认为的那样，他就是一个对人对事感情都不深的人。

“我妈那时候嘴上说什么大道理，说我应该为国争光，其实我知道，她就是被那边的条件打动了，因为那边许诺给她退休金，给她办医保。”徐子充冷笑，“你说她是不是目光短浅，大概我每次只给她刚好够用的钱，所以她觉得我搞职业拳击这一行不赚钱，还是在体制内比较安稳吧。”

“你没跟她解释吗？”

“我不想跟她解释，尤其是她歇斯底里地逼迫我去参加比赛的时候，我心里只有厌恶。”徐子充扬起嘴角自嘲地笑了笑，“说实话，我当时只觉得松了一口气，因为终于逮到一个机会可以摆脱她了。比赛我也是故意输的。我拒绝当任何人的棋子。他们的法子，就是给一巴掌赏颗甜枣，觉得这样就可以驯服我。可我不。”

“你输了之后，他们还管你母亲吗？”夏梦渔问。

“不知道。”徐子充神色淡然，“都办好的事情大概也不会再扯了，只能自认倒霉吧。”

夏梦渔无声叹息。

“我是不是一个很可怕的儿子？对母亲这么冷淡，几乎没有感情。”

“怎么会呢！别人也许会这样觉得，我怎么会这样觉得。”夏梦渔毫不犹豫地说，“这不是你的错，这些事情都是互相的，没有无缘无故的恨，也没有无缘无故的爱。”

徐子充的目光黯淡下来，是啊，没有无缘无故的恨，也没有无缘无故的爱。

记忆里，母亲只有不断地抱怨，抱怨这个世界对她不公平，抱怨自己被丈夫抛弃，抱怨儿子对她冷淡。

可是，哪怕有一次在小时候父亲发脾气要打他的时候，母亲能出来保护他，哪怕只有一次母亲尝试保护过不让他被打被伤害，他都不愿这样怨恨她。

但是一次都没有，她总是麻木地坐在一边，像是一具没有灵魂的躯壳，冷淡空洞。

徐子充语气沉了沉，自嘲地说："大概本质上，我跟我的父母一样。他们一个暴力，一个冷漠，其实我也是如此。"披着人的皮囊，内心却住着一只冷血的怪物，没有灵魂。

夏梦渔摇摇头，语气轻缓，却坚定不移："你才不是暴力、冷漠，你只是没有被爱过。你跟他们不一样。"

徐子充轻笑一声，不置可否，默默地端起咖啡杯，似乎不打算继续这个话题了。

徐子充越是这样，夏梦渔就越是心疼，从前他就是这样，对自己的评价过低。大概因为从小就在打击和暴力下长大，所以他的好斗狂妄里还包藏着一个自卑的灵魂，所以他才觉得自己是丑陋的牧神潘恩。因为他觉得真实的自己根本就不会被人所爱。

夏梦渔好像更明白徐子充一些了，为什么当初他选择转身就走，大概他内心深处一直不相信她是真的喜欢他的。

因为不敢确定，所以不表达，所以从不说明，只是像神话里那个丑陋的牧神潘恩一样，一直默默付出。

夏梦渔想了想，从高中的时候他便是如此。

他做的很多事情，看起来只付出了一分，其实付出了十分，有些仿佛没什么大不了的事情，他其实很努力地去做，克服了很多的困难。

比如说，他为了给母亲治病去地下搏击俱乐部打比赛。

比如说，他为了给她自由，给她留下的那两块金条。

比如说，他为了与她重逢，这独自挣扎的十年。

徐子充并不懂他自己。

但是，她懂。

其实，他虽然满嘴骚话，有时候看起来挺厉害的，但他对于爱情其实是非常羞涩的，他需要很多的安全感，确定了才敢去付出。

乍一看，旁人都会以为他很淡定、冷漠，其实他爱起来非常炽热和忠诚，要么不爱，要么就是一百分的付出，毫无保留。

"徐子充。"夏梦渔认真地对他说，"以后，你的下半辈子，我都会好好爱你的。"

徐子充一愣，抬起眼看向夏梦渔："你忽然说这些话，是在向我表白吗？"

"是啊！"

"你的所有，我都接受！"

"我怎样你都爱我吗？"徐子充假装不经心地问。

"当然，无论你怎样我都爱。"夏梦渔毫不犹豫地说，"我不知道你在美国的时候发生过什么、做过什么，也许比我想象的还要可怕。别人可以批评你、咒骂你，甚至审判你，但是谁都不能阻止我爱你。"

"我甚至不需要给自己找什么道德上的理由，或者给你找什么解释。因为在我看来，我爱你就像是一个母亲爱他的儿子，一个女儿爱她的父亲一样，自然而然的事情。谁都不能说我爱你是错的，你都不能。"

徐子充神色动容，刚准备说什么的时候，夏梦渔却又继续说话了："你无论变成什么样我都会爱你，你好的我也爱，坏的我也爱。你冷酷、残忍、自私都没有关系，你就是精神病，我也会爱你。"

徐子充本来挺感动的，可是听到夏梦渔最后这句表白，却忍不住无奈地扶额。他忍俊不禁地说："宝贝，过了啊。"

"我要给你最无私的爱，毫无保留的、不求回报的！"夏梦渔张开双臂，语气夸张地说道，"大爱无疆！"

徐子充终是被夏梦渔逗得大笑了出来。

读书的时候，夏梦渔也对他说过同样的话。

大爱无疆。

那时候他并不相信这种爱，觉得这样的爱太轻飘飘了，不考虑未来和现实。可是当他年岁渐长他才渐渐明白，能这样爱的人都是拥有爱的情操的人，一个平庸的灵魂永远不可能这样豁出去爱一个人。

平庸的人算计着爱，计划着爱，因为他们的灵魂毫无创造力。只有夏梦渔这样的人，才能说出大爱无疆这种话来。

因为她的灵魂充盈富足，永不枯竭。

徐子充从前不是豁得出去的人，所以凡事要计算，要观察，要万无一失，要确定有结果了才敢有动作。

想想当初他到底怕夏梦渔什么，为什么觉得她是个危险人物？其实怕的便是会爱上她吧，怕会控制不住自己的感情。

可现在想想，有什么可怕的呢？

不就是爱一个人吗？不就是会付出爱吗？

并不可怕。

徐子充觉得自己本质上是一个怯懦又平庸的人，是对夏梦渔的爱，让他变得不再平庸。

夏梦渔坐在徐子充对面，还在做着各种各样可爱的表情，比着爱心，笑眯眯地嘟囔："大爱无疆哦，爱你哟！爱你爱你爱你！徐子充最帅，徐子充最酷，徐子充加油！"

徐子充侧过头愉悦地笑了起来："棒啊。"

他收了笑，看向在那边做着各种表情的夏梦渔，目光沉了沉，问："你呢？真的确定不请你的父母吗？"

"不请。"夏梦渔也是毫不犹豫地说，"干吗让自己糟心？"

徐子充叹了一口气："红毯你自己走吗？"

"对啊！"夏梦渔无所谓地说，"有什么关系，还非得要个人把我交你手上啊，我自己走向你不可以吗？"

“别的女孩子有的我都希望你能有。”徐子充心里总是舍不得委屈了她。

“怕什么，别的女孩子没有的，我都有了啊！”夏梦渔歪着头冲着徐子充又比了个心，“我有全世界最最棒的男朋友啊！”

“还叫男朋友啊？”徐子充挑挑眉，“准备什么时候改口叫老公？”

“嘻嘻，结了婚再改口嘛。”夏梦渔有些不好意思。

“可以。”徐子充微笑道。

第十四章 再遇贺夜阳

因为徐子充对婚礼非常上心，所以整个过程都要亲自盯着不容有失，于是提前半个月去美国准备婚礼会场的事情，夏梦渔则是按照约定准备等到婚礼前三天再出发去美国。

然而徐子充走了没几天，夏梦渔就开始跟路琛交接起接下来的工作了，安排了接下来整整两周的工作事宜。

“你这是做什么？”路琛惊讶地问，“你这是今天就要走吗？”

“废话，我今天不走干吗给你安排明天之后的工作？”

“你不是婚礼前三天才出发的吗？”

夏梦渔翻了个大大的白眼：“我就是再疯狂，也不会搞到婚礼前三天才飞啊，时差都倒不过来，还怎么做全世界最美的新娘子？”

说着她就把她一直在画的绘本翻开，递给路琛看。

“嘿嘿，我这段时间一直都在忙这个，这回提前去美国，也是为了做它。”

路琛这段时间的确总是看着夏梦渔低头画什么东西，她只说是设计新菜式，却一直神秘兮兮，不给人看。

“这……”

夏梦渔的绘本上画的是一个超级无敌梦幻的婚礼蛋糕。

“这个设计牛啊，这得做多久啊！”

“我提前一个月就安排美国那边准备这个蛋糕的细节了，我这回提前去就是为了亲自把关做好这个蛋糕。烘焙可是我最擅长的事情，我的婚礼蛋糕怎么可以普普通通，当然要震撼一点，也算是我给徐子充的礼物吧。”

路琛翻着夏梦渔的绘本，第一页是蛋糕的总体设计，后面还有每个细节的图案，包括不同的翻糖造型，他估摸着，很多模具都要提前定制才可以。

“姐啊……”

“嗯？”

“这个蛋糕虽然很牛，但是你确定你未婚夫想要这个当礼物吗？你好歹送块手表，送辆跑车吧……”

夏梦渔噎了噎，比起手表、跑车，蛋糕的确不那么适合送给未婚夫做新婚礼物。

“手表、跑车他又不缺。”夏梦渔看着绘本，“我这可是把我人生最重要的杰作送给他，怎么是一样的呢？”

路琛忍不住撇嘴：“如果是我，肯定还是想要手表和跑车。”

“你不懂！”夏梦渔得意扬扬地说，“我对这个婚礼上心就是他希望收到的最好的礼物了——我高兴就是最最好的礼物！”

路琛无言以对，他就这样也还是被秀了一脸恩爱。

因为不知道这边什么时候交接清楚，所以是临时订的机票，也没有告诉徐子充，想要给他一个惊喜，所以只买到了经济舱。

去机场办理登机手续的时候地勤人员问了夏梦渔一句："你没有身体不适吧？"

"哈？没有啊……"夏梦渔被问得一脸迷茫，什么时候机场的工作人员的服务这么好了，主动关心起乘客的身体来了。

"有怀孕吗？"地勤人员又问。

夏梦渔噎了噎，只觉得一阵不吉利。

说实话，她还真的有点担心，虽然很小心了，但依然非常害怕中标。

"当然没有。"夏梦渔激动地说。

地勤人员并不激动，她面无表情地低下头给夏梦渔出票，然后把票和一张黄色的小卡片交给了夏梦渔，黄色的小卡片上面写着：紧急出口处座位须知。

难怪问她有没有怀孕，敢情她这回坐的是紧急出口啊。

也好，紧急出口位置宽敞。

飞行时间长，夏梦渔上飞机忙了一会儿就准备睡觉。

这段时间她为了挤出时间赶紧去美国简直就是忙成了狗，所以一戴上眼罩，闭上眼就睡着了，简直可以说不是睡着的，而是晕倒的。

这一觉夏梦渔睡得非常沉，后面还做了个梦。

她梦见火山爆发，飞沙走石，地面不断震动，周围全是绝望的尖叫和哭泣的声音。真奇怪，她最近压力也不大啊，为什么会做这种梦？

半梦半醒之间，她感觉到那股震动越来越强烈。

她终于被颠醒，取下眼罩往周围一看，只见整个飞机的人都醒了。大家脸上有惊惧不安的神色，而飞机则正处于剧烈的颠簸之中。

忽然，头顶的呼吸面罩掉了下来，夏梦渔立刻按照提示穿好救生服装，罩上面罩，往窗外看去。

天啊……

飞机一侧的引擎着火了！

夏梦渔觉得自己真的是倒霉到爆炸了，都要结婚了，竟然遇上空难！此刻她还真希望自己是在做梦。

飞机剧烈地震动着，乘客们惊惧惶恐，机舱里被一种恐怖和绝望的氛围笼罩。

机舱里的广播响起，机长用镇静的声音告诉大家，由于飞行途中遭遇迁徙鸟群，导致飞机的一侧引擎受损着火，现在正在紧急迫降，希望大家系好安全带，相信机组人员。

夏梦渔就坐在紧急出口的地方，看着那一边着火的引擎，内心绝望。这样了还叫人相信机组人员？引擎都着火了，还能迫降成功？

夏梦渔真是佩服这位机长，都这样了，声音还如此处变不惊。

机舱的震动越来越剧烈，而引擎的火也丝毫没有变小的趋势，夏梦渔真怕飞机等不到迫降就会忽然爆炸。

她第一次感觉到了什么叫绝望，她之前还从没有想过死这件事，更没有想过她年纪轻轻会死于空难。

在国内结婚就好了！

要是还能见着徐子充，她一定要好好捶他一顿，非要去美国搞什么大场面，这下好了，把老婆的命都搞没了。

不要是今天，不要是现在……夏梦渔祈求着。

徐子充还在美国等着她，他们好不容易才相聚，她不可以死。

她死了，徐子充怎么办？徐子充在美国准备他们的婚礼，那么快乐的时候，满心的期待，以为幸福的生活就要展开，如果他知道她遭遇空难的消息，他该有多绝望？

她不怕死，她活着的每一天都尽力了，她没有委屈自己，也没什么遗憾和后悔的。回头看自己的一生，她无论是对别人，还是对自己，她都问心无愧，任何时刻离开这个世界她都可以坦坦荡荡、毫无遗憾地接受。

可是，她又无比惧怕死亡，因为想到徐子充还独自生活在这个世界上，她就不能死。她不能留他一个人！

“女士们，先生们，”飞机上的广播再次响起，“我是本架飞机的机长，现在飞机发生了机械故障，无法继续飞行，决定采取水上迫降。我们已与救援单位取得联系，现在请听从乘务员的指挥，在各自的位置上坐好，系好安全带，在着水的一刹那，我将通知您，我还将通过‘系好安全带’的闪亮通知您。在飞机没有完全停稳之前，身体要保持用力状态。”

夏梦渔更加绝望了，竟然是水上迫降。水上迫降比陆地迫降的难度更大。

周围有人在哭，有人在闭着眼睛祈祷。夏梦渔拿出手机，给徐子充敲了最后一条信息……

可就在她准备按发送键的时候，飞机忽然剧烈地颠簸了一下，她整个人一颤，手机就飞了出去。

飞机上的广播第三次响了起来——

“飞机已着水。”

飞机穿过了密集的商业区，然后用滑翔的方式迫降在一条临近的河流之上。

飞机触水后，机长再让飞机用机腹接触水面滑行，飞机右侧着火的引擎已经在飞机在水面上滑行的过程中脱落，沉入水底。

夏梦渔看着掉进河底的引擎，浑身都紧绷着不敢放松。

终于，飞机停止滑行，稳稳地停在离陆地不远的河面上，而机身竟然大致还保持着完整。

机舱里有几秒绝对的寂静，然后忽然爆发出一阵巨大的欢呼声，有人哭有人叫，每个人都为这劫后余生而感恩上帝的眷顾。

这时候，乘务员提醒紧急出口座位处的乘客协助大家撤离，夏梦渔立刻解开安全带，跳起来打开安全门。

幸好平时有锻炼，所以15公斤的门在夏梦渔看来也算不得什么。她冷静沉着，打开门之后并没有着急先逃生，而是在出口处稳定住往这边拥过来的乘客，帮助他们一个个地离开，最后才离开机舱。

救援的车辆和人员把乘客一个个都捞上岸，大家转移到附近的机场里等候安排。夏梦渔浑身湿淋淋的，行李都在飞机上，手机也不见了，她一时没法与任何人联系，只能裹着毛毯等候着机场人员联系她。

这时候有个空乘走过来对夏梦渔说，刚才很感谢她的帮助，尤其是机长，说想过来亲自对她和另外几位坐在紧急出口的乘客表示感谢。

“哪里，应该是我们感谢机长才对，刚刚那种情况都能迫降成功，实在是太厉害了。”夏梦渔发自内心地赞叹，“你们机长一定是有很多年经验的老飞行员吧。”

“才不是，我们机长可年轻了。不过他虽然年轻，也有五年的飞行经验了，而且非常优秀，人特别聪明，真的，就算是我们经验最丰富的机长，今天也不一定会比他处理得更好。”

空乘说起机长来，也是一脸柔情蜜意、绝对崇拜的样子。

“啊，机长来了。”空乘的声音都提高了。

这位空乘看到机长的时候眼睛都在放光，啧啧，她绝对是疯狂地爱着这位机长啊……

知道救命恩人出现，夏梦渔立刻站起来，转过身去。她心里也非常好奇，这位年纪轻轻飞机就开得这么好的机长会是什么样子。

只见一个穿着机长制服的男人，英姿飒爽地走向夏梦渔。

他步伐很大，一双腿长而笔直，一看到他那张脸，你就会知道为什么空乘们提起这位机长都会露出那样心神荡漾的神情了。

那是一张俊美无比的脸，简直就像是从偶像剧里走出来的男主角。

他的神态张扬又自信，那是一种与生俱来的嚣张，似乎他就是世界的中心，就是众人的王子，每个人都会爱上他。

只是，他竟然是贺夜阳。

她的小狮子，她的小祖宗。

夏梦渔和贺夜阳目光交接，两人都是一愣，然后同时笑了起来。

小时候没什么默契，反而是长大了之后再相逢，两个人之间有了一种一切尽在不言中的默契。

“夏梦渔。”

“贺夜阳。”

昨夜梦渔阳。

两人叫着对方的名字，声音里的情绪意味深长，激动又感慨。谁能想到，十年之后他们竟然是以这样戏剧化的方式重逢？简直就像是命中注定一般……

是要多深的缘分，多少巧合，才能凑到这样的一次重逢？

贺夜阳微笑着看着夏梦渔，眼神明亮，像是夜里的星辰。虽然贺夜阳已经褪去了少年的青涩，脸上的神态已经完全是一个成熟男人的样子，可他那双好看的眼睛却还是像从前一样。生活的磨砺只是让他变得更加成熟自信，他骨子里那股骄傲还在那里，没有改变过。

所以在飞机的引擎着火的时候，他还是那样自信，无比确定自己能够带着他机上的乘客安全迫降，因为他就是那样自信地认为他是上帝的宠儿。

真好，夏梦渔想。

她看着贺夜阳热烈又明亮的眼睛，看着他那痞里痞气的张扬笑容，看着她从前最讨厌的他那种不可一世的神态，只觉得心里一阵感叹。

十年前的那个冬天，命运吊诡一击，让贺夜阳的人生发生了翻天覆地的变化。那个夜晚，他们并肩站在高高的围墙下，月光清白冰冷，人世混浊不堪。

贺夜阳拍拍她的脑袋，对她说：“希望有生之年，我们还有机会再相遇。”

那天，贺夜阳转身离开，背过身对她挥手告别的模样仿佛近在眼前。如今十年过去，穿过时光摧残，他却还拥有少年时的神态，不曾改变。

夏梦渔擦了擦眼角，不争气地飙泪了。年少时不懂得珍惜，这么些年独自在外面闯荡，才知道当初那青梅竹马的感情多难得，兴许少年时代的感情矫情做作，但是真诚炽热。从前以为自己不把贺夜阳当回事儿，可如今见到，她才发现，自己其实真的很想他，想这个认识很多年的人，想这个一起长大的朋友。

“哭什么，过来。”贺夜阳对夏梦渔张开了双臂。

夏梦渔嘴巴一撇，眼泪彻底是憋不住了，扑过去抱住了贺夜阳。

一旁的空乘见到这一幕也是惊呆了，这是个什么发展，两人认识吗？

夏梦渔松开贺夜阳，捶了他一下，忍不住骂道：“你个浑蛋，出个场要不要这么拉风？这么多年过去了，还是喜欢搞些大场面。”

“哈哈哈……”贺夜阳爽朗地笑起来，“怎么样，是不是很帅？”

夏梦渔猛点头。

空乘在一旁好奇地看着两人，问：“你们认识吗？”

贺夜阳一把搂住夏梦渔的肩膀，道：“这个是我的发小，十年没见了。”

“哇，这么有缘啊！”

贺夜阳看一眼夏梦渔，见她的衣服都还是湿的，便对空乘说：“大家的行李都还在水里没捞出来，你方便找这边机场的地勤借一套衣服给她换上吗？”

“没问题！机长拜托的事情，我一定办好！”

这位空乘简直就是贺夜阳的小迷妹，蹬着高跟鞋一溜烟地跑了。

夏梦渔打量着贺夜阳，扬了扬脑袋，意味深长地说：“不错啊，女人缘还是这么好，粉丝不少吧？”

“还行吧。”贺夜阳扬起嘴角，“我不是一向都讨女人喜欢吗，除了你，哪有我搞不定的？”

夏梦渔笑起来，眨眨眼道：“那必须的，还是要给你的人生留点挑战嘛。”

两人相视而笑。

贺夜阳上上下下地看着夏梦渔，越看脸上的神情就越温柔，忍不住赞叹：“我的小女孩现在都长这么大了。”

“别啊，我高中的时候就是这么高。”

“气质不一样了，变成女人了。”

夏梦渔嘿嘿地笑了两声，面露得意，问：“怎么样，是不是很有女人味、很性感？”

贺夜阳点头，眯了眯眼，又问：“你现在做什么呢？当初我听我妈妈说你这个高考状元报了个三本技校，可没把你爸妈气死。”

“酷不酷炫？”夏梦渔挑挑眉，然后解释，“我后来去法国学厨师了，现在也在搞这一行。倒是你，真没想到你去当飞行员了。”

“一言难尽，一会儿你换件衣服，我们找个地方吃饭，慢慢说。”

夏梦渔猛点头。

“对了，你这回去美国做什么？旅游吗？”

“结婚。”

贺夜阳一愣，神情一滞，沉默了几秒，忍不住低头自嘲地笑了笑。

“我岂不是又来晚了？真是开着飞机都没赶上啊……”贺夜阳开玩笑道，“那我不是没机会了？”

听到贺夜阳开玩笑，夏梦渔就知道他不是真的介意。本来也是，都十年过去了，少年的喜欢早就淡了。她现在有种感觉，那就是他们之间的感情像是亲人那样，温情脉脉，所以她也不像十几岁时那样，那么避讳跟贺夜阳谈感情上的事情。

“哈哈哈，没机会了，下回赶早好吧？”

贺夜阳也笑，打趣着问：“那你们打算什么时候离婚，通知我一声，我先排个队啊。”

“呸呸呸，还没结呢，干吗？咒我啊！”夏梦渔翻了个白眼，“才不离呢，这辈子你都没机会了！”

“这么坚定啊？”

“必须的！”

“哦？那我不是只能等下辈子了？”

“哈哈哈，行行行，下辈子下辈子。不过我这么美，多少人上赶着追？可能你下辈子要开宇宙飞船才能追上。”

贺夜阳笑着摇摇头，一脸无奈，又继续问：“既然是结婚，怎么就你一个人？老公是美国人啊？”

“不是，他是中国人，不过是美国国籍。我这不是想给他个惊喜嘛，没想到搞出个空难来了……”夏梦渔想着就后怕，叹一口气道，“幸亏我没提前跟他说，要不他得吓死。”

“你还没联系他吗？”

“没呢，他知道了估计得大惊小怪马上冲过来，反正我现在也没事儿，等到了美国再跟他说吧。”

“哟，这么爱他啊。”贺夜阳打趣地说，“那我得好好见见我这妹夫，看值不值得我妹子这么喜欢。”

“我什么时候成你妹子了？”

贺夜阳伸出手揉揉夏梦渔的脑袋：“我们一家医院出生，一个院子里长大的，你不是我妹子是什么？”

夏梦渔甜甜地笑起来，是就是吧。

“你妹夫你也见过的。”

贺夜阳一皱眉，心里升起一股让他很不舒服的预感：“跟谁？该不会是徐子充吧……”

“对啊！”夏梦渔激动地说，“就是他！”

贺夜阳目光沉了沉，一脸嫌弃，皱着眉道：“还真是徐子充啊？这么多年了，你还没腻啊，不多换几个类型试试？”

提起徐子充夏梦渔就一脸甜蜜，低着头害羞地笑了笑：“因为他是最好的啊。”

见到夏梦渔这个样子，贺夜阳就知道徐子充对她应该不会差，虽然心里很烦那个拽得像二五八万的男人，但是他也没多说什么。

“看到你幸福就好，不过……”贺夜阳敲了敲夏梦渔的脑袋，语气严厉地说，“你怎么回事儿啊，结婚也不请我？怎么，徐子充怕我抢亲啊？”

“我谁都没请啊……”夏梦渔解释，“请人的事情都是徐子充负责的，我估计他是联系不上你吧。”

贺夜阳冷笑一声，轻蔑地说：“就他那度量，即便联系上我了，他会请吗？”

夏梦渔和贺夜阳沉默了一会儿，似乎都在认真思考这问题，然后两人的嘴角都抽了抽，异口同声道：

“会。”

因为仔细一想，徐子充这个人虽然看起来很低调，其实还是挺爱显摆的。

这时候，刚才那个漂亮的空乘抱着一套干净衣服跑了过来，献宝似的对贺夜阳说：“我替你的发小找到衣服了，不过是我们的制服可以吗？我还替她买了新的内衣裤！”

“可以，谢谢你了。”贺夜阳接过那套衣服，递给夏梦渔，“你先去换，换好了我带你去吃饭，吃饭的时候我们再细说。”

洗手间里，夏梦渔换上了制服，那位空乘小妹又热情地给夏梦渔拿了一双鞋子，说是她留在这边机场的，很舒服，穿了很多次不打脚的。

这女孩子这么细心热情搞得夏梦渔都不好意思了。

“你跟贺夜阳什么关系啊？”夏梦渔忍不住八卦，“我看你对他的事情挺上心的，你俩……”

小姑娘脸都红了，忙摆手道：“没有的！机长那么优秀我哪里配得上……哎呀，我……我还有事儿就先走了。”

空乘小妹一溜烟就跑了，夏梦渔无奈地摇摇头，这个贺夜阳，还真的是少女杀手。

换好衣服，夏梦渔离开洗手间，见贺夜阳正在外面抽烟。

看他抽烟的这个架势，比当年还要猛，估摸着已经是个老烟枪了。

见到夏梦渔走过来，贺夜阳立刻把烟给掐了，对夏梦渔笑了笑，打趣道：“哟，挺合适啊，要不要来我们航班当空姐？”

“嘁，我这双手每天就发飞机餐那岂不是暴殄天物，我可是要做满汉全席的。”夏梦渔得意地捋了捋头发，忍不住翻了个白眼，炫耀道，“再说了，我可是米其林三星餐厅的主厨，你们请得起我吗？”

“哟，挺牛的啊。”贺夜阳笑起来，“那我可得尝尝你的手艺。”

“这有什么问题呢。”

“走，吃饭去。”

两人有说有笑地准备往外走，却忽然见到候机大厅里出现了几个凶神恶煞的黑衣人，引得大家纷纷瞩目。

这些人一个比一个身材壮，有两个亚洲人、一个黑人、一个白人，无一例外的是体格强壮，散发着一股邪恶势力的气场……

不过比起他们围绕着的那个男人，这几个人也算不得多可怕。

中间那个男人高大强壮，身上有一股生人勿近的冷酷气质，他脸上的神情阴森恐怖，仿佛是来机场杀人的。

哎？夏梦渔疑惑地看着不远处的徐子充，心里纳闷儿。

徐子充跑这儿来做什么？他现在不应该在纽约吗？

徐子充的几个保镖开始在候机大厅里找人。这个候机大厅里待着的都是这趟航班的乘客，除了少部分受伤的乘客被送去就医之外，剩下的乘客都等候在这里，等待航空公司接下来对他们的安排。

徐子充站在原地，目光不断地在候机大厅里的乘客中逡巡，寻找着夏梦渔。

空难的所有乘客都安置在这里，徐子充到达之前已经大致了解过情况，这次空难没有人死亡，只有十几个人有轻伤，此外还有一个年纪较大的男子突发心脏病，那份受伤者的名单里并没有夏梦渔的名字。

夏梦渔和贺夜阳站在洗手间附近的阴影处，并不十分显眼。

一见到徐子充出现，夏梦渔就准备走过去，却被贺夜阳一把拉住。

“藏后面去。”

“藏后面去干吗？”夏梦渔莫名其妙地问，“我要去找徐子充，他正找我呢。”

“所以要你藏起来啊。”

夏梦渔觉得贺夜阳简直就是闲着没事干，翻了个白眼准备不理他上前去，却听见贺夜阳威胁她：“你不躲起来，我就告诉徐子充，说你刚才抱我了。”

“贺夜阳，我警告你啊，你别搞事啊！”夏梦渔紧张地说。

刚才久别重逢，一激动就来了个友好的拥抱，本来坦坦荡荡没啥的，但是夏梦渔觉得徐子充才不会管什么友不友好，肯定要吃醋。

“你放心，我就跟徐子充聊几句而已，叙叙旧，顺便帮你考验一下他对你是不是真情实感。”

“考验什么真情实感，你幼稚吧，我不……”

夏梦渔的“不”字都还没有说完，就被贺夜阳猛地推了一把，推到了墙后面。

夏梦渔刚被推进去，徐子充的目光便搜寻了过来，正好与贺夜阳目光相对。

本来夏梦渔想走出来，但是贺夜阳往前走了走，看似随意地靠在转角处，其实是刻意挡住她，还把手放在后面对她做了个手势，叫她少安毋躁。

夏梦渔想了想，暂时没有走出去。

虽然不知道贺夜阳要跟徐子充聊什么，但是她就在后面，估计贺夜阳也玩不出什么花样来，反正她随时都能出去阻止贺夜阳，所以便暂时没有出去。毕竟，她也有一颗看热闹的八卦心，还挺想知道徐子充会背着她跟贺夜阳说什么话。

因为徐子充之前查找航班信息的时候就看到了机长的信息，所以在这里见到贺夜阳也并不觉得惊讶。

两人对视一眼，徐子充站得笔直，姿态挺拔、气质沉稳，贺夜阳则是闲闲散散地靠在墙边，一副吊儿郎当的样子。

他们互相打量了一番。

贺夜阳对徐子充挑了挑眉，笑了笑，徐子充依旧面无表情，却主动大步地向他走了过来。

夏梦渔听到徐子充的脚步声，心都悬了起来，既想冲出去找他，又好奇两人会聊点啥……

“好久不见。”贺夜阳依旧是吊儿郎当的语气。

“嗯。”徐子充顿了顿又道，“有五年了吧？”

“有了吧，快五年了。”

哈？夏梦渔简直吃惊，这两人五年前就碰过面吗？这么有缘啊……

“说起来我都一直没有机会感谢你。”贺夜阳又说。

感谢？徐了充帮过贺夜阳什么忙吗？夏梦渔简直是不能更好奇了，想听两人会聊什么，可是贺夜阳已经换了话题。

“怎么跑到这种鸟不拉屎的地方来了？”贺夜阳问，“看你这架势，找人啊。”

“找老婆。”徐子充说。

贺夜阳笑了笑，明知故问：“哟，都结婚了啊。”

“还没，快了。”徐子充说话还是那么简洁，他似乎不想跟贺夜阳多说，又看向别处。

贺夜阳见徐子充还在找夏梦渔，没安好心地说：“未婚妻在我飞机上啊？啧啧，这飞机都遭遇空难了，九死一生，怎么也不见你着急，还这么淡定啊？看起来感情不深啊。”

夏梦渔偷偷掐了一下贺夜阳。

挑拨离间!

贺夜阳疼得一皱眉，但还是憋住没有叫出来，强行保持镇静，但是他表情的细微变化还是让徐子充观察到了。虽然被挡得严严实实，但徐子充敏锐地察觉到贺夜阳身后还藏着一个人，刚才过来时心里有些焦急，所以才忽略了。

贺夜阳故意继续说道："我见别的家属，那可都是哭天喊地的，一副惊慌失措的模样。就算你不表现得失魂落魄，怎么也该跑进机场来吧，我看你这不紧不慢的样子，好像不是很担心你老婆啊。"

夏梦渔忍不住翻了个白眼。

贺夜阳真讨厌，徐子充就是天生淡定不行吗？理智也是他的优点好不好，真的惊慌失措地冲进来才不像他的作为呢。

"我是不急，有什么可急的？"徐子充的语气里有一丝嘲讽。

夏梦渔的心"咯噔"一下，有些失落。虽然她没什么事情，但多少也稍微着急一下吧，好歹给她点面子呀!

夏梦渔忽然觉得很没意思，不想再藏在墙后面了，正想走出去，却又听到徐子充阴沉的声音。

徐子充用一种处在愤怒边缘的语气，幽幽地说："我现在不是着急，是生气。"

"哦？"贺夜阳挑挑眉，下意识地往旁边看了看，问，"气什么？"

"气我的老婆竟然躲在别的男人身后。"

夏梦渔忽然觉得浑身的汗毛都竖起来，完了……她不会有好下场了。

"还不出来！"徐子充语气严厉地说。

夏梦渔脑袋一缩，立刻老实地探出了半个脑袋来，冲着徐子充谄媚地嘿嘿笑了两声，问道："哎呀，给你个小惊喜嘛……嘿嘿，你怎么知道我藏在这里啊？真棒！"

徐子充似乎没有要跟夏梦渔说笑的意思，黑着脸说："过来。"

“好的！”夏梦渔知道小嗲包现在的情绪非常不好，赶紧一溜烟就窜过去，老老实实地站到徐子充旁边，笑得一脸狗腿。

“站我后面去。”徐子充又说。

夏梦渔赶紧小媳妇儿一般站到了徐子充身后。

哎呀，徐子充这会儿还挺生气的。

“哟，管这么严啊？”贺夜阳打趣道。

徐子充不回答这个问题，而是看向贺夜阳，对他微微颔首，表情严肃、语气认真地说：“如果不是你担任这架飞机的机长，很难想象今天会发生什么。你救了我的妻子，你这份恩情我记下了。”

“保证飞机上旅客的安全是我的职责，没什么可谢的。”贺夜阳无所谓地笑了笑，又不怀好意地说，“再说了，又不是你在飞机上，真要谢谢也不是你谢我啊。”

“我的确不在飞机上，但是我的命在上面。”徐子充面无表情地说。

徐子充说这话的时候脸不红心不跳，明明是这么一句深情又甜蜜的话，却被他说得像是一句普通的招呼似的。

可越是这样，就越是让夏梦渔心里甜蜜。

空气里有几秒的沉默，三个人心情各异。

夏梦渔从徐子充身后探出脑袋来，冲着贺夜阳笑了笑，指着自己，得意扬扬地说道：“嘿嘿，他说的是我！我就是他的命！他的命就是我！”

贺夜阳见到夏梦渔这副得意的小样儿，忍不住嘴角抽了抽。

他忽然觉得心里有些堵得慌，真不知道为什么要在这里被这两人秀一脸恩爱。

“站回去。”徐子充瞪夏梦渔一眼。

徐子充很少对夏梦渔这么严厉。

夏梦渔这个人向来是很识趣的，赶紧闭嘴，老老实实地缩了回去。现在可不能触徐子充的逆鳞，不然得炸。

“我有恩必报。”徐子充说，“以后无论有任何麻烦，来找我。”

贺夜阳笑了笑，道：“我也是有恩必报的人，如果你真觉得这算是救命之恩，那我们两个之间就算是两清了。”

“可以。”徐子充毫不犹豫地说，“那我们便两清了。”

夏梦渔耳朵竖起来，哎，这两人有故事啊！

“你们两个之前发生了什么啊？”夏梦渔好奇地问。

贺夜阳噎了噎，似乎不大想说。

徐子充语气冷淡地道：“跟你没关系。”

夏梦渔被徐子充怼得一愣，今天的脾气未免也太大了一点吧？要不要这样小气哦，不就是在墙后面藏了一下吗？

“走。”徐子充抓起夏梦渔的手转身就走。

夏梦渔踉跄了两步，赶紧跟上了徐子充的步伐，还没忘记转身跟贺夜阳挥手，笑眯眯地说拜拜。

贺夜阳忍不住笑着摇了摇头，满心的无奈，这两个人还真的是腻歪得不行。

想到自己孤家寡人，别人却成双成对，贺夜阳就心里不痛快，所以他恶作剧似的冲夏梦渔大声说道：“我们再约，不要忘记你刚刚抱着我的时候说的话啊。”

夏梦渔明显地感觉到徐子充的脚步停顿了一下，脸色更加阴沉了。

贺夜阳这小犊子，说话不算话！

说好她躲着就不提这茬的呢？

徐子充拉着夏梦渔直接往机场的 VIP 通道走，夏梦渔莫名其妙地问：“我们这是去哪儿？”

“上飞机。”

“我们这就回去吗？我护照还没办呢。”

“明天走，有人会去办。”

徐子充不再说话，只是拉着夏梦渔沉默地大步往前走。

夏梦渔觉得徐子充今天实在是太不对劲了，着急地说：“哎呀，你走慢点，我跟不上你了，我……我脚疼。”

徐子充虽然还是黑着脸，表情阴沉，但是脚步却慢了下来。

夏梦渔知道徐子充还是心疼自己，便试图缓解一下气氛，问：“你跟贺夜阳五年前见过啊？你怎么从没有跟我提过这事儿？”

“我为什么要提？”徐子充冷哼一声，“我跟你相处的时间还不够少吗？我还要把时间浪费在讨论无关紧要的男人身上？”

夏梦渔被怼得无话可说。

仔细一想，她已经很久很久没有听过徐子充用这种阴阳怪气的语气说话了，上次可能还是十年前吧……

完了，这次他肯定气大发了，估计很难哄好。夏梦渔赶紧闭了嘴，老实了，现在她不招惹徐子充，惹了可能是要出人命的。

等他气消吧。

夏梦渔沉默地跟着徐子充上了飞机。徐子充交代了一下大眼仔看着夏梦渔，然后转身就走。

“哎，你去哪里啊？”夏梦渔叫住他。

“去给你办护照。”说完，徐子充都不多看夏梦渔一眼便直接往外走，走到舱门时脚步停了停，却不是回头看夏梦渔，而是对大眼仔说，“我大约两个小时后回来，看紧她。”

“知道。”

“伤着、饿着、渴着、冻着了，我都找你。”

夏梦渔在一旁听得很无语，她人就在这儿呢，关心她伤没伤、饿不饿、渴不渴、冷不冷为什么不直接问？

就这么生她的气，连话都不跟她说吗？

徐子充走了。

夏梦渔也坐在那里生闷气。

她因为没有护照，所以除了机场哪里都不能去，但是徐子充也没必要亲自去办她的护照啊，估计他是不想看到她。

她也很委屈啊。

她看了一眼大眼仔，嘟囔着：“这事还非要你们徐先生亲自去办吗？我觉得他就是故意把我撂这儿……他为什么这么生我的气啊？又不是我想遇到空难的，我不过是想给他个惊喜才提前去美国的吗？看到我就知道生气，也不问我怕不怕。”

夏梦渔越想越难过，越想越委屈，再联想到贺夜阳刚才说徐子充那么淡定的事情，心里更加不开心了。虽然她一直表现得开开心心的，但是不代表她不怕啊。她后怕得要命，只是因为只有她自己一个人，才强撑着没有表露出恐惧来。

她多想跟徐子充撒撒娇，告诉他飞机出事的时候她多害怕，可是他却那么冷淡。

“夏小姐，你也别怪徐先生现在表现得这么冷淡……他心里很在意你的，他可是一接到消息就马上飞过来了。”

“飞过来就是为了把我一个人丢在这儿吗？”夏梦渔赌气地说，“他要是不想见我，也没必要非要飞来接我，何必阴阳怪气的。”

大眼仔叹一口气，心里无奈得很，当个保镖竟然还要帮人家解决情感问题。

“夏小姐，不是你想的那样……”大眼仔心虚地看了看飞机舱门，确定那里没有人，才小声地对夏梦渔说，“夏小姐，你千万别告诉徐先生我在他背后多嘴了，他不让我们说的……”

“怎么了？你要说什么？他怎么样了吗？”夏梦渔担心起徐子充来，激动地说，“他是不是出了什么事情，你告诉我，我保证不说！”

“没没没，你别多心，徐先生是不让我们把下午的事情告诉你。”

“下午发生了什么事情？”

“唉，夏小姐，你是没看到今天徐先生收到你信息时候的表情，真的，我从没有见过他那么可怕的样子，眼睛都急红了。纽约那边今天雷暴天气，班机都不飞，私人飞机也不批航线，他差点没在机场杀人……”

夏梦渔心里忽然“咯噔”一下。

“我那短信发出去了？”夏梦渔哭丧着一张脸，后悔死了，“我以为没发出去呢！”

“发出去了，徐先生收到了……唉，我从没见过徐先生那个样子，真的。”大眼仔忍不住一脸感慨地说，“我之前一直以为徐先生这个人是没什么感情波动的，自从跟你在一起了才有了点变化，但是我还真的没想到他会激动成那个样子……我第一次见到徐先生露出害怕的神情……他那种人竟然也有恐惧的时候，真是不可思议。夏小姐啊，你要是见到那时候的徐先生，你一定会原谅他现在的表现的。”

夏梦渔垂着脑袋，心里一阵内疚。她没想到徐子充收到了那条信息，如果知道这件事情，她肯定第一时间就想办法联系他，哪里还会在那边没心没肺地跟贺夜阳叙旧？

在她的信息发出去，到航班迫降，确定所有乘客的安全情况之前，至少有好几个小时的时间，这段时间里外面都没有消息，天知道徐子充是怎么度过那几个小时的。

她哪里还会怪徐子充生她的气？她恨不得马上跪下来跟他认错。

“唉，你也别难过，徐先生想通了就好了。他估计也是在强忍着，他怎么可能舍得跟你一直生气呢？”

“我知道……”

“你说几句软话，徐先生就好了的。”

夏梦渔琢磨着怎么哄徐子充，虽然是要道歉，但也得徐子充愿意好好跟她说话才行啊，便问大眼仔：“离飞机起飞还有多久啊？”

“申请航线至少要提前一天，怎么也要明天才能飞。”

夏梦渔想了想，合着手掌，拜托大眼仔：“那你得帮我个忙，我得好好哄哄你们徐先生。”

“这个……徐先生说了，你只能在机舱里什么都不能干。”

“我哪儿都不去，就在机舱里。就是要你帮点小忙，你看，你们徐先生开心了，我们都好过。他要是这一路都这副阴晴不定的样子，大家都难过啊。”

大眼仔犹豫了一下，还是答应了夏梦渔。

徐子充是故意把夏梦渔一个人扔在飞机上等待的。

一是因为她没有护照出不了机场；二是因为他真的非常生她的气，他怕看着她，自己控制不住对她说重话，所以决定自己出来平静一下再回去。

这么多年时间里，他从没有像今天这样情绪起伏，但最终还是把那一肚子怒火都自己消化了。等办完事情，他的情绪也稍微平静了一点，还顺路给夏梦渔买了酒和她喜欢吃的食物。

再生夏梦渔的气，他还是舍不得真的冷落她，想着一会儿回去了，自己态度还是要好一点，问问她怕不怕、要不要紧。

然而，一上飞机，徐子充却没有在机舱里见到夏梦渔的人。

他脸色一沉，那股子怒火又起来了，这是不是要让他以后在她身上拴条链子才行？要不然还真的管不住了。

“夏小姐呢？”

徐子充放下酒和食物，正想吩咐几个保镖去找夏梦渔的时候，身后的几个人却都忽然退了出去，不仅退了出去而且还顺手关上了舱门。

徐子充微微蹙眉，他自然是不会怀疑保镖背叛自己，他用脚指头想都知道，肯定又是兔子精在玩花样。

果不其然，只见一个穿着空姐制服的女人掀开帘子走了过来，她一脸职业化的微笑对徐子充说：“徐先生您好，欢迎您乘坐本次航班，我是这架飞机的乘务员夏梦渔，今天将由我来为您服务。”

徐子充沉默地看着夏梦渔不说话。

夏梦渔依旧是一脸公式化的假笑，弯下腰对徐子充伸出手说："请您入座，我将为您服务。"

徐子充打量着夏梦渔，那目光差点就让夏梦渔绷不住了。

不是吧，怎么这么严肃？徐子充该不会已经气到连角色扮演都不想跟她玩了吧？不是说男人都喜欢这一套的吗？前人的经验都是假的吗？

就在夏梦渔准备放弃跟徐子充玩花样，老老实实地道歉请求他的原谅时，徐子充却忽然扬了扬嘴角笑了起来。

他的笑容有一种危险的味道，让夏梦渔起了一身鸡皮疙瘩。

"可以。"徐子充说，"那就等你的服务了。"

徐子充用一种野兽看着猎物的眼神看了夏梦渔一眼，然后转身走进了机舱落座。

完蛋，她为什么有一种大事不妙的感觉？

她该不会自己把自己给坑了吧？

这个制服诱惑跟夏梦渔想象中的不大一样……

她最开始的打算是先用美人计，让他无暇再想别的，把他心里积压的怒火泄掉一些，然后她再诚恳地道歉，取得他的谅解，最后便可以皆大欢喜地去美国继续结婚。

然而，她觉得自己对徐子充的了解还是太少了。

徐子充这个人是绝对不会脑子充血的，因为他这个人根本就是冷血！

她都推着餐车来来回回走了好多遍了，徐子充却好像是发自内心地只想要她做他的空乘人员似的，真心实意地把她当成了这架飞机的乘务员，一直提要求，根本没有间断过。

光是调鸡尾酒，她就调了五杯，好不容易第五杯徐子充满意了，但是他喝了一杯又嫌弃没酒味儿，又让她去拿冰块和威士忌，就连冰块的大小都有要求。

从前她怎么不知道徐子充是这么挑剔的人？

她忍了，给徐子充倒了酒过来。

然而喝完酒徐子充又说饿了要吃东西，还不能是现成的，非要吃她现做的。

而且还嗲得不得了，非要她给他切好才吃，还不能在工作间切，必须坐在他旁边切……

这哪里是空姐，这简直就是奶妈。

换成别人这样作，她早就不伺候了，但是想着自己让徐子充受了那么大的惊吓她就心中有愧，所以就随他折腾吧。

他总不能一直生气吧？总会消气的吧？

她一边切牛排一边偷偷打量徐子充，心里还是有些绝望。

虽然他生气她可以理解，但是也未免气太久了吧，以前他从来不会跟她闹这么久的脾气的，一哄就好的……

徐子充专心工作，全程目不斜视，根本就不看夏梦渔，仿佛她真的就是飞机上的一个服务人员似的。

他指使完她之后，也只是冷淡地说了一声“谢谢”便戴上眼镜，专注地看着平板电脑里的文件。

那个态度就跟他平时对别的女人一样冷酷。

夏梦渔一边切牛排一边在旁边长吁短叹。

完了完了，这还没结婚呢，他就已经是这个态度对待她了。

果然婚姻就是爱情的坟墓，徐子充肯定是对自己丧失了兴趣。她都搞制服诱惑了，徐子充还对她不为所动，还能专心致志地看文件，仿佛她不存在一般，可见是真的对她燃烧不起来了。

果然啊，男人的激情一下子就用完了。

“唉……唉！”

……

夏梦渔做作的叹气终于引得徐子充的注意，但是他也不过是挑了挑眉，还是目不斜视地看着平板电脑，语气冷淡地问："叹什么气？你们航空公司就是这种服务态度吗？"

"我又不是真的空姐。"夏梦渔委屈地嘟囔，想要博取徐子充的同情。

"哦？刚才谁说要给我服务的？"

夏梦渔气急败坏地把刀叉放下，瞪着徐子充，眼睛都在冒火。这人也真是，都不给她个台阶下，怎么这么坏？

"你这样有意思吗？你明明知道我搞这些是为什么，我这是跟你道歉啊，还真的要当空姐为你服务啊？"

"哦？"徐子充挑挑眉，终于看向夏梦渔，不怀好意地问，"那你不想给我服务，是想怎样？"

夏梦渔不说话。

"你希望我对你做什么吗？"

夏梦渔瞪了徐子充半天，最终还是没说出口，气得一跺脚，鼓着嘴又转过头继续给徐子充切牛排。

他绝对是故意的！

徐子充转头看见她这副气急败坏的委屈模样，终是忍不住笑了起来，这才放下手里的平板电脑，看向她，语气柔和了下来："行了，别切了，盘子都要被你切裂了。"

夏梦渔重重地把刀叉往旁边一扔，还是气鼓鼓的，黑着脸道："吃吧，切好了。"

徐子充笑了笑，伸手真的准备拿过去吃，她看一眼，赶紧拦住他。

"算了，这个都被我切烂了，我重新给你煎一块吧。"夏梦渔嘟囔。

就算是气徐子充的冷淡和作，她还是控制不住那颗想要照顾他的心，这牛排都冷了，怎么可以给他吃。

"不用了，这样挺好。"

夏梦渔只能由着徐子充，又问："那你还有没有要我做的事情，没有的话，我就去休息了，挺累的。”

“没有了，你休息吧。”

还真让她休息啊？夏梦渔心里憋屈，忍不住埋怨徐子充：“你就想要我给你切个菜就够了是吧？”

“是。”

夏梦渔深吸一口气，对自己说要平静，不要吵架。情人之间也不可能时时刻刻有激情的，她不能作，她要大气！

夏梦渔憋着一股气站起来，正准备起身离开的时候，却见到徐子充侧过头轻笑了一声。

“你笑什么？”夏梦渔气鼓鼓地说，“你是不是故意逗我好取笑我？”

“傻瓜……”徐子充取下了眼镜，抓住了要离开的夏梦渔，握着她的手，忽然温柔无比地说，“夏梦渔，我最想跟你做的事情一直都是这些啊。”

夏梦渔没好气地说：“怎么，你一直想做的就是把我当丫鬟使唤啊？”

徐子充摇摇头：“是生活。我想跟你一起生活。”

夏梦渔一愣，一时竟有些不知道说什么才好。

徐子充说：“我最想跟你做的事情一直都是些最平常的事。我不需要什么小别胜新婚，不需要那么多激烈的情绪，甚至不想要轰轰烈烈爱得太浓烈。我就想跟你当一对最普通的夫妻，做一些无关紧要的事情。就像刚才这样……我在看书，你在我旁边为我做饭，我不用抬头也知道你就在我身边。这就是我想要的，就是这么简单的事情。”

夏梦渔听到徐子充这样说，鼻子忽然一酸。这个徐子充真讨厌，他就是想搞哭她！

夏梦渔又坐了下来，垂着头就掉下眼泪来。

“怎么哭了？”徐子充伸出手擦着她的眼泪。

夏梦渔摇摇头，哽咽得说不出话来。

徐子充看似什么都拥有了，金钱、地位、别人的尊重，但是他心底最想要的，却是这最稀松平常、唾手可得的生活。

好像从很久以前就是这样，她总是想着此刻的激情澎湃、肆意人生，而徐子充一直想的是安稳的现实，想的是他们以后的人生。

“你吓坏了吧？”夏梦渔终于能说出话来了，她抓着徐子充的手，温柔地摩挲着他的手掌，“我肯定吓着你了，让你难过了。”

徐子充的手掌那么大，可以把她的手包裹起来，像是她的港湾。可是他的手心里满是老茧，都是被磨砺的痕迹，告诉她这一路走来他有多不容易。

夏梦渔低着头，垂着眼，泪水就顺着她长长的睫毛滴落下来。

她控制不住这温柔却又心酸的心情，只想要为徐子充哭一场。

“我真的是一个很糟糕的女朋友……”夏梦渔抽抽噎噎地说，“对不起，我没想到你会收到那条信息，我以为我没发出去……要是我知道你看到了信息，我肯定马上联系你的。想到你那时候的心情，我就生自己的气，竟然让你白白担心了那么久，让你为我伤心……对不起……”

“你不用跟我道歉。”徐子充反手握住夏梦渔的手，又伸出另一只手把她落在前面的碎发撩到耳后，语气低沉却温柔地说，“我现在觉得人间最好的词就是‘虚惊一场’。”

是啊，虚惊一场。

本来都以为已经失去了，却又峰回路转回到了自己的身边。多少人有虚惊一场的运气？又有什么比虚惊一场更能教会人珍惜呢？

“我以后不搞什么惊喜了，咱们就老老实实过我们自己的小日子。”夏梦渔说。

徐子充的眼神柔和，答：“好。”

夏梦渔擦了一把泪，又冲着徐子充笑了起来：“那你现在不生我的气了吗？”

徐子充摇头。

“开心！”夏梦渔高兴得摇头晃脑。

徐子充觉得夏梦渔真的像是一个小孩子似的，一会儿雨天，一会儿晴天。

“你也吓着了吧？”徐子充问，“看你那条信息语无伦次的，都不像是你编辑的，一定吓着了。”

夏梦渔其实都不大记得自己短信里写的什么了，不过那时候真的是吓得魂飞魄散。

“没事，我这人忘性大，早忘记刚才的恐惧了。”

夏梦渔把那一盘切好的牛排又拿回来，然后拿起叉子直接喂到了徐子充嘴边。

“来，我喂你吃，啊……”

夏梦渔从前每次在餐厅看到小情侣互相喂饭就忍不住想要翻白眼，是没长手吗？又不是残疾人，吃个饭还要喂来喂去的。

可是等到自己恋爱了才明白，当你爱一个人的时候，就是控制不住地想要做这些肉麻的事情。

想替他做这世上所有的事情，他动动嘴都怕他累着了，就觉得对方是全世界最可爱的人，谁都比不上。

徐子充无可奈何地张开了嘴，吃掉夏梦渔喂来的牛排。这要是被别人看见了，他可是威严扫地了。

“你不用管我，你就看你的文件。”夏梦渔笑眯眯地说，“我就在这里，哪里都不去。”

他不是最想要这样的生活吗？那她就陪他过这样的生活吧。

徐子充便又戴上眼镜，拿起平板电脑继续看文件。夏梦渔一边笑眯眯地等徐子充吃完，一边一脸沉迷地打量着他。

他怎么这么好看呢？不戴眼镜帅得冷酷锋利，戴上眼镜又帅得一副斯文败类的样子。

哎……夏梦渔打量着徐子充，忽然意识到一件事情。

徐子充为什么戴眼镜啊？

“徐子充……”夏梦渔疑惑地问，“我记得你原来戴的是平光镜吧？”

“嗯。”

“你现在这副看起来不像平光镜啊，你什么时候近视了吗？”

徐子充不说话，眉毛动了动，没有直接回答，而是继续看文件，似乎不是很想聊这个话题。

夏梦渔觉得事有蹊跷，她一琢磨，这才想起来每次徐子充都是看书、看文件的时候才戴眼镜，反倒是看远处的东西会把眼镜拿下来。

她眉头一皱，发现事情并不简单……

“徐子充……你该不是老花眼了吧？”

徐子充的表情有些尴尬，清了清嗓子，低声应了一声算是回答：“嗯……有点。”

不是吧，真的老花眼啊？这才多大年纪就老花眼了啊？

夏梦渔一脸担心地看着徐子充：“你还不到三十岁呢？怎么就老花眼了呢？你每年有没有去做身体检查？”

“有。”

“你没啥问题吧？”

徐子充虽然很不喜欢夏梦渔这个问法，但还是回答道：“我没有问题，放心。”

“我不放心啊，你的器官未免也退化得太快了吧？这算是早衰吗？”夏梦渔忧心忡忡地问，“这是未老先衰啊？医生怎么说？”

毕竟老花眼都是老年人才会得的病，年轻人都近视啊，难不成徐子充心里沧桑，连身体都老得快一些吗？

夏梦渔是真的很担心徐子充的身体健康，估计他那些年在外面打黑拳，身体肯定受了很大的损害……

徐子充脸一黑，放下手里的平板电脑，取下眼镜，转过头来用一种非常可怕的眼神看着夏梦渔。

“器官退化？嗯？”徐子充语气阴森地问。

夏梦渔噎了噎，嘴角抽了抽：“我……我不是那个意思啊。你别多心。”

她忽然意识到自己口不择言，后悔不迭。

徐子充冷笑一声，又道：“未老先衰？”

夏梦渔尴尬地笑了笑，下意识地往后缩了缩，完了，小哆包的情绪上来了。

“哎呀，你不要这么敏感嘛，我只是担心你的身体健康而已。”

然而再怎么解释都没有任何意义了，徐子充一把抓过夏梦渔把她按在了自己身上。

“今天非得好好收拾你不可。”

徐子充在夏梦渔这里证明了自己没有早衰这件事，夏梦渔也算是如愿以偿，求仁得仁了。整件事情也算是峰回路转，她都准备温情脉脉地切一晚上牛排了，最终还是化解了这场危机。

夏梦渔看着地上的衣服，有些生气。

“你看你……衣服这个样子，这还怎么还给人家？”

徐子充站在一旁穿衣服，无所谓地说：“还她十套新的不就可以了？”

夏梦渔翻了个白眼，徐子充这种暴发户的作风真的是贯彻始终，受不了他，跟个土财主似的……

夏梦渔无奈去徐子充的行李箱里翻了一件衬衣穿上，然后把细皮带系上，就当是穿了一条裙子。

“你的衣服怎么这么大？”夏梦渔嘟囔道。

徐子充看到夏梦渔被自己的衬衣罩住的样子就觉得好笑。

“平时总忘了你是个小不点。”徐子充说。

夏梦渔其实是个气场很强的女人，尤其是工作的时候，所以大家潜意识里不觉得她个子不高。

“我才不是小不点呢，我一米六二点五的，四舍五入就是一米六三！”

“哦？这就不是小不点了？”

夏梦渔被噎住，瞬间无言以对。也是，在身材高大的徐子充面前她的确就是个小不点，尤其是这些年徐子充在美国，见到的女孩估计都是大高个儿。

唉，全世界的模特都恨不得在美国的曼哈顿生活。想到徐子充在美国的那些年，见过那么多高挑的美女，夏梦渔就不开心了。

她不服气地说：“我哪能跟你见过的那些个欧洲美女比呀。只不过咱们谁也别埋汰谁，半斤八两，你个老花眼就不要嫌弃我小不点了。”

徐子充哭笑不得，兔子精就是牙尖嘴利。

因为还需要等待私人飞机的航线批下来，所以他们还要在这边待一天。夏梦渔其实很想早点去纽约，毕竟她还要去工厂做蛋糕，本来日子都算好了，这晚了几天过去，只怕到时候会来不及，肯定要加班加点。

航空公司那边也很积极地给乘客们安排行程，夏梦渔倒是心大，遇到空难丝毫没有心理阴影，本来想不等徐子充的航线批下来，准备坐这家航空公司的飞机走的，却被徐子充给拒绝了。虽然她没有心理阴影，但是徐子充经过这么一回之后，却是很后怕，说是以后无论她飞去哪里，都要用他的飞机。

“不都是飞机，大飞机、小飞机、私人飞机、民航飞机，这坐什么飞机有什么区别吗？怎么，坐你的飞机我就一定不出事啊？”

“当然有区别，因为你以后无论去哪里，我都要跟你一起。”

夏梦渔的嘴角抽了抽，也是没想到徐子充会这么黏人。

“别啊。这要真的有空难，你跟不跟我一起飞不都是一样要出事的吗？别折腾了，你也不嫌麻烦……”夏梦渔忍不住嫌弃徐子充，小声地叽叽歪歪，“明明是我遇到空难，怎么我觉得你的心理阴影比我还大……”

徐子充抬眼瞪了夏梦渔一眼，道：“是谁让我有心理阴影的？”

夏梦渔不说话了，没办法，理亏。

徐子充拿出手机来，递给夏梦渔："来，念念你给我发的最后一条信息。"

夏梦渔尿了，没有看那条信息，把手机又推回去，尴尬地笑了笑："哎呀，我错了还不行吗？！我以后就只坐你的飞机，你就别埋汰我了……"

"可以。"徐子充收起手机。

夏梦渔松一口气。

"我不是因为有心理阴影才这样决定的。"徐子充又义正词严地补充道，"你记住，这是我的决心。"

"什么决心？"

"死也要跟你死在一起的决心。"

夏梦渔一瞬间有一种背脊发凉的感觉。徐子充未免也太爱她了吧，简直就是爱到令人毛骨悚然。这种死也要死在一起的誓言也太激烈、太沉重了吧……

她忽然觉得自己对未来老公的了解还是不够深刻啊。

至少，徐子充不是她想象中的那种说到做到的人。他明明说了不要什么浓烈的激情，要过平平淡淡的小日子的。

可这行为和语言，哪里平平淡淡了？

他只怕是对平淡的生活有什么误会……

因为还要在这边停留一天，夏梦渔便跟贺夜阳约了一起吃饭。

毕竟她和贺夜阳都是忙人，这一回能遇上实属机会难得，天知道下一回两人都有时间能聚在一起是什么时候？所以趁着航空公司那边还有事情没有处理完，徐子充这边的航线还没有批下来，两人决定找机会见一面，好好叙叙旧。

徐子充本想跟着夏梦渔一起去，但是被夏梦渔拒绝了。不过在徐子充的强烈要求下，夏梦渔还是允许他送自己到见面的地点，并且也允许徐子充到点了过来接自己。

“你这个人能不能不要这么小家子气？我跟贺夜阳能有什么？”夏梦渔坐在车上就忍不住抱怨，“我有句话，可能说得不好听，但是真的是实话……你想想看，我跟贺夜阳从小一块长大的，双方父母都认可的那一种青梅竹马，我们要是真的能爆发出爱的火花，早就在一起了，还有你什么事儿啊？”

徐子充侧过头看夏梦渔一眼，看得夏梦渔起了一身鸡皮疙瘩。

“你以为你们爆发出火花来就没我的事了吗？”

夏梦渔无言以对。

她意识到小哆包又不高兴了，便只能谄媚地说：“哎呀，瞧你……有有有，当然有你的事儿，我生是你的人，死是你的鬼，我就算是孙悟空也逃不出你如来佛的手掌心，可以了吗？”

徐子充的神情这才稍微缓和了一点：“可以。”

见徐子充这样子，夏梦渔就忍不住嫌弃起他来，嘟囔道：“我怎么觉得自从遇上贺夜阳之后你就变得这么奇怪呢？简直就跟个小孩子似的。”

她之前也不是没有跟男性单独出去吃过饭，徐子充一直好好的，从来没有像今天这样紧迫盯人过。

而且她认识的朋友里，比贺夜阳还要优秀的也不是没有。毕竟这个时代，能靠自己本事实现自我价值的人都有故事，也都有一些自己安身立命的本事。

面对这些异性朋友或者合作伙伴，夏梦渔都是很佩服的，也从不吝啬自己的赞美。可对那些人徐子充的评价都理智却平静，从不曾吃醋。对贺夜阳，徐子充却像是回到了十七八岁的年纪，净做那时候的他才会做的事情。

幼稚……

夏梦渔眯着眼看着徐子充，忍不住琢磨，意味深长地问：“徐子充，你为什么那么介意贺夜阳啊？”

徐子充不说话。

“徐子充，你知不知道你这样很恐怖？”

“哪里恐怖了？”徐子充微微蹙眉。

“你拒绝沟通，这样很恐怖。”

徐子充终于明白过来，瞥一眼夏梦渔无奈地说：“拿我说你的话怼我是吧？”

“对啊。”夏梦渔知道徐子充拿自己没有办法，嬉皮笑脸地说，“那你还不老实交代，咱们可不能有心结啊。”

徐子充沉默了片刻，然后脸色沉了沉，用一种很不爽的语气说：“昨夜梦渔阳。”

“哈？”夏梦渔一脸莫名其妙，“你介意我的名字跟他有关吗？”

“不是。”

“那是什么？”

“夏梦渔，我们是完全不同类型的人，如果不是有那么多巧合，我们的生活甚至不该有交集。有了交集之后，我们想要在一起的现实阻碍也很多。其实，我们的生活里一直都有更加适合的人选。”

夏梦渔越听越别扭：“你这是啥意思？”

“夏梦渔，你选择我，是因为你的爱是无私的。我不一样，我选择你，是因为我自私。”

夏梦渔琢磨着徐子充的话，还是似懂非懂。

“我很多时候会想，你跟别人在一起，人生是不是会容易一点。”徐子充又说。

夏梦渔总算是明白徐子充介意什么了。

人就是这样，一辈子都在努力跟自我做斗争。即便现在徐子充拥有了许多人一生都望尘莫及的东西，但内心深处他依旧对过去耿耿于怀，介意曾经那个生活在困境之中、无可奈何、无力还手的自己。

有时候就是这样，我们苦苦追求的，却是别人与生俱来的。

夏梦渔不多说，只是满不在乎地回答："你想多了，这世上哪里有容易的人生。"

徐子充不说话，却忽然温柔地看着夏梦渔，看得夏梦渔起了一身鸡皮疙瘩。

"你干吗又这样看着我？"

"觉得我运气很好。"

夏梦渔得意地笑起来，道："你这个人呀，就是心思太多了。其实你说得也有道理，我跟贺夜阳走出去那绝对是金童玉女、郎才女貌、一对璧人，而且还青梅竹马、门当户对、智商匹配。但是我跟你在一起不是因为相配，是因为你有别人给不了我的东西。"

"嗯？"徐子充挑眉。

"爱情呀。"夏梦渔笑眯眯地回答。

徐子充侧过头，忍不住笑了笑："棒啊。"

车子继续往约定的地点行驶，徐子充心里没那么介意了，便愿意跟夏梦渔聊几句贺夜阳的事情。

"我在美国遇到贺夜阳的那次他是被黑社会追债，差一点被砍死。"

夏梦渔瞪圆了眼睛，起了兴趣："哇，这么精彩啊。"

"嗯。"

徐子充应了一声，却不细说，他不想在夏梦渔面前留下埋汰贺夜阳的嫌疑，只是一语带过当时的情况。

他回忆着当时的情形，有一个画面让他印象深刻。

"那时候我问贺夜阳，你怎么混到这个地步了……你知道贺夜阳怎么回答我吗？"

夏梦渔摇摇头。

"如果是你，你会怎么回答？"

夏梦渔想了想，回答道："我大概会问你，我混到哪个地步了？"

徐子充笑了笑道："他不是这样回答的，但是意思也差不多。他似乎一点都不在乎，被打趴在地上要死了，却还是那副令人讨厌的嚣张面孔……他反问我，我怎么了？不就是欠人钱吗，以后还上不就行了。"

夏梦渔想了一下，的确是贺夜阳会说的话。

就像是皇帝微服私访没带银子，心里也并不觉得自己没给钱有什么大不了的，毕竟他可是皇帝啊。

"贺夜阳最让我讨厌的地方就是他那股嚣张劲儿，在拳击台上我最不喜欢的也是这样的对手，因为你就算把他们 K.O 了也毫无意义。拳击的目的是剥夺对方的尊严，但是一个盲目自信的人，是没办法真的被 K.O 的。"徐子充忍不住冷笑一声，面露嘲讽，"他那无所谓的态度，倒是让我有些羡慕，也不知道他是哪里来的自信。"

夏梦渔感觉到了徐子充对贺夜阳的嘲讽，但是她也不强求徐子充对贺夜阳有好感，这两人不打架她就很高兴了。

"我这些年偶尔也会好奇，好奇贺夜阳最后到底会变成什么样，没想到他还挺出乎我预料的……"徐子充顿了顿道，"大概自信真的可以让人得到一切。"

"你不也得到一切了吗？"夏梦渔不放过任何可以吹捧徐子充的机会，力求每天都把他捧到天上，三句话就要夸嗨他，"你现在这么棒，全世界最最棒！"

"我靠的可不是自信。"徐子充似乎被夏梦渔夸得心情不错，笑了笑，把夏梦渔一把搂进了怀里，垂眼看着她，低声在她耳边说，"我靠的是愤怒。"

夏梦渔愣住。

愤怒？

车子正好停在了餐厅门口，徐子充凑上前为夏梦渔打开了车门，然后眯着眼看着她，语带威胁地说："去见你的青梅竹马吧，晚上回来我们再好好聊。"

“聊……聊什么？”夏梦渔有一种不好的预感。

“聊聊我一肚子的怒火要怎么在你身上发泄。”

夏梦渔下了车，走了两步，又忍不住回头看了徐子充一眼，说道：“我一直以为你这人很稳的，很少见你生气啊……”

仔细算起来，还真的就是昨天飞机出事之后徐子充跟她生了气，除此之外他很少对她发火。

就算当年被那个俱乐部的老板坑了，遇到那么不公平的事情，也没有见到徐子充暴跳如雷过。

“我一直都很愤怒，比如说现在。”

夏梦渔噎了噎，觉得今天晚上自己不会好过了……

徐子充笑了笑，关上了车门，司机便立刻开车离去。

夏梦渔在路边站了一会儿，忍不住在心里感叹，果然啊，有的面目得结了婚才能慢慢了解，徐子充这个人真的是藏得太深了……

贺夜阳跟夏梦渔约在一个餐吧里。

贺夜阳跟徐子充完全是两个风格，徐子充喜欢高档私密的环境，贺夜阳就喜欢这种可以呼朋引伴、嘈杂喧闹的环境。

穿着超短裙的服务员端着啤酒和汉堡在拥挤的餐吧里穿梭，忍不住对贺夜阳抛媚眼。

夏梦渔看着贺夜阳点的那些食物，则是忍不住对他露出了怜悯的神情。她戳了戳那已经软掉了的薯条，一脸嫌弃地说：“你说你都过的什么日子？说带我来吃好吃的，就吃这种玩意儿啊？”

贺夜阳倒是无所谓，咬了一口汉堡，很满意的样子：“你尝尝这个，都是肉，好吃！”

夏梦渔忍不住笑起来，贺夜阳真的还是个大男孩，有大块的肉就满足了。她没有办法，也就跟贺夜阳一起将就了这顿饭。

大概也是年纪大了，喜欢聊从前，两人说起小时候的事情笑得前仰后合，曾经觉得无比在意的事情，现在全部成了笑谈。

“你小时候真的是王子病的重度患者。”

贺夜阳摊开双手，微微侧着头，笑着问夏梦渔道：“我现在难道不是吗？”

夏梦渔被贺夜阳弄得无可奈何，哈哈大笑。

“是啊，你现在可是开飞机的王子，说，你都交了多少女友啊？”

“那得说到明天早晨，你家徐子充恐怕不会同意你跟我聊这么久吧？”

正说着徐子充呢，夏梦渔的电话就响了起来，还就是徐子充打来的，说是时间不早了，他的车子已经等在外面，要她早点回家睡觉。

贺夜阳瞥一眼夏梦渔的手机屏幕，面露嘲讽地说：“夺命追魂电话啊，你这就要走了吗？”

“没办法，唉，不好哄。”夏梦渔一脸无奈，从包里掏出一张请柬来递给贺夜阳，“我结婚你要来的吧？我可是一个朋友都没有请，就主动请了你一个啊，一定要来！”

虽然徐桑是她的摄影师，但徐桑也算是徐子充请的，而且算是工作人员。夏梦渔决定不告诉贺夜阳，给他留个惊喜。

“你可算是我娘家人啊！”夏梦渔笑眯眯地说。

贺夜阳打开请柬看了一眼，样式倒是挺简单。

“好，我一定去。”

“行，那我走了啊。”

徐子充的车子已经在外面等着了，夏梦渔赶紧拿起包起身就准备走，可刚转身就被贺夜阳叫住。

“夏梦渔。”

“嗯？”

“问你最后一个问题……这个问题我想问很久了。”

“你问啊。”夏梦渔莫名其妙地说，“我俩还有啥是不能摊开来说的？”

贺夜阳犹豫了一下，然后问：“如果我当时早一点意识到我喜欢你，如果我那时候不是那么飞扬跋扈，如果我对你好一点……你说，跟你结婚的人会不会是我？”

夏梦渔几乎没有一秒的犹豫，干脆果断地回答了贺夜阳：“这世上没有如果，兄弟，潇洒点。”

夏梦渔转身离去，背对着贺夜阳对他挥了挥手，就像是当年他与她告别时的那样。

贺夜阳低头笑了笑，一口将剩下的啤酒饮尽，在餐吧里看了一圈，然后起身朝着坐在吧台旁，方才一直在看他的美女走了过去。

也对，人生没有如果，还是潇洒点好。

总要留点遗憾，到了最后才觉得这一生值得回味吧。

第十五章 最美好的婚礼

到了纽约，夏梦渔就开始忙着做她的蛋糕。

徐子充有跟她提过一次婚礼的事情，问她有没有兴趣去婚礼会场看一看，提一提意见，但她已经浪费了好些天在路上，再不抓紧时间做蛋糕，只怕完成不了，便没去会场看，只是叮嘱徐子充说：“婚礼现场的布置你找专业人士帮忙啊。”

夏梦渔还是稍微有些担心徐子充的审美，毕竟他送她的那枚订婚戒指依旧让她心有余悸。

“自然，我找的可是最好的婚礼设计师。”

“那就行。”

夏梦渔全情投入到蛋糕的制作之中。她是跟一家知名的蛋糕工厂合作完成这个蛋糕的，一共有将近二十个人和她一起工作，才终于在婚礼前一天完成了这项杰作。

夏梦渔觉得这个蛋糕应该是她的人生巅峰了。

这个翻糖婚礼蛋糕一共有九层，估计比徐子充都还要高一大截。

蛋糕越大，越难以控制结构，幸亏夏梦渔数学好，设计之前精确计算过才能保证蛋糕的稳定。

因为是婚礼蛋糕，所以还是用白色作为底色，然后用镏金糖霜做勾勒，每层蛋糕之间的支撑都是用糖浆做成的玻璃制成的，加上花朵装饰。

整个蛋糕花团锦簇，全部加起来，一共是九百九十九朵奶油花。

每层蛋糕上的图案都不同，点缀的花朵、叶子、蕾丝的造型都没有重复的，九百九十九朵奶油花每一朵都有差别。而且每一层翻糖的人物形象、动作都不同，雕刻得栩栩如生，从下到上就是夏梦渔和徐子充这十年间的生活。

人物顺着缠绕而上的藤蔓流畅地改变着状态，到了最顶层便是两个幸福的婚礼小人。

这个蛋糕工艺复杂，而且极尽奢华，就连这家承接了许多名流巨星婚礼的蛋糕工坊也表示这是这些年来他们做过的最复杂的蛋糕。

夏梦渔觉得靠着这个蛋糕她应该可以一战成名……

早知道她应该多请点宾客的，至少多请几个他们美食界的人，也好炫耀一下她的杰作啊……

夏梦渔要助理找人拍好照片，安排好送蛋糕到会场的事宜，才终于可以安安心心地回家去当她的新娘子。

因为婚礼前一天新郎和新娘最好不要见面，所以徐子充暂时搬到外面去住，把山庄留给了夏梦渔，还说家里有惊喜等着她。

夏梦渔猜测惊喜就是婚纱了。她走进山庄，果然见到大厅里放着一件巨大的婚纱，设计师和婚纱店的工作人员等在那里准备给夏梦渔试衣服，顺便做最后的修改。

之前并不觉得结婚有什么，可能也是过了少女的年纪，可现在看到这件婚纱，夏梦渔才终于有了一种自己马上就要结婚的感觉，那隐藏在深处的少女心终于又燃烧了起来。

这件婚纱未免也太美了吧！难怪女孩子都梦想着穿婚纱，她恨不得马上钻进去试。

夏梦渔准备发信息感谢徐子充给她的惊喜，可是刚刚低下头却忽然听到了一声激动的叫声：“Surprise（惊喜）！”

夏梦渔惊讶地抬起头来，只见从婚纱后面蹿出好几个人来。

第一个就是徐桑。

徐桑举着相机冲着夏梦渔拍，夏梦渔正奇怪着徐桑怎么今天就来拍照了，却又见到范小乔、徐桑的胖闺蜜，还有高中时跟她关系不错的那两个不良少女，以及她当拳击宝贝时候认识的两个模特先后从屋里的各个角落里蹿了出来。

原来这才是徐子充给她的惊喜……

夏梦渔差点笑出眼泪来。

也真的是很奇怪，有的人再见面真的是不需要寒暄就能马上进入状态，仿佛一瞬间就回到了从前聚在一起说别人坏话的时光。

大家多年没见，都变了样子，各自也都有了不同的生活。

时光真的很奇妙，当初叫嚣着男人垃圾的不良少女反而是最先嫁人的，相夫教子、生活幸福，孩子都已经上幼儿园了。

曾经的小胖妹瘦得让人认不出来了，现在正在做健身教练，身材那叫一个完美。

那两个模特朋友一个在当网红，一个在做代购。

而范小乔现在竟然在高中当老师，教生物，而且还是跟着玲花做她的副班主任……

“玲花现在怎么样？”

提起玲花，夏梦渔心里还是很多感慨的，可以说，玲花是她这辈子最感谢的人了。只是她一直都不想跟过去的人和事有太多牵扯，所以从没有联系过，现在想想，还觉得挺内疚的。

“还跟原来一样啊，除了越来越爱翻白眼之外……”范小乔疑惑地问，“你不知道吗？她也来了，她不是你们的证婚人吗？”

夏梦渔忽然有一种不好的预感。

“话说，徐子充都请了些什么人啊？”

“就老同学都请了啊。”范小乔说。

“原来的同学来了多少啊？”夏梦渔不安地问，“不会都来了吧？”

“怎么可能！”夏梦渔刚松一口气，范小乔又开口了，“虽然没全请，但是也差不多，只有四五个没来吧。”

范小乔一脸兴奋地说：“徐子充包了架飞机把大家接来的，而且还包了三天的食宿，哇，徐子充现在可是真豪爽啊。”

夏梦渔已经开始后悔自己没管婚礼的事情了，这徐子充到底是花了多少冤枉钱，高中同学有的连名字她都记不清了，请那么多无关紧要的人做什么？

徐子充这个人别的都好，就是太爱显摆，炫耀狂……

“哎呀，别说这些了。”徐桑一直在旁边跟拍夏梦渔，“赶紧试婚纱！”

“对对对，试婚纱，哇，你的婚纱未免也太好看了吧！你们这是办王室婚礼吗？”

夏梦渔得意地说：“那是你还没有看到我的婚礼蛋糕，更梦幻！更华丽！”

几个女人叽叽喳喳了一下午，一直到晚上一起吃了比萨大家才离开。

夏梦渔其实还想跟大家继续聊下去，但是明天还要举行婚礼，她被她的伴娘群强行押回了房间，要求她赶紧睡美容觉。

夏梦渔向来是个人参娃娃，总是累到灵魂出窍才睡觉，今天啥都没做，早早上床反而是睡不着，便骚扰徐子充。

夏梦渔：“我想你了。”

徐子充：“乖，明天就见到了。”

夏梦渔：“我们视频吧！”

徐子充：“婚礼前一天见面不吉利。”

夏梦渔：“视频又不是见面。”

徐子充：“算。”

夏梦渔：“不算。”

徐子充：“不要冒险，乖。”

夏梦渔：“你现在怎么这么迷信了，跟个中年人似的，你原来不是不迷信的吗？”

徐子充：“……”

徐子充：“夏梦渔，你又欠收拾了是吧？”

夏梦渔：“嘻嘻，来视频嘛，你跟我视频，我就给你惊喜。”

徐子充：“可以。”

夏梦渔喜滋滋的，果然徐子充还是吃这一套啊，正准备发视频请求过去的时候，那边却又发信息来了。

徐子充：“但是你不准露头，就拍胸和腿。”

夏梦渔：“……”

夏梦渔：“算了，我不想见你了。”

夏梦渔觉得快跟徐子充聊不下去了。

徐子充在电话那头忍不住笑了起来。

这边的高中同学们见到徐子充总是低头看手机，还笑得那么温柔，忍不住打趣：“哟，跟谁聊天呢？这都结婚前夜了。”

“你们嫂子。”徐子充回答。

“明天都要结婚了，还这么腻歪啊。”

“哎呀，羡慕羡慕。”

提到夏梦渔徐子充才笑了笑，这还是他今天第一次露出这样柔和的神色来。

孟辉看在眼里，便提议道：“我看咱们今晚还是早点散了吧，明天大家还要早起，充哥大日子，都不准出错，你觉得呢，充哥？”

“也好。”徐子充说。

徐子充把大家送回酒店，孟辉跟徐子充一辆车，他最后一个下车。

见到孟辉欲言又止的样子，徐子充便问：“还有什么事情吗？”

“充哥，你不够意思啊，这么多年都不联系我们。”

徐子充礼貌地笑了笑，没多说什么。

孟辉无声地叹气。

说实话，再见到徐子充，孟辉是很惊讶的，因为徐子充整个人的改变太大了。现在的他变得特别锋利冷峻，简直就是难以靠近。

读高中那会儿徐子充也沉默内敛，但那时候他给人的感觉是外冷内热，现在孟辉总觉得他连心都是冷的。

刚才大家聚在一起聊天，本以为会跟学生时代一样，可是孟辉却敏锐地察觉到徐子充只是在应付大家，明明他就坐在那里，却有一种拒人于千里之外的感觉。他也并不是真的对那些往昔峥嵘岁月感兴趣，只配合地点点头，那些大家念念不忘的青春，并不能真的撩动他的心弦。那些对于大家来说宝贵的记忆，对于他来说似乎是无关紧要的。

全程徐子充都不怎么说话，听另外几个同学胡吹。

就在孟辉觉得徐子充是不是完全变了的时候，却看到徐子充跟夏梦渔发信息的表情，就那么几个刹那，他才觉得徐子充还是他从前认识的那个充哥。

“唉，也是多年没见，很多话都不知道从何说起。”孟辉说，“你这些年肯定也不容易吧？虽说现在混得这么好，但是你当初走的时候……唉，算了，不说这个了……”

“嗯。”

孟辉多喝了几杯，一时有些控制不住情绪。

这些年他虽然没有经历什么大风大浪，但在外工作了这么些年，肯定比十几岁的时候成熟多了，也有很多难以与人说的感慨。

“我就觉得你们现在挺好。”孟辉眼眶有些红，还有些哽咽，“说实话，那一年大家心里都怪学神对你不仗义，明里暗里没少给学神委屈受，她那半年真的过得不容易，就算恨我们都是应该的。”

听到孟辉这样说，徐子充脸上的神情微微变色，但是孟辉正说得情绪激动，所以没有察觉。

“我们都挺混账的，直到学神高考填志愿让大家大跌眼镜之后，我们才知道学神不是心里没你，是没办法。见到学神那样自毁前途，我们都觉得特别可惜。后来想找机会跟学神道歉，也真的是找不到她，这么些年办了好多次同学聚会，她一次都没有出现过……”

徐子充面无表情地伸出手拍拍红了眼眶的孟辉，道：“过去的事情别说了。”

“学神不恨我们吗？”

“恨？不可能。”

徐子充了解夏梦渔，她的字典里没有这个字。

“我知道学神大度……唉，不说了不说了。”孟辉也是喝多了，擦了把泪，“现在看你们兜兜转转这么多年，又在一起……真的觉得挺好的，太不容易了。如果嫂子不是真的对你好，你不会这么开心。充哥，我真的祝福你们。”

“谢谢。好好休息，明天还有很多事情要麻烦你。”

“放心！”孟辉又来了精神，拍拍胸脯，“包在我身上。”

送走了孟辉，徐子充才又跟夏梦渔联系。

当年学校的事情徐子充没有问过，夏梦渔也没有提过，所以徐子充一直不知道那时候夏梦渔因为他被大家冷落过。有时候冷暴力比暴力还伤人。

夏梦渔正在敷面膜，忽然看到徐子充的信息整个人都是蒙的。

徐子充："他们当年欺负你了？"

夏梦渔："哈？你说啥？"

徐子充："他们是不是给你气受了，有哪些人？谁最过分？"

夏梦渔："你到底在说什么？谁欺负我了？"

徐子充："……"

他也是对夏梦渔没脾气了，连别人欺负自己都能忘记，她还有什么记得住的。

不过这样也好，这些事情不记挂在心上她才能活得比较开心。

徐子充："算了。"

夏梦渔："你喝多了吧，到底在说啥？"

徐子充："没什么，你在做什么？"

夏梦渔："在敷面膜啊。"

徐子充："哦？"

夏梦渔："怎么了？"

徐子充："那现在遮着脸，是不是可以发视频了？"

夏梦渔："……"

夏梦渔："再见！"

徐子充大笑起来，只觉得和夏梦渔在一起每分每秒的心情都无比珍贵，即便这样没有见面随便聊几句无关紧要的闲话都是快乐的。

徐子充："对了，你的婚礼誓词准备好了没有？"

夏梦渔猛地坐起来，面膜都差一点掉了，完全忘记这回事了。她哭丧着一张脸，她就说是有什么事情忘记了。

见夏梦渔半天没有回复，徐子充就猜到她大概是忘记了。

徐子充："忘了？"

夏梦渔："嗯……"

徐子充："没关系，现在想也来得及。"

夏梦渔："那怎么可以，越是这种短小的句子越是要花时间琢磨！一晚上肯定写不好。"

徐子充："相信你就算是明天临场发挥也是可以说好的。"

夏梦渔："……"

徐子充："实在不行，你可以把你发给我的那条信息拿来用，我倒是觉得写得挺好的。"

夏梦渔都忘记自己写了些什么了。

夏梦渔："我的手机掉飞机上了，你要不截图发给我看看，我不记得我写了些啥了，当时太激动了。"

徐子充："可以。"

过了一会儿，徐子充把截图发了过来。夏梦渔看前面还觉得挺满意，越往后看脸越黑。

我坐的飞机快要坠落了，引擎着火，这可能是我这辈子给你发的最后一条信息。

徐子充，你一定要记住我对你说的话，就算是我死了，你也一定要好好活着。

婚礼誓词说只有死亡能把我们分开，但是我相信即便是死亡也不能把我们分开。

爱过的人永远存在。

我虽然要死了，但是我对你的爱不会，它会一直陪着你。

所以我希望你回忆起我的时候不要都是痛苦，你要只记得那些快乐的时候，把分离和痛苦都忘掉。

我希望你还能再去爱别的人，不要永远怀念我。

我要你继续你的人生，我不要你搞什么生死相随，不要你当一个痛苦的鳏夫。你一定要再去爱，找一个能给你生命带来喜悦的人。

等到你七老八十寿终正寝，再来找我。

你不来，我不走，我就在奈何桥边等着你。

那时候你已经白发如霜，脸上满是岁月的痕迹，而我还是年轻漂亮、美丽动人，到时候我再问你，要你选，看你是要你家的老太婆，还是要貌美如花的我！

夏梦渔看着自己发的信息，汗都下来了。怎么前面还挺正常的，到后面就这么无厘头。都说人之将死其言也善，快死的人不会撒谎，但是她觉得自己这死前掏心掏肺的话未免也太离奇了一点吧。

不可能！

夏梦渔："你截图截全了吗？我真的是这样结尾的吗？"

徐子充："是。"

夏梦渔："我不信。"

徐子充："我最喜欢在奈何桥上等我的那一段，很有画面感。"

夏梦渔："你等这个时刻等了很久了吧？就等着这个机会笑话我是不是？难怪你之前总是提我给你发的那条信息的事情，你这人怎么这么坏？我那是没发完手机就飞出去了，我当时肯定不是想这么结尾的。肯定还有别的话！"

徐子充那边沉默了一会儿。

夏梦渔："你怎么不说话了？"

过了一分钟左右，徐子充才又回复。

徐子充："夏梦渔。"

夏梦渔："嗯？"

徐子充："我这样的人，除了你是不可能再爱上任何人的，你记住，所以你不准离开我。"

夏梦渔也等了一分钟才回复。

夏梦渔："徐子充。"

徐子充："嗯？"

夏梦渔："我这样的人，你要是死了，我肯定会二婚的，然后跟别的男人一起花你的钱，所以你要好好爱惜自己的身体，老花眼就算了，别再有别的什么毛病。”

徐子充：“……”

夏梦渔：“你现在该不是戴着老花眼镜在给我回信息吧？”

徐子充那边不回复了。

夏梦渔被徐子充笑话了一晚上，终于也让徐子充噎了一回，高兴得在床上打滚。她觉得此刻简直就像是回到了高中时候，回到了两人每天发信息的日子。

夏梦渔：“不跟你扯淡了，我要睡觉了，我们明天见。”

徐子充：“明天见。”

徐子充摇下车窗，取下鼻子上架着的老花镜，看向楼上的窗子无奈地笑起来。他就这样看着，直到灯光暗了下来他才收回目光让司机开车离开。

第二天早上，伴娘们都来得早，一群人忙着打扮夏梦渔，徐桑则全程跟着夏梦渔拍照。

“有人拍徐子充吗？”夏梦渔还挺想看徐子充婚礼这天的样子的。

他有没有紧张？还是表现得很高兴？或是一路装淡定，她都想知道。

“有我助理跟着，放心吧。我助理虽然比我差一点，但是拍照技术也还成。不过没关系，婚礼就是为新娘办的，新郎就是个陪衬。”

“那就好，嘿嘿，还是得我最闪亮才可以！”

夏梦渔头发还卷着，就这样顶着满头的卷发棒乘车去往婚礼会场。

因为她很讨厌那些撞门、表演节目之类的接亲场面，所以跟徐子充说好，今天不搞这一套，她自己去婚礼现场。

“我不要你接亲，我自己走向你，多棒！”

路上大概需要一个小时，夏梦渔算是见识了什么叫兵荒马乱。

虽然她是个甩手掌柜，什么心都不用操，只需卷着头发敷着面膜，但是她的伴娘们一个个都是电话不停。

“结婚有这么多事情要忙吗？”夏梦渔忍不住问。

“当然有，结婚就是这世界上最忙的事情了。”范小乔忍不住说，“多少恩爱的情侣，就是因为结婚的事情分手的，所以充哥对你可是真的好，一点心都没让你操。”

“对对对，”大家都应和着，“我参加过好多次婚礼，也当了不少伴娘，你简直就是最不操心的新娘。”

大家说得夏梦渔都有些不好意思了，虽然有点内疚，但是又很甜蜜。

车子终于到达了婚礼的举办地点，夏梦渔脸上的表情本来喜滋滋的，可是一下了车，看到了会场，她的笑容立马就凝滞了。

夏小姐的脸黑了，一旁的保镖看到这一幕神情也紧张起来。

徐先生嘱咐过，要时刻观察夏小姐的反应，要是夏小姐不喜欢这里，那就赶紧带去另外一个特别简约的会场。如果是这样，可不就浪费徐先生的一番心血了吗？

“这么浮夸？”夏梦渔惊讶地说，“这场地有一千平方米吧？春晚的演播室都没有这么大吧……”

婚礼现场的设计是以玫瑰和古堡为主题的，会场外全是怒放的荆棘玫瑰，有野兽派的作风，而且充满了细节，玫瑰装点的灌木丛里还挂着各种各样精致的小餐具，每一个都有表情，非常生动，做工也极其考究，感觉是大师手笔。

草坪正中间摆着一个玻璃罩子，里面是一朵绽放的黄金玫瑰。夏梦渔一下子就明白了过来，这是“美女与野兽”的主题啊……

她忍不住笑了笑，还记得她对徐子充说过，在她心里他们的故事是《美女与野兽》，没想到徐子充记到了心里，还给她实现了。

虽然整个会场安排得极其华丽奢侈，鲜花和镏金都像是不要钱一样。

但是，不得不说，跟徐子充之前的土豪风格大不一样，虽然很奢侈，但又很有高级感和艺术感。

奢侈加上高级感再加上艺术是什么？那可不就是时尚吗？！夏梦渔觉得很满意，可以说是跟她的蛋糕很配了。

大家都很紧张，观察着夏梦渔的反应。

“虽然很夸张，不过的确是我的风格就是了。”夏梦渔咧开嘴笑了起来，“哇，好浮夸，又浮夸又有艺术感，有钱真好啊。就连徐子充这样没有审美的人，都能把会场搞得这么高级！”

大家齐齐松了一口气，尤其是婚礼承办人。

虽然夏梦渔没忘记埋汰自己的老公，但是她开心就好，她开心了徐先生就不会折腾大家了。大眼仔也赶紧给那边发信息，说夏小姐很喜欢，一切照旧。

夏梦渔往会场里走，这个会场可以说是很用心了，她赶紧给助理打电话，问她的蛋糕安排好没有。

助理表示徐先生已经安排好了，非常显眼，照片也都已经拍好了。

“一会儿切蛋糕的时候要好好拍啊，叫几个摄影师准备好啊……”

“这个会场太能烘托我的蛋糕了，我感觉我要一战成名了。”

大家听到夏梦渔打电话也是很无语，范小乔忍不住提醒夏梦渔：“宝贝啊，今天你婚礼，能不忙工作吗？”

“嘿嘿，不耽误嘛。”夏梦渔赶紧挂了电话，“好了，不打了。”

大家浩浩荡荡地进了新娘休息室。

就连休息室里也是贯彻了整体的风格，真的就像是《美女与野兽》里城堡的装饰一样，只不过更加富丽堂皇一些，同样是用了各种各样的玫瑰花布置。

夏梦渔仔细看了一下，也不知是不是故意的，好像挑选的都是荆棘非常明显的玫瑰花。她真的超级喜欢，真的要好好表扬一下徐子充。

一群人开始七手八脚地打扮夏梦渔，伴娘们也准备换衣服。

“你来挑吧！”范小乔说，“充哥给我们准备了三套，说是不知道你喜欢什么样的。”

一旁的小模特凑过来：“不过他说了，三套都送我们，全是名牌啊，好开心！”

夏梦渔扫了一眼。

徐子充真的是非常的贴心了，三套分别是保守低调的、优雅华丽的、性感俏皮的，不过总体风格还是比较类似，颜色都一样。

化妆师给夏梦渔弄着头发，她眯着眼睛，给几个人做了决定。

“当然是选最漂亮的那一套，你们自己选最喜欢、最合适的就好。”

没有自信的新娘才会要别人来衬托自己，她不需要，她希望大家都美美的。

夏梦渔光是头发就做了一个多小时才盘好，眼看婚礼时间就快到了，她赶紧在一群人的帮助下把礼服换上。

这是一条鱼尾长裙，有着夸张的长拖尾，这也是徐子充给夏梦渔搞了这么多伴娘的原因，因为裙摆都得要四个人帮她掰扯。

夏梦渔总算知道为什么女人爱办婚礼了，这一天真的有一种自己是全世界最重要的人的感觉，所有人都围着自己转。

婚纱上半身是现在极为流行的透视设计，精致的蕾丝长袖，还有心机的露背都让人惊艳。尤其是束腰，非常细，可以说是多吃一口东西都不行的，夏梦渔早饭都没敢多吃，但是为了美没有什么是不值得的。

穿好婚纱，大家正准备给夏梦渔戴上头纱的时候有人敲了敲门。

是徐子充的助理来了。

“徐先生叫我把这个交给你。”助理把一个大盒子递给了主伴娘范小乔。

范小乔拿过来打开一看，眼睛都直了：“哇，这未免也太美了吧，梦渔，你快看！”

夏梦渔凑过去一看，盒子里面是一个皇冠，皇冠正中间是一颗红宝石，旁边用碎钻和珍珠装饰。

中间这颗红宝石看起来怎么这么眼熟？这不是他们订婚戒指上的那颗吗？

夏梦渔本来以为徐子充会用它做一条项链，没想到徐子充给她做了个皇冠，真的让她有一种自己是小公主的感觉。

几个女孩子交换了一下眼神，同时兴奋地尖叫了起来，包括夏梦渔。这就是女人，无论过去多少年，是十八岁还是二十八岁，每个女人心里永远住着一个不死的少女。

大家激动又小心翼翼地给夏梦渔戴上皇冠，简直有一种做梦的感觉，虽然不是自己的婚礼，但是作为见证人看到这样的婚礼也是不枉此生了。

婚礼的控场人员已经催夏梦渔准备入场了，大家赶紧为她蒙上面纱，打开门，七手八脚地帮她托着婚纱往礼堂门口走去。

夏梦渔站在礼堂门口，等待着大门打开。徐桑给她拍了几张照就先从别的入口进去了，等待着一会儿大门打开的时候拍夏梦渔进会场的样子。

不过，这边她也留了助理，要把夏梦渔入场前新娘子紧张的神态拍下来。

一部分伴娘去礼堂里等候，这里只留了两个站在后面为夏梦渔托鱼尾的。

夏梦渔正对着门口站着，忽然就心跳如雷，有一种快要晕倒的感觉。难怪大家结婚的时候都要爸爸扶着，的确是容易站不稳，太紧张了，她真怕自己会摔跤。

门里已经隐约传来了音乐声，夏梦渔深吸一口气，等待着大门打开，可这时候，她忽然意识到一件事情。

“捧花！”夏梦渔惊慌失措地说，“我捧花没拿，捧花呢？”

两个伴娘也是面面相觑。

“对啊，今天怎么没见到捧花？”

“等等，我打给范小乔，问问捧花是不是她负责？”

仪式都快要开始了，却连捧花都没有，夏梦渔更加紧张了，可就在这时候，耳边响起了一个温柔的声音。

“你在找这个吗？”

夏梦渔低头一看，只见一只修长的手拿着一束捧花伸到她面前，她接过捧花，正想跟这人道谢，却意识到他的声音非常耳熟……

等等，这不是婚礼的工作人员！

夏梦渔抬起头来，见到了贺夜阳。

贺夜阳穿着燕尾服，梳着大背头，乍一看还以为他是新郎呢，帅得那两个伴娘交头接耳，不舍得移开目光。

看到贺夜阳出现夏梦渔还真有一种看见娘家人的感觉，马上松了一口气。

“你怎么不在里面坐着啊？捧花怎么到你那儿去了？”夏梦渔疑惑地问。

“我一直在这里等你啊。”贺夜阳说。

“等我？”夏梦渔脸上露出尴尬的神色，“你该不是要抢亲吧？不可能的啊，我要嫁给徐子充的。”

贺夜阳笑起来，无奈地说：“不是的，我今天是受徐子充的委托过来的……他叫我领你进场。”

夏梦渔惊讶得下巴都要掉了，这是徐子充的风格吗？他让贺夜阳牵着她进会场，送到他手上？

“他说，别的女孩子有的，你也要有。思来想去，也没有比我更合适的人选了，你不介意吧？”

夏梦渔听到贺夜阳这样说，忽然鼻子一酸，眼眶都红了。不行，得憋住，别还没入场就把妆给哭花了。

她强忍住眼泪，点了点头：“不介意，谢谢你。”

贺夜阳向她伸出手，又道：“在红毯尽头等你的人不是我，但是我陪你走一段总可以吧？”

“浑蛋，闭嘴，别骗我的眼泪！”夏梦渔挽住贺夜阳的胳膊，恶狠狠地叮嘱，“你可千万别让我摔倒了！”

“放心，一定把你稳稳地交到他手上，绝对不会让你摔倒的。”

夏梦渔深吸一口气，控制住情绪，紧紧地抓住贺夜阳的胳膊。

深呼吸。

吸……

呼……

终于，面前的那两扇大门被缓缓拉开。

阳光从礼堂的巨大落地窗照进来，有一瞬间的晃眼，恍惚之间，竟然让人有一种在天堂的错觉。

音乐声传来，是那首他们约定的歌曲。

People fall in love in mysterious ways

（人们是怎样不知不觉就坠入爱河里）

……

Maybe just a touch of a hand

（也许只因掌心的触碰温暖的传递）

……

Oh me I fall in love with you every single day

（而我每一天都会比从前更爱你）

……

And I just wanna tell you I am

（我也只想让你知道我是如此爱你）

……

掌声雷动，大家尖叫着看着美丽的新娘。

夏梦渔的眼睛终于缓缓适应了这耀眼的光芒，她看向红毯的尽头，徐子充站在那里，穿着新郎的礼服，脸上看不出表情，目光依旧锐利如刀锋，可是从他紧紧交握在身前的双手还是能看出他的紧张来。

一瞬间，夏梦渔觉得仿佛是那个十八岁的少年站在那里。

恍恍惚惚，十八岁时候她爱着的那个少年跟眼前的这个男人的形象重叠在一起。

那时候他还有些少年的羞涩，不相信命运，总是面无表情、从容镇定，害羞的时候会搓搓鼻子然后侧过头微笑，满口玩笑的话语，可行为却慎重矜持。

她霸道，他稳重。只有她懂他，懂得他那深潭一样的灵魂里，藏着热烈的灵魂。

他就像现在一样，用这样炽热的目光看着她。

时光匆匆，很多东西都不一样了，徐子充变得更加内敛防备、危险锐利，可他看她的眼神却一如既往，从不曾改变过，让她知道，她一直被他爱着。

十年，他们各自走了十年，脚下的路才终于又重叠在一起。

终于，她踏上红毯走向了他。

歌声那样温柔缠绵。

可爱的花童撒着玫瑰花瓣。

贺夜阳神色温柔郑重，脚步稳健。

伴娘们擦着眼泪，就连伴郎团的孟辉都有些眼眶发红。

可徐子充只是目光专注地凝视着她，仿佛这世上只剩下他们两人。

一切都在远离，只有圣洁的光芒照耀着他的新娘向他走来。

徐子充也仿佛看到了十年前的夏梦渔，那个耀眼的她、明丽的她、霸道的她，是他黑暗的生命里照进裂缝里的光芒……

徐子充下意识地把手放在了胸口，那里一阵悸动。这种心脏猛烈跳动的感觉，他有多久没感受过了？

只有夏梦渔，能让他这样强烈地感受到自己活着。

音乐声回荡在礼堂里，歌里唱着他们的爱情：这样的我爱上这样的你，在这样的时刻里。

贺夜阳在徐子充面前站定，把夏梦渔的手交到徐子充的手里。

徐子充的手掌又大又厚，紧紧地包裹着夏梦渔，炽热的温度叫她心里安定。

“我家妹子交给你了啊。”贺夜阳说完这句话，微笑着退到一边。

夏梦渔深吸一口气，憋住眼泪，看向徐子充。

徐子充对她点点头，给她安定的力量，她的情绪才稍稍平复一点。

两人面向礼台，玲花面带微笑地站在那里，竟然一瞬间让人想起读书的时候她站在讲台上的样子。

阳光从礼堂的玻璃窗透进来，洒在这一对恋人的身上。

在这里，他们许下终身的誓言：

“即便是死亡也不能把我们分开。”

婚礼结束，在随后的宴会上，大家按照西式婚礼的习俗，宾客们一个个上去发言，说自己有关于新郎新娘的记忆。

夏梦渔靠着徐子充，听得哈哈大笑，前仰后合。徐子充却是一直微笑着看着她，舍不得移开目光。

没有什么比她的笑容更珍贵。

孟辉敲了敲香槟杯道：“我跟你们说，我绝对是第一个知道充哥喜欢夏梦渔的人。高一的时候充哥就跟我说什么学神很危险。我当时还纳闷儿，学神哪里危险了，人多好啊……后来我知道了……哎呀，敢情是充哥怕自己爱上学神才说人家危险的！这样一看，果然危险，你看，充哥不是被套得死死的。”

范小乔在孟辉之后站起来，也说得眉飞色舞：“高一、高二那两年，这两个人都看对方不顺眼，我也觉得很奇怪，我们梦渔性格那么好，没见过这么讨厌谁啊。后来明白了，如果不是喜欢一个人，怎么会一天到晚观察人家的一举一动？而且这两个人鬼精鬼精的，表面上装作互相不喜欢，其实就是在打掩护好不好，暗度陈仓。我就不止一次地看到两个人在午休的时候，偷偷摸摸在实验楼后面的草坪上一起学习。”

孟辉插嘴道：“对对对，我当时就说了，这学神学霸约会的方式就是不一样，竟然是学英语。”

“是法语，你个英语渣！”

大家哄堂大笑，玲花赶紧站起来。大家一见班主任站起来，全都安静下来。

果然，班主任的威严不可战胜，就连徐子充都看向玲花，不似刚才那样只盯着夏梦渔看。

这大概就叫“童年”阴影吧。

玲花也喝了不少，清了清嗓子道：“你们一个个不要以为我是瞎的，当初班上有哪几对早恋我都知道，一共五对是不是？然后高三的时候还分了一对。”

大家窃窃私语，忍不住偷笑，还真的是五对，不愧是火眼金睛的玲花。

玲花翻了个白眼：“所以说，不要早恋。你看最后就只有徐子充和夏梦渔这一对成功了。这说明什么？说明成绩不好的人早恋是没有好结果的，大家还是要好好学习。”

大家笑起来，同学们七嘴八舌地说了一阵之后，贺夜阳也站了起来。

贺夜阳可是当年学校里的风云人物，没有不认识他的，尤其是当初他在广播里表白夏梦渔，那真是轰动万分。

大家都很期待贺夜阳会说什么，毕竟这几个人聚在一起非常有戏剧效果。

果不其然，贺夜阳没有让大家失望。

他说：“徐子充，你最好对夏梦渔好一点，我现在可是开飞机的，追人是很快的。”

大家看向徐子充，只见他的脸一黑，搂着夏梦渔的手更紧了。

徐桑也是这十年来第一次见贺夜阳，听他这么说，她忍不住埋汰他："我堂哥有私人飞机，你可不一定追得上。"

贺夜阳向来拿徐桑没办法，恋爱的时候就没有说赢过她，现在更加不会跟徐桑对呛了，毕竟他对美女一般都是比较宽容的。

现在徐桑出落得更加美艳，而且还美得很有个性，贺夜阳也是死性不改，没忍住就撩拨她："哦？那你没飞机，我追不追得上啊？"

徐桑微微仰着头，一脸高傲，但是很明显红了脸。

她真的就是一害羞就不知道说什么，所以偷偷扯了扯坐在她旁边的范小乔。

范小乔见状赶紧站起来，敲了敲杯子道："好不容易来到大洋彼岸，让我们赶紧享受一下吧！"

第一首歌是那首《Love Me Like No Tomorrow》(《爱我就像没有明天》)，是夏梦渔和徐子充的定情歌，就是因为这首歌，徐子充才有勇气在课桌下牵了夏梦渔的手。

这一回徐子充又是在桌下牵起了夏梦渔的手，领着她走到舞池中，跳这第一支舞。

夏梦渔快乐得像是一个孩子，徐子充低下头来，忍不住亲吻了她的嘴唇。从前他不喜欢没有明天的爱，现在他才知道只有今天的爱多美好。

他多期待，以后的每一个明日都如同今日这般，能看到她明亮的双眼和灿烂的笑意。

歌曲一首接着一首，大家尽情玩耍，终于到了徐子充和夏梦渔离开的时间。

夏梦渔已经换上了去度蜜月的裙子，手里拿着捧花走到车边，一群女宾全部挤了过来，准备抢捧花。

这捧花做得特别漂亮，而且还是镏金的，又好看又值钱，就算是不想结婚，冲着颜值也是要抢一下的。

大家撩着裙子，一副恶狠狠要大战一场的架势。

夏梦渔背过身，把捧花用力往后一扔。

背后的女宾们都疯了一样。

大家争夺之间，那捧花便在半空中跳来跳去，然后竟然飞向一边，稳稳地落在了在一旁看热闹的贺夜阳的手里……

女宾们都要气死了，贺夜阳一脸蒙，拿着捧花无奈地摊手："我没跟你们抢啊，它自己跑来的。"

大家又冲过去抢贺夜阳手里的捧花，一时间乱作一团。

夏梦渔大笑起来，决定不掺和了。她已经功德圆满，赶紧钻进车里跟徐子充一起离开往机场去，前往他们的蜜月地点。

因为时间有限，所以徐子充把他们的蜜月地点安排在了两个小时车程的地方。

那里靠近海，是富人们度假的胜地，在那里，他有一块私人海滩。

到了沙滩，夏梦渔赶紧脱了鞋，兴奋地跑来跑去。

今天神经紧绷了一天，到现在才终于放松下来。果然比起那些大场面，她还是更喜欢跟徐子充单独相处的时候。

夏梦渔躺倒在沙滩上，毫无形象地摆成了一个大字形，徐子充便也脱掉鞋子，走到她旁边坐下。

"哇，我们的高中同学样子也变太多了吧。"夏梦渔忍不住开始叽叽歪歪地评价高中同学们，跟徐子充说八卦。

没办法，她就是有一颗八卦心，兴奋地跟徐子充分享着范小乔跟她讲的同学们的爱恨情仇。

真的是不跟高中同学接触不知道，这一听才知道大家这些年的狗血真的是一大堆，简直比电视剧还精彩，各种三角、四角、多角关系。

夏梦渔说得正起劲，却忽然被徐子充封住了嘴唇。徐子充缠绵又热烈地吻着她，吻得她几乎要失去意识才离开她的嘴唇。

“不可以说别人，从这一刻开始，你接下来的时间都是我的。”徐子充霸道地说。

夏梦渔红着脸点点头，伸出手搂住了徐子充的脖子，又凑了上去。

两个人就在这月光之下，在海潮声里，反复地亲吻，彻底地把灵魂和身体都交给对方。

面朝大海，春暖花开。

徐子充终于兑现了他对夏梦渔的承诺，早上夏梦渔一起来，就看到满屋子的鲜花。透过落地窗可以看到海浪翻滚，这样的清晨，恨不得每天都能永远。

浴室里传来声音，是徐子充早起正在浴室里洗澡。夏梦渔偷偷摸摸地溜进去，本来想着给徐子充一个惊喜，没想到一走到门口，就被他一把捞了进去。

果然有一个耳朵尖的老公是搞不了什么惊喜的……

离开浴室，这时候管家已经把早餐做好了。夏梦渔饿得要命，可是刚喝一口牛奶，就觉得一阵难以容忍的腥味冲鼻，她难受得一阵干呕。

“这什么牛奶啊？”夏梦渔从洗手间回来，抱怨道，“腥味这么重……”

“这就是你平时喝的，做蛋糕用的牛奶。”

“不可能吧？”夏梦渔拿起来闻了闻，忍不住皱眉，犯恶心地挪开，“该不是坏了吧？”

“我喝着挺好的，你是不是哪里不舒服？”

“没有啊，难道是昨天太累了？”夏梦渔琢磨道，“那也不至于干呕吧。”

两人沉默下来，忽然都意识到什么，空气里一阵可怕的安静。

夏梦渔和徐子充对视，两人都不说话，但是他们都知道两人想到一块去了。

不是吧？夏梦渔哭丧着一张脸，她不会那么倒霉吧！

徐子充立刻叫人买验孕棒回来检测。

检测出来之后，夏梦渔还不死心，非要立刻去医院确认，没想到她真的怀孕了，两个月。

夏梦渔前段时间一直都在忙工作，简直就是忙得脚不沾地，所以没想这茬，都没注意到自己大姨妈没来。

知道这个晴天霹雳的消息之后，她简直就是失魂落魄，一回家就立刻扑倒在床上哭了起来，一边哭一边捶枕头。

“气死我了！气死了，气死了！”

她真的是被气哭的。

“气什么？”徐子充的眼神无比温柔，简直都能掐出水来，小心翼翼地安慰她，“这是好事啊，我们又不是没有条件养孩子，放心，不会影响我们的生活。”

“我怎么可以现在怀孕，我刚刚当上米其林主厨！你知不知道养孩子有很大的责任的，我们工作都这么忙，谁带孩子？你以为交给保姆就行了吗？孩子缺少父爱母爱怎么可以？我们两个的童年那么惨，难道让我们的孩子重蹈我们的悲剧吗？”

也不知道是不是因为怀孕，让夏梦渔情绪特别激动。一想到生了孩子她的人生就结束了，从此之后人生就是孩子的了，她就特别绝望。

“我不想生，因为我知道我生了肯定会超级爱他们，会控制不住自己，为了照顾他们放弃我的事业，那我就完了……怎么办，我的人生要结束了……”

看到夏梦渔哭得惨兮兮的模样，徐子充忍俊不禁：“怎么会结束？那个主厨的工作不干也就不干了，大不了你以后自己开一家米其林。你不是说你的婚礼蛋糕要让你红了吗？你还怕以后没工作吗？再说了，还有我呢。”

“你以为开米其林那么容易吗？！”夏梦渔没好气地抱怨，“我自己单干，没有老戈的名头很难的，我还想着多干一两年攒经验的，多蹭蹭老戈的热度，现在怎么办啊……”

“你又不是别人，我相信你。”徐子充握住夏梦渔的手，“你可以的，生了孩子自己单干一样能做出名头来。怎么样，要不要辞职？好好在家里养胎，等生了孩子，我们再开一家餐厅，你想开多大都可以，我保证每天的客人络绎不绝。”

“辞什么职！气死我了。不辞职，绝对不！”夏梦渔眼里燃烧着一股火，气势汹汹地说，“除非他们开除我，要不然我坚决不辞职，我要坚守岗位直到生产那一天！而且我是孕妇，他们辞掉孕妇就是歧视！肯定不敢开除我！”

夏梦渔觉得自己不能认命，她还要挣扎一下。

徐子充无言以对，道：“你现在的工作强度，还怀着孕，受得了吗？”

夏梦渔擦一把泪，大概是因为要当妈妈了，她变得爱哭了，但是当妈妈也让她更加坚强。

夏梦渔忽然坚定起来。

不行，她不能失去梦想！

一个少女失去了梦想和咸鱼有什么区别？

她要为自己的孩子做一个好榜样。

“我受得了！”夏梦渔瞪一眼徐子充，没好气地说，“其他人就是这样，总把生孩子当生病，非要养着才行，非要把妈妈养成个大胖子，生个过重的婴儿才罢休。我就不！我就要工作！我要工作到最后一秒！”

徐子充敷衍着说：“对对对，你说得对。”

夏梦渔冷冷地看着徐子充，本来就对他有气。

徐子充立刻闭嘴，赶紧哄道：“好，你想工作就工作，我支持你，你做什么我都支持，好不好？”

“好……”夏梦渔叹一口气，情绪又上来了，嘴巴一撇，又难过起来，“唉，可以后怎么办啊，怀孕还好，以后孩子总不能都交给保姆带吧？厨房那种地方也不适合带孩子进去啊，被烫着了，伤着了怎么办？”

“以后我带孩子。”徐子充毫不犹豫地说。

“你带？”夏梦渔一脸不信任地看着徐子充，“你的工作今天飞这里，明天飞那里的，满世界跑，哪有时间带孩子？”

“我本来就准备把公司交给那些想经营的人经营，我想退休了。”

“你不工作了？”夏梦渔惊讶地问。

“你不是说孩子需要父母在身边吗？我来照顾他们，每天就带着他们去你的餐厅吃饭、看你，每天午休就带着他们去找你玩，这样总可以了吧？”

夏梦渔听得一阵感动，又有些想哭了，道：“你这样说得我都觉得有些内疚了……”

“内疚什么？”徐子充从身后抱住夏梦渔，“我照顾他们的生活，陪伴他们，你呢，就做他们的好榜样，做我们一家的骄傲，好不好？”

夏梦渔心中的那股烦躁烟消云散，有一个支持自己的丈夫真好。但是，她很快就意识到一个问题。

“等等。”

“嗯？”

“什么叫‘他们’？哪里来的那个‘们’？我说了我要生很多吗？你怎么就自行把我们孩子的数量变成复数了？”

徐子充闷笑着，手又开始不老实，亲着夏梦渔的脖子道：“多生几个，我不介意。”

“呸！走开！”

徐子充哪里肯，继续摩挲着，柔声道：“我今天很开心，真的，想要抱抱你。”

夏梦渔叹口气：“折腾一上午，都没吃饭呢，你饿不饿，给你做饭？”

徐子充微笑起来，点点头道：“好。”

做饭永远是一件让夏梦渔开心的事情，快乐的时候，忧伤的时候，都适合去厨房，闻一闻那烟火气，才更感觉活着。

夏梦渔系上围裙，去厨房忙活着。

徐子充走过去，从背后轻轻地抱住她。

“我不是说了……”

“我什么都不做，就抱着你。”

夏梦渔忍不住笑起来，白了徐子充一眼，然后吻了吻他的嘴唇，温柔又甜蜜地埋怨道：“哆……”

番外 / 燃情岁月

厨房里播放着最近热门的电视节目《我的世界——小厨房》，每期的固定嘉宾是米其林餐厅的主厨夏梦渔。

夏主厨带着她最爱的刀具和锅具飞往世界各地，从白雪皑皑的雪乡到艳阳高照的托斯卡尼，从海边到深林，租一间有厨房和庭院的小房子，清晨去当地的集市上买最新鲜的食材，招待远道而来的神秘客人。

节目的创意算不上特别，却因为温柔的画面质感、简单有趣的烹调过程和美丽热辣的女主厨赢得了大家的喜爱。

仿佛是仪式感一般，即便是在厨房，夏主厨也喜欢穿着颜色鲜艳的复古连衣裙，涂着大红色的口红和指甲油，长发梳理得整整齐齐，用彩色的头巾绑在脑后。

她有一股热情洋溢的气质，任何明亮的色彩出现在她身上都不会显得突兀。

电视里，夏梦渔正在托斯卡尼的一座葡萄园里做烤羊排，烤羊排是最适合搭配意大利的红酒一起食用的。

外面艳阳高照，旧木料做的橱台上摆着各种香料和刚刚从果园里摘下来的葡萄。

电视里的画面温暖柔和，阳光灼灼，照亮了半个身影，氤氲光影间，让人隔着屏幕仿佛也能闻到那边阳光和食物的香气，给我们这平常的人生笼罩上一层薄薄的诗意。

“妈妈那里有葡萄园。”双胞胎里的哥哥说。

弟弟立马拍起手来，念着妈妈教他们的儿歌：“青青的野葡萄，淡黄的小月亮。”

哥哥的目光从电视屏幕移到弟弟身上，皱着眉说：“错了，妈妈那里是白天，应该是淡黄的小太阳。”

于是弟弟又重新念起来：“青青的野葡萄，淡黄的小太阳。妈妈发愁了，怎么做果酱？”

哥哥接着摇头晃脑地背道：“我说，别加糖。在早晨的篱笆上，有一枚甜甜的红太阳。”

徐子充看向双胞胎，笑了笑，然后敲了敲桌子，让他们赶紧吃早饭。

“看了妈妈就要好好吃早饭。快吃。”

双胞胎对视一眼，然后为难地看着面前的盘子。

“鸡蛋不是溏心的……我不要吃……”

“松饼好硬呀，我不要吃……”

徐子充微微蹙眉，还是忍下来了。

“那喝牛奶。”

“我不要喝奶，我想吃妈妈做的千层面。”哥哥说。

“天天都喝牛奶，我想吃妈妈做的咕咕蛋糕。”弟弟也委屈道。

"那个不叫咕咕蛋糕，叫作咕咕霍夫蛋糕。"哥哥纠正弟弟。

徐子充终于忍无可忍，冷冽的眼神扫过双胞胎，语气严厉地说："喝了。"

双胞胎怕爸爸，知道爸爸不好惹，吓得赶紧齐齐抱起大大的牛奶杯，咕噜咕噜地把牛奶喝光。

夏梦渔这两天正在出外景，所以家里只有徐子充和双胞胎。

吃完早饭，他便带着双胞胎去"岁月"拳馆练拳。

两个孩子一人脖子上挂着一副大大的拳套，不情不愿地跟在爸爸身后。

天气热，他们走得有些累了，想要耍赖要爸爸抱，坐在地上不肯走。

徐子充把双胞胎从地上拽起来，严厉地说："自己的路自己走。"

双胞胎也有些倔脾气，就是不肯走，一人一边抱着爸爸的腿就哭起来，哭得闻者伤心见者流泪，可怜的模样连路人都看不下去，想劝两句，但是看到徐子充一张阴森的脸，也不敢多说，只得绕着走开。

徐子充比双胞胎还倔，说不抱就不抱，但是天气炎热，也的确怕两个孩子中暑，便说："起来自己再走一百步。"

双胞胎也知道爸爸说一不二，赶紧见好就收，擦了擦眼泪，手牵着手一边数数一边往前走："一，二，三……十，十三……"

"十一。"

"十一，十三……"

……

徐子充在外面说一不二，但是拿自己这一大家子没办法。差不多糊弄了一百步，双胞胎便又张开双臂要爸爸抱抱。徐子充一手一个，轻轻松松把两个孩子抱起来，大步往拳馆走。

双胞胎对拳击还挺有兴趣，一到了拳馆就兴奋地从爸爸身上爬下来，兴奋地冲向拳台。然而今天他们最爱的女教练乔乔不在，只有他们最怕的许教练站在拳台上，正一脸严肃、凶狠地等待着他们。

双胞胎吓得猛地站住，一边叫着“不要不要”，一边满拳馆地被许教练追着跑。

拳馆的人都已经习惯这一幕了，许教练要求严格，两个孩子怕累，每次都是满场跑，所以大家就在旁边看着这一幕笑。

徐子充见状，大步走上前，拦住正跑过来的双胞胎，一手提溜一个，拎着两个小子的领子就把他们扔上了拳台。

“老实点。”

双胞胎委屈巴巴地看着爸爸，不情不愿到了极点。

“怎么，你们想让我来教？”爸爸问。

双胞胎脑袋一缩，吓得赶紧套上拳套，乖乖地站到了许教练旁边。比起跟爸爸练，还是跟许教练打拳轻松多了。

两个孩子开始练拳，徐子充便坐在拳台边，戴上眼镜，拿出一本书来，一边看一边等待。

今天夏梦渔回来，一家人约好一起吃饭，看看时间，还有三个小时。

这本书是夏梦渔最近在看的，就放在床头旁，徐子充总是随手从她看的书里抽一本，没想到今天拿的是这一本，他觉得封面太花哨，但是手上也没有别的，只能将就着先看着。

徐子充随便翻开，扉页上是一句诗：

二十丽姝，请来吻我。

衰草枯杨，青春易过。

他忍不住皱皱眉，什么意思？

高中的时候徐子充语文就不好，和夏梦渔在一起这么多年，他的文学审美也丝毫没有任何提升，从来没读懂过夏梦渔喜欢的这些东西。

他不耐烦地又翻了几页，只觉得肉麻无比，不是很明白为什么男人可以写出这种话来？但是想着夏梦渔喜欢，还是耐着性子继续翻了下去。

手机响起来，是一个熟悉的号码，徐子充没有接，毫不犹豫地挂断。

他继续翻书，那边又开始轰炸一般地发信息，徐子充只是瞥了一眼手机屏幕便不去管，等到手机那边的人消停了，才拿起来看。

老生常谈，毫无新意。

那边已经纠缠了将近一个星期，说什么毕竟血浓于水，不能见死不救。有说什么毕竟是亲弟弟出了事情，闹出去夏梦渔也脸上无光。

说到后面便是恼羞成怒了。

“做人不能忘本。”

“我们可不怕闹得人尽皆知，她现在是名人，她难道不在乎社会对她的评价？”

接下来的话越说越难听，徐子充面无表情地看完，然后看了看时间，约莫着他派去的人已经在处理那边的事情了。

这已经不是夏梦渔的父母第一次找来，去年她的节目第一季刚刚播出不久的时候，他们就找来过，徐子充没让夏梦渔知道，自己处理了。

上次拿了钱消停了一年，这回是儿子出了事情，又找来。这一次，徐子充便不打算用安抚的方式了。他继续看书，翻了几页忍不住给夏梦渔发信息，说自己真是不懂这些现代诗。

徐子充：你放在床头的那本书我看了。

夏梦渔：怎么样，棒不棒？

徐子充：很肉麻。

夏梦渔：……

徐子充：现代诗人都这么肉麻吗？

夏梦渔：那不是现代诗人写的，那是莎士比亚。

徐子充：……

徐子充：你几点回来？

夏梦渔：刚刚落地，大概还有一个小时。

徐子充：等你一起吃午饭。

夏梦渔：好的呀！

徐子充又看向那本书，叹一口气耐着性子继续看。夏梦渔喜欢的东西，他总是会尝试着去理解。爱情是需要实时更新的，不是你放在那里，它就会自己增长。想要彼此一条心，至少要都往一个方向使劲拧绳子才可以。

这并不是多么难的事情，只是需要耐心。

比如说徐子充即便不感兴趣，也还是会努力理解夏梦渔喜欢的事情，而不是漫不经心地对待她的小爱好。

比如说夏梦渔一录完节目就会立即赶回家，只为了跟家人一起吃午饭。

轰轰烈烈的青春结束，跌宕起伏的爱情故事落下帷幕。王子和公主的生活也不过是一日三餐而已，过日子，说一些无关紧要的话。

可生活里最主要的部分不就是这些细微琐屑吗？

对抗全世界的阻碍不难，难的是过好日复一日重复的人生。

徐子充继续翻着书，即便不喜欢，至少夏梦渔下次跟他聊起来的时候，他还能知道个大概。

徐子充读到一句诗：

有我在身边就不会容许你加以毁损

正如太阳照耀大地

鼓舞世人

你就是我的白昼和生命

……

徐子充看到这一句，才慢慢对这本书生出了一点好感。

有我在身边就不会容许你加以毁损。

手机响起来，是告知他那边事情处理的结果，不出意外，情理之中，毕竟太阳之下无新事，人性经不起考验也没什么好期待的。

徐子充删掉聊天记录，继续看书。

结婚多年，徐子充慢慢懂得，夫妻之间有时候需要坦诚相待，有时候却需要彼此保留一些秘密。这不是因为不真心，反而是一种珍惜。

比如这件事情，他不打算让夏梦渔知道。知道又如何？除了徒增烦恼，把她置于道德困境里之外，还有什么意义？既然如此，不如不知道，就当他们从未联系过她。

为了你的爱我将和时光争执：它摧折你，我要把你重新接枝。

“爸爸！”

双胞胎趴在拳台边，可怜巴巴地看着徐子充。

“饿了？”徐子充问。

双胞胎点点头。

徐子充面无表情地取下眼镜，收起书，对许教练点头表示感谢，然后走过去一边一个把双胞胎从拳台上抱下来。

双胞胎兴奋地跟徐子充描述着刚才打拳的时候他们有多么厉害，眉飞色舞的样子，似乎已经不记得刚来的时候他们满场跑的情形了。

徐子充被夏梦渔教育过，说他对孩子表扬太少了，所以他认真地听完双胞胎的描述，然后拍拍双胞胎的脑袋说：“嗯，很棒。”

对于双胞胎来说，爸爸的赞扬实在是太难得了，他们开心地在原地转起圈来。

徐子充皱眉。

“别转晕了啊。”

他一手一个又把双胞胎抱起来，跟拳馆的人告别，往对面的餐厅走去。

徐子充的拳馆就开在夏梦渔的餐厅对面，他的拳馆叫作“岁月”，夏梦渔的餐厅叫作“燃情”。

《燃情岁月》，是他们都很喜欢的一部电影。

过了马路就是夏梦渔的餐厅，才 11 点，餐厅门口就排满了人，很多都是冲着夏梦渔的名气来的，不少人特意从外地过来就是为了吃这家餐厅。

夏梦渔不喜欢那种幽幽暗暗的餐厅，她喜欢巨大的落地窗，拥挤热闹的人潮，所以这家餐厅不像是别的米其林那样高级私密，而是宽敞洞明。

徐子充作为老板娘的老公，自然是每天都有留座的。

他们一家习惯坐靠窗的第二个位置，徐子充抱着两个孩子落座，服务生熟稔地摆好餐具，正想把这周的新菜单给徐子充看的时候，徐子充便听到一阵脚步声。

他立刻笑起来，回过头见到夏梦渔正蹬着高跟鞋一路小跑过来。

夏梦渔先亲了亲徐子充，然后赶紧一边一个抱着她的双胞胎，在他们的脸蛋上亲了好多下才舍得撒手。

“也就三天没见而已，那么想他们吗？”徐子充阴阳怪气地说。

夏梦渔哪能不知道徐子充那点小心思啊，坐到他旁边，旁若无人地搂着他的脖子，笑眯眯地说：“想啊，但是最想我的大宝贝。”

徐子充笑了笑，神态柔和，亲昵地吻了吻夏梦渔，但是一回头见到两个儿子在对面偷笑便又严肃起来。

上午打了拳，双胞胎都饿了，吃得满嘴的油，大口大口地往嘴里塞，像是两只小老虎。

今天的主食是蛋黄奶酱千层派，夏梦渔的秘方，用英国的一种硬奶糖做成的酱汁，把粉红色和鹅黄色的硬奶糖放在锅里熬，加鸡蛋和牛奶，即便是后厨森严的门也挡不住那浓郁的香气。

双胞胎吃得津津有味，夏梦渔和徐子充吃完便一边看着孩子一边闲聊。

别的客人总忍不住看过来，一开始是因为夏梦渔是名人，可渐渐地却被这一家人所吸引。虽然爸爸看起来不怎么“平易近人”，甚至有股危险凶悍的气质，但是他看妻子的眼神却很温柔。双胞胎活泼可爱又懂礼貌，一副聪明的样子。

大家忍不住偷偷讨论，只觉得上帝太偏心，过于优待这一家人了。

吃过饭，一家人便溜达回家。

路上有人找夏梦渔签名合照，夏梦渔看看徐子充，徐子充点点头她才起身给大家签名，与大家合照。因为她知道这是属于家人的时光，所以徐子充不允许，她不会把应该和家人相聚的时间用在跟旁人合照留影上。

合影的人很多，徐子充抱着双胞胎在一旁等着。

等夏梦渔结束，两个孩子已经在爸爸身上睡着了。

夏梦渔见到双胞胎在路上也能睡得这么沉，忍不住打趣道："不愧是你的儿子啊。"

徐子充读书的时候被班上的人叫睡神可不是没有原因的，他年轻的时候也是在哪儿都能睡着。

他看着双胞胎，神色温柔。

再怎么铁骨铮铮的男人，对自己的血脉总是有柔情的。

"给我抱一个吧。"夏梦渔伸出手道。

"我抱得动。"

"我知道你抱得动啊，可是你不得腾出一只手牵我吗？"

徐子充笑起来，把弟弟交给夏梦渔。夏梦渔一只手轻松地抱着弟弟，另一只手挽着徐子充，两人一边说着这世上最无关紧要的话，一边往家走。

"最后一期节目录完了？"徐子充问。

"嗯。"

"下一季什么时候录？"

"我不打算再做了，以后就好好做我的餐厅就行。"

夏梦渔这一两年忙得够呛，该尝试的事情都尝试了，渐渐觉得有的事情并不像她以为的那样有意义。什么名气啊、影响力啊、米其林三星啊，都是虚妄，只有脚下走的路、怀里抱着的宝贝和身边伴着的人才是真实的。

夏梦渔看了一眼熟睡的弟弟，道："想多陪陪你们，我现在就想把我们的日子过好。"

"可以。"

夏梦渔笑起来，这个徐子充，明明很高兴，还假装淡定。

“你今天都做什么了？”夏梦渔笑眯眯地问，“除了带孩子。”

“看了你的书。”

“哈哈，你不是不喜欢吗？”

“现在觉得还可以。”徐子充顿了顿道，“有句话还可以。”

“哪句？”

“你是我的，我的荣光也属于你。”

（全文完）